# LA MÉMOIRE DU LAC

*Joël Champetier*

**ÉDITIONS QUÉBEC/AMÉRIQUE**

425, RUE SAINT-JEAN-BAPTISTE, MONTRÉAL (QUÉBEC) H2Y 2Z7 (514) 393-1450

**Données de catalogage avant publication (Canada)**

Champetier, Joël, 1957 –
    La Mémoire du lac : roman
    (Sextant ; 3. Fantastique)
    ISBN 2-89037-712-1

    I. Titre    II. Collection : Sextant (Montréal, Québec) ; 3.
III. Collection : Sextant. Fantastique.

PS8555.H3923M45   1993        C843'.54        C93-097270-8
PS9555.H3923M45   1993
PQ3919.2.C42M45   1993

*Les Éditions Québec/Amérique bénéficient du programme de
subvention globale du Conseil des Arts du Canada.*

© **1994 Éditions Québec/Amérique inc.**

Dépôt légal: 1er trimestre 1994
Bibliothèque nationale du Québec
Bibliothèque nationale du Canada

Montage : Colette Coulombe

*à Valérie,*
*qui aime les histoires de peur*

# PREMIÈRE PARTIE

# SOUS LA GLACE

Je n'aurais jamais imaginé que le lac Témiscamingue me manquerait autant. Je m'ennuie de ses caps de granit, de ses plages glaiseuses, des reflets du soleil sur ses vagues opaques. Je m'ennuie de son odeur, de son souffle. Je m'ennuie de ces matins d'été où je me levais de bonne heure, vite habillé dans la maison silencieuse, et où je détachais le canot du quai pour une promenade en solitaire. Parfois, dans l'ombre d'une baie, je pêchais, apportant pour tout déjeuner une pomme et un thermos de café. D'autres fois je ramais : vers le sud, jusqu'à la pointe du vieux Fort ; ou vers le nord, jusqu'à l'île du Collège, pagayant devant Ville-Marie endormie. La fin de semaine il m'arrivait de rester allongé dans le canot, bercé par la vague, pendant des heures. D'autres canotiers s'approchaient parfois en croyant que c'était un canot à la dérive, pour m'apercevoir à la dernière minute, endormi au fond. J'en ai fait sursauter plus d'un comme ça. La plupart du temps on riait et on s'excusait. Mais parfois des femmes avaient si peur qu'elles se mettaient à pleurer. Ça n'arrivait pas souvent les derniers temps. Les gens avaient fini par reconnaître le canot vert de ce fou de Daniel Verrier.

Ce ne sont pourtant pas les lacs qui manquent, ici autour de La Sarre. Je les ai explorés l'un après l'autre. Ils ne se comparent pas en beauté au lac Témiscamingue ; quoiqu'il soit sans doute injuste de comparer un souvenir avec la réalité de l'existence quotidienne. Ce qui est important, c'est le repos que ces promenades en canot me procurent. Surtout après une de ces nuits affreuses où je me débats contre les cauchemars. Souvent j'ai l'impression que je ne suis pas encore assez loin du Témiscamingue. J'aurais peut-être dû partir plus loin, à Montréal, ou plus loin encore, la Gaspésie, la Floride, l'autre bout du monde.

Pour l'instant, je me contente des promenades sur le lac La Sarre. Ce sont des eaux très bleues, très sages. Souvent, les seules vagues qui en rident la surface sont celles nées du passage de mon canot. J'en reviens calmé, l'esprit plus clair. J'en ai besoin pour survivre un autre jour; même si je ne suis pas sûr d'avoir gardé assez de rage, ou de courage, pour me tuer. Ma rage s'est affaiblie. Quant au courage… J'ai courtisé la mort d'assez près pour savoir qu'elle a une sale gueule, avec des crocs comme des hameçons : quand elle te prend une mordée, ça arrache, ça saigne longtemps et ça laisse de méchantes cicatrices. Je devrais le savoir : moi, c'est par trois fois que je me suis laissé mordre.

* * *

La première fois, c'était en 1978. Nadia était enceinte de Marie-Émilie, nous habitions encore dans la vieille maison de ferme sur la route de Lorrainville, au-delà de la côte des Pères. Nadia, qui commençait son septième mois, avait encore fait une crise d'angoisse et j'avais passé la soirée à essayer de la rassurer, de la convaincre que tout se passerait bien, que le bébé ne serait pas mongolien, que je serais content même s'il s'agissait d'une fille, que je l'aimais même si elle était grosse… Une fois qu'elle avait été endormie, j'avais pris deux ou trois bières pour me calmer les nerfs, j'avais écouté Johnny Carson puis j'étais allé la rejoindre dans un lit que je trouvais de plus en plus étroit.

Je devais dormir quand le téléphone s'est mis à sonner parce que c'est Nadia qui s'est levée la première pour aller répondre. Le téléphone aussitôt décroché, elle m'a crié qu'il y avait un incendie. J'ai couru au téléphone. C'était Patrick Bourbeau, pompier volontaire de Ville-Marie, comme moi.

— Habille-toi, pis ça presse. La vieille Commission scolaire est en feu.

Devant Nadia qui se serrait les mains d'inquiétude, j'ai sauté dans mon pantalon et j'ai enfilé ma chemise. Comme à chaque fois que je partais pour combattre un incendie, elle me répétait «Sois prudent, sois prudent». Au moment où j'allais sortir de la maison, elle s'est mise à pleurer.

— Quand le bébé va naître, je veux plus que tu fasses ça !

— Bon. C'est nouveau ça.

— C'est *pas* nouveau ! Tu le sais que ça me fait peur cette maudite *job*-là.

— C'est pas le temps de parler de ça.

— Avec toi, c'est jamais le temps de parler de rien.

— En tout cas, *là* c'est pas le moment ! Faut que j'y aille !

— Sois prudent !

L'air de la nuit était frais, une brise douce transportait l'odeur de la fumée jusqu'ici. J'ai regardé vers l'ouest, vers Ville-Marie, à moins d'un kilomètre de la maison. Au-dessus de la colline, un voile de fumée occultait les étoiles. J'ai roulé vite. Quand je suis arrivé en haut de la côte des Pères, Ville-Marie m'est apparue avec la précision irréelle d'une maquette, quadrillée par le filigrane lumineux des rues. Un nuage de fumée jaillissait d'un immeuble tout près du lac. J'ai descendu la pente à pleine vitesse pour aller stationner ma voiture sur le trottoir en face de la caserne. Le premier camion était déjà parti. J'ai juste eu le temps de m'habiller pour monter à bord du deuxième.

Sur place, les gars commençaient déjà à arroser. Au téléphone, Bourbeau avait parlé d'un petit incendie au deuxième étage. En voyant le nuage de fumée qui sortait des fenêtres – pas encore de flammes, juste de la fumée – j'ai compris que ce ne serait pas un « petit » incendie.

C'était une bâtisse carrée, de quatre étages, en brique brune comme un immeuble gouvernemental ontarien. Tout le monde à Ville-Marie l'appelait l'immeuble de « la vieille Commission scolaire », même s'il y avait plus de dix ans que l'administration de la Commission scolaire avait emménagé dans des locaux neufs près du bureau de poste. L'immeuble était resté inoccupé un bout de temps, jusqu'à ce qu'un notaire décide de l'acheter et de le rénover en immeuble d'habitation. La rénovation venait juste de commencer : ils étaient en train d'installer un ascenseur.

Quand Reynald Dennison, le chef, est arrivé sur les lieux, de grandes flammes léchaient déjà les cadres des fenêtres du quatrième étage. Une fois assuré qu'il n'y avait personne à l'intérieur, Dennison a chargé son assistant d'appeler les renforts de Fabre et de Lorrainville, puis il s'est mis à organiser l'opération.

J'ai été affecté à l'arrière de la bâtisse. De hautes flammes se tordaient à travers la fumée et je commençais à trouver que la situation n'était pas drôle du tout. Je crois que tous les pompiers qui ont combattu l'incendie cette nuit-là ont cru, à un moment ou à un autre, que nous n'en viendrions pas à bout. Le feu nous riait dans la face. Une demi-heure plus tard, tous les véhicules d'incendie de la région congestionnaient les rues du quartier, situation rendue encore plus difficile par les curieux qui affluaient de partout. Une bande de jeunes qui fêtaient tard dans la nuit avaient entendu parler du drame et s'étaient entassés à sept dans une voiture pour venir assister au spectacle : ils avaient frappé au passage un des piétons, ce qui avait ajouté à la confusion. Si l'immeuble avait été isolé, peut-être aurions-nous pu le laisser brûler. Mais il était situé en plein centre de Ville-Marie : la moitié des lances étaient dirigées sur les immeubles voisins, ou sur les gars eux-mêmes, souvent obligés de s'approcher des flammes.

Finalement, après une bonne heure de travail acharné, les flammes ont disparu. Nous avons fermé les plus grosses lances et nous nous sommes préparés à combattre l'incendie de l'intérieur. Ça, c'est la partie dangereuse du travail de pompier. Le chef Dennison m'a assigné une échelle, avec un tuyau d'un pouce, pour arroser par une fenêtre. Juste au-dessous de moi se tiendrait Léo Desormeaux, mon coéquipier pour cette tâche.

Nous sommes montés dans l'échelle. J'avais moi-même recruté Léo, un de mes plus vieux amis, pour faire partie de l'équipe des pompiers volontaires de Ville-Marie. Mais c'était encore une recrue, il luttait là contre son premier vrai incendie. Je n'avais moi-même jamais rien affronté d'aussi gros, mais la tension nerveuse me maintenait en alerte – et j'avais beaucoup trop de choses à faire pour avoir le temps de paniquer. Léo ne tenait pas aussi bien le coup : il avait des problèmes avec son

masque protecteur et commençait à s'énerver. Je
me suis accroupi vers lui et je lui ai crié :

— Descends et va ajuster ton masque. Après ça,
remonte avec la lance. Pendant ce temps-là, je vais
t'attendre en face de la fenêtre. Je regarderai ce qu'il
faut faire.

Léo, le visage blême sous son masque sale, est
descendu.

J'ai escaladé les barreaux de l'échelle jusqu'au
quatrième étage. Ça avait l'air un peu plus calme
là-dedans. J'ai pointé ma lampe de poche par le
trou béant de la fenêtre, question d'évaluer l'état
du plancher. Je ne voyais rien, tout devait être
noirci par la suie. J'ai passé la jambe par-dessus le
rebord de la fenêtre et j'ai tendu le pied avec prudence. J'ai senti le plancher. Le cœur battant, j'ai
appuyé en laissant reposer mon poids. J'ai donné
quelques bons coups de talon. Le plancher était
solide. Plat et solide. J'ai fait un signe à mes compagnons toujours en bas : qu'ils ne s'inquiètent
pas, je n'allais pas me perdre, je restais prudent.
Léo Desormeaux avait réussi à ajuster son masque
et me fit comprendre qu'il remontait. Rassuré, je
me suis tourné vers l'intérieur. Devant moi, la
noirceur était totale : un véritable tunnel de mine
privé de courant. J'ai fait deux pas en avant.

Et je suis tombé.

Pas d'effondrement, pas d'explosion. Je suis
tombé d'un coup, dans le noir absolu, comme si on
m'avait retiré le plancher de sous les pieds.

Après un temps qui m'a paru affreusement long,
un choc d'une violence incroyable m'a écrasé le
masque en pleine figure. À demi assommé, j'ai
compris que j'étais tombé la tête la première sur un
plancher. La première chose que je me suis dite,
c'est que j'étais chanceux d'avoir un masque. Et la

deuxième, que Nadia allait me tuer quand elle apprendrait que j'étais tombé ! Mais à ce moment je me suis aperçu que je n'étais pas immobile. Mon casque raclait le plancher... J'avais l'impression qu'on me tirait les pieds vers le bas... J'essayais de m'accrocher à quelque chose, mais je glissais, glissais, aveugle, incapable d'attraper quoi que ce soit avec mes mains gantées...

J'ai encore basculé dans le vide. Tout a tourbillonné, une fraction de seconde, une éternité, le noir absolu, une cacophonie terrible dans les oreilles. Pour la seconde fois, je me suis écrasé brutalement sur le sol. Cette fois, ça a fait mal. Un choc m'a traversé le crâne, des lumières fantomatiques ont brillé dans une nuit douloureuse. J'ai sangloté d'effroi à l'idée de tomber encore, et encore, et encore, comme dans un cauchemar sans fin. Mais non. Je ne bougeais plus. Je ne tombais plus. C'était fini...

L'inconscience voulait m'emporter dans ses bras glacés, mais les éclaboussures d'eau froide qui me tombaient sur le visage et dans le cou me maintenaient éveillé. J'étais tellement déboussolé que je ne comprenais pas d'où venait cette eau. Il m'a fallu faire un terrible effort de concentration pour me souvenir que, pendant ce temps, les autres pompiers continuaient d'arroser.

J'ai essayé de bouger, doucement, tout doucement... Tout le corps me faisait mal, mais j'ai pu remuer un bras, puis l'autre, puis les jambes. J'ai pleuré de soulagement : je n'étais pas paralysé. C'était ce qui m'avait le plus effrayé, la possibilité de m'être brisé la colonne vertébrale, la perspective de passer le reste de ma vie soudé à une chaise roulante, à ne plus pouvoir jouer au hockey, à ne plus pouvoir conduire une voiture... J'avais un peu repris mes esprits. J'ai détaché mon masque et j'ai essayé de me relever. La douleur sourde qui irradiait du côté de ma tête est devenue fulgurante, comme si on y avait fait couler un filet de plomb fondu. Le casque refusait de bouger et j'avais la tête coincée à l'intérieur. J'ai tendu la main pour toucher et essayer de comprendre ce qui m'immobilisait ainsi, mais mon gant s'accrochait toujours dans un obstacle, et j'étais trop abruti par la douleur pour le contourner ou même comprendre ce que c'était.

En discutant plus tard avec les médecins et mes collègues pompiers, et en retournant sur les lieux après l'incendie, j'ai compris ce qui s'était passé. La fenêtre par laquelle j'étais entré donnait sur le puits d'ascenseur que les ouvriers avaient découpé dans le plancher. Le propriétaire affirmait qu'il avait bouché la fenêtre avec un contreplaqué, mais la feuille de bois avait brûlé – ou avait été soufflée par les jets d'eau, on ne l'a jamais su. Quoi qu'il en soit, lorsque j'avais mis le pied sur ce que je croyais être le plancher, je me tenais en réalité sur une mince corniche de moins d'un mètre de large. Bien entendu, le trou était entouré d'une barrière de protection, mais pas du côté de la fenêtre. Qui aurait bien pu entrer par une fenêtre du quatrième étage, barricadée en plus ?

La première chute m'avait fait tomber du quatrième au deuxième étage, où un quai de déchargement en acier couvrait partiellement le trou du passage de l'ascenseur. Sous mon poids, le quai avait basculé et j'avais glissé pour aller m'écraser dans le sous-sol, une seconde chute de deux étages.

À ce moment-là, je ne savais rien de tout ça. Je n'imaginais pas être tombé d'aussi haut. Tout ce que je réalisais, c'est qu'il faisait noir et que j'avais la tête immobilisée aussi sûrement que dans un étau, et que je commençais à avoir terriblement froid. Luttant pour garder les idées claires, je me suis dit que l'important était de garder mon calme, que je n'avais plus qu'à attendre que mes compagnons s'aperçoivent de ma disparition.

Mais j'avais tellement froid… Au-dessus de moi, j'entendais l'eau qui déferlait de partout : il devait y avoir une dizaine de lances qui continuaient d'arroser l'immeuble à plein débit. Je me suis défait maladroitement de mon gant gauche et j'ai tâté autour de moi. Je recevais mille éclaboussures dans le cou, au visage, sur ma main nue. J'ai touché un mur de brique, j'ai effleuré une arête de métal coupant, j'ai palpé mes cuisses et ma poitrine mouillées, j'ai touché le sol… Je pouvais bien être glacé, j'étais couché dans un bon dix centimètres d'eau.

J'ai compris que j'étais dans la cave de la bâtisse et que le niveau de l'eau montait.

Avec un sentiment d'horreur et de panique, j'ai commencé à me dire que rien ne m'assurait que Desormeaux était réellement remonté dans l'échelle. Peut-être qu'il s'était fait affecter à un autre endroit et qu'il m'avait oublié dans la confusion. J'ai lancé ma main vers le mur, je me suis agrippé aux interstices des briques. Mais j'avais beau tirer, j'avais toujours la tête coincée, je ne réussissais qu'à m'étourdir de douleur.

Je me suis mis à crier, à battre l'eau de ma main nue, fou de terreur. Une bouffée de fumée a reflué vers le bas. J'ai toussé, avec l'impression qu'à chaque quinte de toux mon corps se disloquait de douleur et qu'on me rentrait un fer rougi dans le crâne.

Soudain, des débris sont tombés juste à côté. Avec un horrible sentiment de découragement, j'ai pensé que c'était Léo Desormeaux qui était tombé dans le même piège que moi. J'ai tendu la main pour identifier ce que c'était. Heureusement, il ne s'agissait que de quelques planches de bois à demi calcinées. Des cris parvenaient d'en haut. C'était Léo, une trace de panique dans la voix, qui gueulait dans sa radio qu'il n'y avait plus de plancher et que j'avais disparu. J'ai voulu crier de nouveau, mais j'avais l'impression que si j'ouvrais encore la bouche ma cervelle allait exploser. Je suis peut-être tombé dans les pommes quelques instants parce que, la seconde d'après, une lampe de poche éclairait le pied d'une échelle juste sous mon nez et j'entendais quelqu'un qui hurlait : « Ici ! Ici, je l'ai trouvé ! »

Un gars appelé Héroux est descendu et a commencé à m'examiner.

— Tu m'examineras tout à l'heure ! ai-je réussi à dire malgré la douleur. Dégage-moi d'ici, je suis en train de me noyer !

Il m'a posé la main sur l'épaule.

— Ça va aller, Daniel, on s'occupe de toi. Pas de panique.

— Je panique pas. Mais sors-moi d'ici !

— C'est la première chose qu'on va faire, Daniel – sitôt que je serai sûr que je risque pas de te blesser. Je vais te mettre un collier, après ça on va essayer de faire descendre une civière, OK ?

— OK.

Une deuxième paire de bottes est apparue dans mon champ de vision. Patrick Bourbeau s'est accroupi à côté de Héroux.

— Qu'esse-tu fais là, Daniel ? T'as marché sur tes lacets ?

J'ai voulu répondre sur le même ton, quelque chose de comique, mais j'étais si soulagé qu'ils m'aient retrouvé que j'avais seulement envie de pleurer.

Délicatement, il a glissé la main sous mon cou.

— Maintenant, Daniel, détends-toi, laisse-nous faire. Je vais te tenir la tête et Patrick va t'enlever ton casque.

Héroux m'a installé le collier cervical autour du cou, l'a attaché bien serré. Pendant qu'il me soutenait la tête de chaque côté du menton, j'ai senti qu'on tirait le casque, à peine… Pendant quelques secondes, j'ai cru mourir de douleur.

— Crisse! Vous me faites mal!

Héroux a fait signe d'arrêter la manœuvre. J'ai entendu le chef Dennison demander d'en haut ce qui se passait.

— Je comprends pas, a crié Héroux. On dirait que sa tête est coincée dans le casque…

Il a collé son visage hagard sur le sol, contre mon visage, en se tordant les yeux pour arriver à voir à l'intérieur de mon casque. Délicatement, il passait ses doigts entre ma tête et celui-ci. Malgré son visage encrassé, j'ai vu qu'il blêmissait. Il a tourné le regard vers le haut et a réclamé la scie à chaîne.

— Qu'est-ce qui se passe? ai-je demandé.

— Aie pas peur, on va te sortir de là.

— Allez-vous me dire ce qui se passe? Pourquoi la scie à chaîne? Pourquoi est-ce que je peux pas bouger la tête?

La panique me faisait délirer: j'avais peur qu'il me coupe la tête pour me dégager. Héroux s'est agenouillé de nouveau. Il avait posé la main sur mon épaule, l'air d'un adulte qui rassure un enfant.

— Écoute, Daniel… Faut couper le madrier en dessous de toi. T'es tombé sur une sorte de clou ou de tige de métal, je sais pas trop. Ça a traversé ton casque et… c'est ça qui te retient dedans…

Je me suis retrouvé à l'urgence du Centre de santé Sainte-Famille, couché de côté sur une civière, complètement à poil – on avait coupé tous mes vêtements, mais j'avais encore mon casque, bourré de coton pour m'immobiliser la tête à l'intérieur. Je voyais le bout coupé de la planche juste sous mon nez. Un médecin m'éclairait les pupilles avec une lampe de poche.

— Je suis le D$^r$ Vigneault, avait-il dit avec un sourire rassurant. Comme Gilles Vigneault.

Je lui ai demandé de me donner quelque chose contre la douleur, ça faisait trop mal. Il a hoché la tête, l'air peiné. Il ne pouvait rien me donner tant qu'il n'aurait pas fait une évaluation neurologique.

— Pouvez-vous me dire où vous ressentez le plus de douleur ?

— À la tête. Et à la jambe, c'est comme engourdi.

— À quelle jambe avez-vous mal ?

— La jambe gauche.

Il a eu l'air un peu rassuré.

— C'est normal, vous vous êtes fracturé la jambe. Je vais vous poser d'autres questions, pour savoir si le choc vous a pas trop étourdi, êtes-vous d'accord ?

J'ai voulu hocher la tête, me rappelant juste à temps que je ne pouvais plus bouger.

— Oui.

— Vous allez me rappeler votre nom.

— Daniel Verrier.

— Où êtes-vous né, monsieur Verrier ?

— À Cochrane, en Ontario.

— En quelle année ?

— 1953. Le 17 septembre.

— Bien, c'est bien… En quelle année on est aujourd'hui ?

Pendant de longues secondes, j'ai oscillé au bord d'un gouffre, épouvanté par le vide béant là où je

m'attendais à trouver la solide assise d'un souvenir.
En quelle année était-on? *Come on*, on était en…
en… Quand la porte de l'urgence s'est ouverte, j'ai
vu Nadia qui pleurait, une main soutenant son ventre
et l'autre essuyant son visage luisant de larmes. À
côté d'elle il y avait Bourbeau, Desormeaux,
Turcotte – j'avais l'impression que la compagnie au
complet avait laissé brûler l'immeuble pour venir
m'attendre à l'urgence. Je n'avais pas encore
compris à quel point j'étais sérieusement blessé.

— Monsieur Verrier?

Le D$^r$ Vigneault me regardait, attentif. Il a répété
sa question: est-ce que je savais en quelle année
nous étions? J'aurais dû le savoir, et je savais que
j'aurais dû le savoir, mais je ne pouvais même pas
me souvenir de la décennie, je n'arrivais pas à
faire des recoupements, j'avais perdu la notion du
temps. Je me retenais presque de pleurer lorsque
soudain la réponse est apparue, évidente, comme
une épiphanie.

— 1978.

— Bien. Je ne vous demande pas la date exacte;
je ne sais pas moi-même s'il est passé minuit ou
non. Je vais faire quelques tests de sensibilité
maintenant. Je vais simplement vous poser le
manche de ma lampe à un endroit sur le corps, et
vous allez me dire si vous le sentez, d'accord?

— D'accord.

— Bien. Pouvez-vous me dire où j'appuie?

— Sur ma main droite.

— Bien. Et là?

— Sur la cuisse. La cuisse droite. Juste au-dessus
du genou.

Les questions ont continué un bout de temps,
puis le médecin s'est assis sur son tabouret noir,
juste en face de mon visage, l'air sérieux.

— Monsieur Verrier. Vous êtes tombé sur une tige de métal qui a traversé votre casque et qui a continué à travers la paroi de votre crâne. C'est pour ça que nous n'arrivons pas à vous enlever votre casque. Comprenez-vous ?

Je lui ai dit que je comprenais.

— C'est un cas beaucoup trop compliqué même pour le chirurgien de Rouyn, il faut vous transférer en neurochirurgie. J'ai contacté le D$^r$ Graham, au Civic d'Ottawa. C'est un très bon médecin et il a accepté de s'occuper de vous. Il vous attend.

En 1978, le Témiscamingue ne bénéficiait pas encore du service d'évacuation des blessés par l'avion Valentine ; se faire transférer, ça voulait dire se taper un trajet de cinq heures en ambulance jusqu'à Ottawa. Je garde un souvenir assez vague de mon voyage jusqu'au Civic Hospital, où on m'a parqué en compagnie de trois autres blessés dans une bruyante salle de soins intensifs aux lumières aveuglantes, tout en chrome et en tissu vert. Un médecin qui parlait avec un accent anglais m'a fait à peu près les mêmes tests qu'à Ville-Marie. Puis on m'a sans doute endormi.

\* \* \*

Mes souvenirs des deux jours qui ont suivi l'opération sont extrêmement flous. J'étais seul dans une chambre trop chaude, flottant dans l'ombre et le silence. Au-dessus de moi, une bouteille de sérum luisait doucement. Au loin, une poussière de murmures et de conversations filtrait sous la porte. J'ai le souvenir du visage de Nadia, trop maquillé. Je me souviens qu'elle me parlait, mais je ne me rappelle plus si je comprenais le sens de ce qu'elle me disait.

Les événements du troisième jour sont plus clairs. Une petite femme en sarrau blanc s'est présentée, toute souriante, les poches remplies de feuilles et de carnets, un stéthoscope nonchalamment posé sur l'épaule. Elle m'a demandé si ça allait mieux. J'ai répondu oui. Elle m'a dit qu'elle était soulagée de voir que je me rétablissais aussi vite. Je lui ai répondu qu'elle avait l'air beaucoup trop jeune pour une neurologue.

Elle a souri, un peu agacée quand même.

— Pas encore, je suis résidente. Le D$^r$ Graham ne parle pas français.

Elle a fait un geste de la main, comme si on s'écartait du sujet, puis elle a révisé mon dossier.

— Je suis venue vous dire que vous avez été chanceux. Le corps étranger s'est inséré dans la fissure de Sylvius, juste entre le lobe frontal et le temporal, causant une abrasion limitée et évitant de justesse l'artère cérébrale médiane. Une fois l'espace subarachnoïde drainé de l'hémorragie…

J'ai levé la main, réussissant à rire malgré tout.

— Mademoiselle… Docteur… Je ne comprends absolument rien à ce que vous dites…

— Oh… Je m'excuse… Ce que j'essayais de vous expliquer, c'est que la tige a causé beaucoup moins de dommages que ne le laissaient craindre les radiographies.

Beaucoup plus tard, j'ai demandé à voir celles-ci. Je n'aurais pas dû. Encore aujourd'hui je rêve à ce crâne en négatif qui ricane, trop imbécile pour s'apercevoir qu'une tige de métal lui plonge à cinq centimètres dans la cervelle.

— Une blessure propre, sans lacération de vaisseaux sanguins majeurs, continuait d'expliquer la jeune résidente. Quelques millimètres à côté et cette blessure aurait pu causer beaucoup de dégâts dans une zone du cerveau responsable de la motricité et de la mémoire. Vous êtes chanceux.

— Aaah… Ça, pour être chanceux, on peut dire que je suis chanceux…

La plaisanterie était sortie sur un ton un peu trop amer pour faire rire.

— Votre femme attend dans le corridor. Vous sentez-vous assez reposé pour la recevoir ?

— Ma femme…

J'ai hésité, un peu confus pendant quelques secondes. La résidente s'est penchée vers moi, attentive.

— Oui ?

— Ma femme… Elle est venue me voir hier, non ?

— Avant-hier. Hier, le D$^r$ Graham n'a pas autorisé de visite.

En bredouillant de façon maladroite, les battements soudain lourds de mon cœur se faisant ressentir douloureusement là où la tige de métal s'était enfoncée, je lui ai demandé s'il était normal que je ne me rappelle pas sa visite.

Avec un sourire maternel, elle m'a tout de suite rassuré :

— Une perte de mémoire post-traumatique et même pré-traumatique n'a rien d'exceptionnel dans le cas d'un choc aussi grave. C'est le contraire qui aurait été surprenant. Quand vous irez mieux, nous vous ferons passer un test un peu plus détaillé. Pour l'instant, je vais vous laisser quelques moments avec votre femme. Elle va sûrement être contente de voir que vous allez si bien.

Elle est ensuite allée ouvrir la porte, disant doucement à la personne dans le corridor : « Votre mari a hâte de vous voir. »

Nadia est entrée. Sur le coup, je n'ai pas compris ce qui avait pu lui arriver. Elle portait une robe bizarre, avec des volants et une large ceinture. Et elle avait grossi de façon pas croyable. Je n'arrive toujours pas à décrire l'ampleur du choc que j'ai ressenti ce jour-là. Je ne me rappelais pas qu'elle était enceinte.

\* \* \*

J'ai fini par retourner à Ville-Marie, fragile comme une pêche trop mûre, mais hors de danger. Nadia a accouché de Marie-Émilie alors que j'étais encore en congé de maladie. Je m'en souviens comme d'une période pleine de joies sublimes, inexplicables, entrecoupées d'épisodes de tension, de fatigue et de crises. Nadia, perpétuellement épuisée, avait à s'occuper à la fois d'un bébé et d'un convalescent. Elle n'avait jamais accepté mon travail de pompier volontaire, surtout pendant qu'elle était enceinte, et ne me pardonnait pas mon accident. À la suite de disputes qui laisseraient longtemps leurs cicatrices, j'ai promis à Nadia que je ne reprendrais pas le service une fois rétabli.

Trois ans plus tard naissait Sébastien. Le mois suivant, je me trouvais un emploi permanent à la Commission scolaire du lac Témiscamingue et nous déménagions à Ville-Marie dans une maison située juste au bord du lac, un rêve que nous chérissions depuis des années. Je n'aurais pas osé affirmer que j'étais heureux, mais l'accident, en me soulignant à gros traits ma vulnérabilité, m'avait assagi. J'avais vieilli. Avec l'âge, les illusions font place à la patience et aux compromis. La vie avec Nadia était loin d'être facile, mais j'arrivais à me convaincre que c'était le mieux que je pouvais espérer pendant les trop brèves années qu'il me restait à passer sur terre.

Personne ne s'était rendu compte de mon amnésie. Bien sûr, cela avait été de la folie que de cacher
une conséquence aussi potentiellement grave à mes
médecins, mais j'étais jeune et j'avais peur. J'avais
peur de ce qu'on me ferait si je révélais la vérité,
peur d'autres tests, d'autres opérations, de perdre
mon emploi, de la réaction de Nadia. Il était tellement plus simple de dire «tout est correct». Et
puis… C'est vrai que j'avais été chanceux, la jeune
résidente avait eu raison au moins sur ce point-là.
Pendant mon rétablissement au service de neurolo-
gie du Civic d'Ottawa, j'avais partagé ma chambre
avec un policier atteint d'une balle à la tête pendant
une escarmouche avec un petit truand. Handicapé
pour le reste de ses jours, il avait perdu le contrôle
de ses intestins et de sa vessie. Dans la chambre
d'à côté, une Franco-Ontarienne d'une quarantaine
d'années se remettait de l'éclatement d'un vaisseau
sanguin au cerveau. Les conséquences étaient bizarres : elle avait totalement perdu la notion de la
«gauche». Si son café ou son dessert était posé sur
la partie gauche de son plateau, elle se plaignait
aux infirmières qu'on avait oublié de lui en apporter. Si quelqu'un s'approchait d'elle du côté gauche, elle ne le voyait pas venir et sursautait quand
il entrait dans son champ visuel droit. Elle ne se
maquillait que la partie droite du visage. Le plus
étrange était qu'elle était consciente intellectuelle-
ment de sa déficience – il lui arrivait même d'en rire
– mais qu'elle n'arrivait pas à la pallier de façon
instinctive.

Par exemple, pour vérifier si tout son repas était
bien sur son plateau, il aurait suffi qu'elle tourne la
tête vers la gauche de façon à en avoir tout le
contenu dans son champ de vision droit. Mais elle
n'arrivait pas à imaginer un mouvement vers la

gauche; elle préférait faire un tour complet sur elle-même, toujours vers la droite.

Comparé à ces pauvres gens, je m'en étais bien tiré. Je me rappelais mon nom, ma mère, mon père. Je me souvenais de la maison où j'étais né, à Cochrane, dans le nord de l'Ontario. Je me souvenais du jour où, à six ans, j'étais retourné à la maison en pleurs, parce que j'avais appris, en écoutant les gens discuter au magasin, que mon père venait de se tuer dans un accident d'auto. Je me souvenais de la fois où, jeune adolescent, j'avais fait la route Ville-Marie – Cochrane sur le pouce pour revoir ma ville natale. «Que c'est laid», m'étais-je dit ce jour-là en contemplant la rangée de *bungalows* en crépi blanc sale tous identiques qui bordaient une ruelle de terre, avec pour horizon l'étendue du marécage, brun comme un champ de fumier à la grandeur de l'infini. Que c'était laid, Cochrane. Comme tout est laid quand on a seize ans, à part les filles et la musique.

Avec le temps, les souvenirs refaisaient surface, comme un *flash* ou avec la lenteur d'une eau qui suinte. Je surprenais parfois Nadia avec certains de mes oublis, mais elle ne s'en préoccupait pas vraiment. Nous autres, les hommes, est-ce qu'on n'oubliait pas tout de toute façon? Qui se souvient de sa petite enfance, du moindre détail de son adolescence? Tout le monde a une mémoire en courtepointe; c'est juste que sur la mienne les coutures paraissent un peu plus.

Et puis, on exagère l'importance des souvenirs… Pour ma part, j'ai toujours eu tendance à préférer l'oubli.

Ce soir-là, quand je suis revenu à la maison, saoul, mal rasé et dégueulasse, par un froid terrible, sans gants, ni tuque, le manteau ouvert, anesthésié par l'alcool, j'ai trouvé le chat couché dans la chambre, dans un tiroir ouvert de la commode de Nadia. C'était le tiroir de ses sous-vêtements. Il était vide, comme tous les autres. Les valises avaient disparu. Une note écrite en vitesse était collée sur le réfrigérateur :

*On sait tous les deux que ça peut plus marcher. Ça sera toujours là, entre nous. Dans deux ans, dans dix ans, à chaque dispute, ça va ressortir. Tu le sais et je le sais. Je m'excuse d'avoir dit que c'était ta faute. C'est la faute de personne. Il faut oublier, c'est tout.*

*Nadia.*

Je me suis assis sur le lit pour essayer de réfléchir. Nous n'avions pas encore racheté de voiture. Nadia n'avait pas pu partir à pied, en plein mois de janvier, avec tout son bagage. Quelqu'un était venu la chercher. Je ne voyais que trois personnes : sa sœur de Béarn et deux amies de Lorrainville. Je n'avais qu'une seule carabine : une .22. Pour tuer avec une seule balle de .22, il fallait viser à la tête ou au cœur. Une seule balle ne suffirait probablement pas. Mes pensées étaient lucides, froides comme de la glace. Pendant que j'emplissais le

chargeur, je planifiais la suite des événements. Je
n'étais pourtant ni un fou ni un meurtrier : j'avais
une tâche à accomplir et personne n'avait le droit
de m'en empêcher. Ceux qui se mettraient dans
mon chemin le regretteraient.

Le froid de l'hiver m'a ramené à la raison. J'ai
regardé la carabine, incrédule. Je me suis mis à
pleurer, à grands sanglots, debout dans la neige. Je
ne pleurais plus de rage – les derniers restes de
rage s'étaient consumés pendant que j'emplissais le
chargeur de balles. Je pleurais de peur, face à la
nouvelle vie qui m'attendait, face à l'inconnu.

Le soir même, je me suis présenté à l'urgence
du Centre de santé. Je n'avais pas besoin de dire
grand-chose aux infirmières. Tout le monde savait
qui j'étais ; je parie que la moitié d'entre elles savaient même où s'était réfugiée Nadia. Ça n'avait
plus d'importance. Nadia faisait partie de mon
ancienne vie, à jamais détruite.

La psychiatre était une femme, le D$^r$ Mylène Denoncourt. Elle occupait un bureau moderne : lourd
bureau de chêne, trois causeuses en cuir. Nous nous
sommes serrés la main, comme des hommes
d'affaires prêts à négocier un contrat. Elle souriait.
Je me souviens clairement d'avoir songé qu'elle
était tout à fait baisable, la psychiatre. Jeune,
mince, de beaux yeux bleus et une dentition presque trop parfaite. Il n'y avait que sa peau qui n'était
pas à la hauteur du reste, le fond de teint n'arrivait
pas à en dissimuler la texture un peu grossière. Elle
avait dû avoir des problèmes d'acné à l'adolescence. Je me suis pris à l'imaginer plus jeune, à
quinze ans : maigre, gauche, le front couvert de
boutons, le regard fuyant. Puis c'est Marie-Émilie
que j'ai imaginée adolescente... Et là je ne voulais
plus penser à rien. Je voulais partir loin, loin de

cette psychiatre, loin de l'hôpital, loin de Ville-Marie, fuir, fuir comme Nadia avait fui. Mais c'était facile pour Nadia. C'est facile de fuir quand on a *quelqu'un* à fuir.

Moi, j'étais seul. Seul avec mes souvenirs.

Nous nous sommes assis. Le D$^r$ Denoncourt a fait son petit discours. Elle était heureuse de me rencontrer, elle espérait que nous aurions une bonne relation, qu'elle réussirait à m'aider.

Pendant longtemps je suis resté là, silencieux.

— Parlez-moi un peu de vous, que je vous connaisse un peu mieux.

J'ai ri. Jaune.

— Vous avez sûrement entendu parler de moi.

Elle a hoché doucement la tête.

— Oui. Mais je préférerais oublier ces racontars, monsieur Verrier. Je préférerais que vous m'expliquiez vous-même la raison de votre présence ici.

— Que je vous conte ma vie ? Dans le gros ou dans le détail ?

— Ce que vous jugerez bon de me dire. Je suis ici pour vous aider.

Je ne sais plus ce que j'ai répondu. Des conneries. Je l'ai plus ou moins engueulée. Elle voulait m'aider, M$^{me}$ la Psychiâââtre ! Parce qu'elle s'imaginait qu'il me suffirait de lui *parler* de mes problèmes pour les régler, c'est ça ?

Je n'arrivais plus à contrôler ma colère ces derniers temps. Chaque fois que je me fâchais, je perdais le contrôle, et je me haïssais pour ma faiblesse, ce qui me mettait encore plus en colère, ce qui me faisait encore plus hurler, et ça continuait, toujours en s'amplifiant, jusqu'à l'incohérence, comme si j'étais un mauvais acteur d'un mauvais scénario écrit par un dément, comme si c'était le Diable lui-même qui crachait sa haine par ma gorge.

Je me suis levé du fauteuil et me suis approché
de la fenêtre, le temps de me calmer, de contrôler
les frissons qui me secouaient tout le corps. Dehors,
c'était une belle journée venteuse, avec des nuages
au contour diffus dans un ciel délavé. Une neige
fine comme du sucre en poudre glissait sur la surface blanche du lac. Combien de fois par la suite
irais-je contempler le lac par cette fenêtre, pendant
que je me viderais le cœur et les tripes ?

— Ma femme m'a quitté. Hier. Non, pas hier, ce
matin... Ou dans la nuit... En tout cas... Elle
s'appelle Nadia... Je... C'est pas croyable ce qui
m'a pris. Je voulais la tuer. C'est d'ailleurs un
miracle qu'on se soit pas tués ce dernier mois.

Je suis redevenu silencieux. Elle m'a dit de
continuer. Pas un ordre. Juste une façon de dire
qu'elle m'écoutait.

— C'était dans un film, je ne me rappelle plus le
titre, un film bizarre, un film français je pense...
Nadia aimait beaucoup aller au cinéma quand on
étudiait à Ottawa... Je sais pas si vous l'avez vu,
on y montrait des expériences... Deux rats enfer-
més dans une cage qui recevaient des chocs électriques...

— Vous parlez sans doute de *Mon oncle
d'Amérique*.

— C'est ça. Je savais que c'était un titre qui
n'avait pas de rapport avec l'histoire ; ou s'il y en
avait un, je l'ai pas compris. En tout cas... Vous
vous rappelez ? C'était pour montrer que les rats,
parce qu'ils sont incapables de se sauver ou de
faire arrêter les chocs électriques, se vengent alors
sur la seule chose qu'ils ont à leur portée : l'autre
rat. Vous comprenez ? C'est ça qu'on est devenus,
Nadia et moi : deux rats dans une cage électrique...

Je me suis adossé à la fenêtre. La psychiatre était toujours assise dans son fauteuil et me regardait. Le faux sourire avait disparu. Maintenant, je pouvais croire en elle, croire qu'elle avait vraiment envie de savoir, que je n'étais pas seulement un dossier, une case cochée dans son horaire, une tête fêlée de plus à réaligner dans sa chaîne de montage psychiatrique.

— Voulez-vous que nous parlions de ce qui est arrivé à vos enfants ?

J'ai haussé les épaules. Il faudrait bien que je lui raconte ça aussi, autant profiter de l'occasion. Personne d'autre n'avait plus envie d'en entendre parler, de toute façon. Tout Ville-Marie en avait assez de me voir me promener les plaies à l'air, le cœur saignant. Seule une personne payée pour m'écouter pouvait résister à l'envie de s'enfuir en se bouchant les oreilles.

* * *

Ça s'était passé à peine un mois plus tôt. Cette année-là, l'automne s'était étiré, languide et paresseux. Il avait fait beau, et chaud, à croire que, par décret administratif du bon Dieu, il n'y aurait pas d'hiver cette année. Absurde espoir : un beau matin de décembre, un vent violent était descendu du nord, un vent brutal, coupant. Comme si l'hiver était anxieux de rattraper le temps perdu. Puis le vent était tombé et deux semaines glaciales avaient suivi. Pas de neige, pas de verglas : juste du froid, un froid à brûler la peau, à faire craquer la pierre. Le lac Témiscamingue, saisi sur place, s'était transformé en une patinoire de 130 kilomètres de long.

De mémoire de Témiscamien, on n'avait jamais vu une glace aussi parfaite : lisse et claire comme

une vitre. Il fallait en profiter : bientôt il neigerait
et ce serait moins facile d'installer la cabane à
pêche.

Le premier samedi libre, avec Nadia et les
enfants, nous étions tous montés dans la camionnette, en route vers le quai. L'aréna de Ville-Marie
s'était vidé : qui serait allé s'encabaner dans l'humide bâtisse alors qu'en plein soleil il y avait de la
place pour dix, vingt, cent patinoires ? Plusieurs
parties de hockey et de ballon-balai se déroulaient
simultanément sur une demi-douzaine de terrains
délimités par des balles de foin.

Noël approchait. Les haut-parleurs du parc du
Centenaire crachotaient des versions instrumentales
de *Noël blanc* ou *Ça Bergers*. Les enfants étaient
excités. Marie-Émilie m'avait même fait des re-
montrances quand j'avais jeté ma cigarette sur le
quai blanc de frimas.

— Papaaa… M^{lle} Guertin nous a dit qu'on devait
pas jeter des *botches* de cigarette dehors : ça fait de
la pollution et ça prend cent ans à disparaître !

J'avais failli lui répondre que je jetterais mes
*botches* où et quand je le voulais… Mais il faisait
beau, la saison de la pêche sur la glace allait commencer : j'étais de bonne humeur. Je m'étais contenté
de rester sceptique.

— Cent ans ? Tu penses pas que ta maîtresse
exagère un petit peu ?

— Non, c'est vrai.

J'avais éclaté de rire. À onze ans seulement,
Marie-Émilie était déjà aussi tête de mule que sa
mère. Pendant ce temps, Sébastien, l'air d'un lutin
avec sa tuque rouge, s'était approché du rebord
glacé du quai. Nadia s'était impatientée, comme
d'habitude.

— Surveille-le donc, Daniel. Il va tomber.

— Laisse-le donc tranquille cinq minutes. Il est quand même pas assez niaiseux pour se jeter en bas.

— Ben justement, oui.

J'avais fini par aller récupérer Sébastien.

— Viens-t'en, mon petit bonhomme, sans ça ta mère va rendre ton père à moitié fou.

— Seulement à moitié ? Ça serait déjà une amélioration.

— Hé! que ta mère est comique, hein, Sébastien ? Tu trouves pas que ta mère est comique ? Elle va se faire engager au festival Juste pour Rire.

Nadia ne m'écoutait plus. La bouche pincée de désapprobation, elle m'avait fait signe de regarder vers la rue Notre-Dame.

Par-delà la petite foule de parents et d'enfants qui descendaient jusqu'au lac, à moitié cachée derrière un des poteaux du téléphone, une femme vêtue d'un vieux manteau fripé nous regardait en parlant toute seule, ses longs cheveux dépeignés lui tombant sur le visage.

— Eh! que ça fait dur, avait soupiré Nadia.

J'avais haussé les épaules.

— C'est juste la vieille Massicotte.

— Je *sais* que c'est la vieille Massicotte, avait-elle répondu, toujours à mi-voix comme si elle s'imaginait que les enfants ne l'entendraient pas. J'aime pas ça la voir qui nous regarde comme ça.

— C'est pas nous autres qu'elle regarde. Elle regarde tout le monde.

— Je te dis que c'est nous qu'elle regarde depuis tout à l'heure, avait répondu Nadia, de plus en plus bas, de plus en plus obstinée.

— C'est juste une pauvre folle. Occupe-toi donc pas d'elle.

— J'espère que son gars est pas ici. Il est encore plus fou qu'elle.

— Y s'appelle « La Poche », avait dit Marie-Émilie en ricanant. C'est un *fucké*.

— Marie-Émilie ! Je t'ai déjà interdit d'utiliser ce mot-là.

— Ah, mamaaan ! Pourquoi ? Tout le monde le dit à l'école…

— Tu sais même pas ce que ça veut dire. Quand on sait pas ce qu'un mot veut dire, on l'utilise pas !

— Qu'est-ce que ça veut dire, d'abord ?

— C'est en anglais. Pis c'est pas un beau mot.

J'avais déposé Sébastien dans la boîte de la camionnette, à côté de la cabane à pêche. J'avais fait signe à Marie-Émilie de monter elle aussi.

Nadia m'avait répété pour la centième fois qu'elle n'aimait pas que les enfants soient dans la boîte pendant que je conduisais. Je lui avais promis que je ne roulerais pas vite, mais maintenant Marie-Émilie ne voulait évidemment plus monter.

— Es-tu contente ? avais-je demandé à Nadia. Tu vas la rendre aussi peureuse que toi.

— Maman a raison. M<sup>lle</sup> Guertin aussi dit que c'est dangereux d'être dans la boîte du *pick-up*.

— Si ta maîtresse était si brillante que ça, elle arrêterait de se laisser tapocher chaque fois que son *chum* a pris un coup !

Nadia, d'un air offusqué, m'avait fait signe de me taire. Marie-Émilie ne perdait évidemment rien.

Une étincelle de curiosité malsaine dans ses yeux bleus, elle avait demandé si c'était vrai que M<sup>lle</sup> Guertin se faisait battre par son mari.

— Papa dit des niaiseries, avait expliqué Nadia. Dépêche-toi maintenant, monte sur le siège à côté de papa. Moi, je reste ici.

— Comment ça ? Tu viens pas ?

— Non. J'ai froid, je vais aller prendre un café au restaurant.

— Comment ça, t'as froid? On vient juste de sortir.

— Vas-y avec les enfants, vas-y… J'ai déjà vu ça, une cabane à pêche.

J'avais soupiré :

— Comme tu veux…

— Mais roule pas trop vite. Et fais attention à Sébastien dans la boîte.

— Hé! si tu viens pas, tu te fermes la trappe!

— C'est pas toi qui vas me la faire fermer, tu sauras…

— Papa et maman, arrêtez de vous disputer…

C'était Marie-Émilie qui protestait en tirant nerveusement ses longues mèches blondes. Sans rien dire, Nadia a réajusté la tuque de Sébastien puis s'est mise en marche vers le restaurant, le dos raide de colère. Seule la présence des enfants m'empêchait de sacrer. Parfois, Nadia me poussait vraiment à bout. Elle était chanceuse de ne pas avoir affaire à Léo Desormeaux. Lui, il ne se laissait pas baver comme ça. La petite Guertin – pardon : *Mademoiselle* Guertin – elle filait doux quand Léo était de mauvaise humeur. Un soir, elle l'avait enguirlandé parce que nous étions revenus un peu éméchés de l'hôtel. Elle s'était fait répondre sur le même ton, et avec un supplément! C'était la dernière fois qu'elle jouait à la belle-mère en face de ses *chums*, nous avait garanti Léo.

— On y va, papa? s'impatientait Marie-Émilie.

J'avais mis au neutre et laissé descendre la camionnette sur la glace. C'était probablement par crainte que Nadia n'était pas venue : elle avait dû avoir peur que la glace ne soit pas assez épaisse et elle était trop fière pour le dire franchement. Typique de ses frayeurs. Elle aurait bien dû voir que je n'étais pas le seul à descendre un véhicule sur la glace. En plein centre de la baie, des motoneiges et des voitures étaient déjà engagées dans une course comique, tout en dérapages et en pertes de contrôle. J'aurais bien aimé me joindre à la course – je reconnaissais la voiture d'un ami – mais si Nadia m'avait aperçu, elle m'aurait arraché la tête au retour. De toute façon, il fallait d'abord que j'aille installer la cabane. Après, on verrait bien…

Dès que j'avais appuyé sur l'accélérateur, les roues arrière s'étaient emballées. Le moteur grondait, la camionnette dérapait de tous côtés. Les enfants riaient. J'avais fait «Allô!» à Sébastien qui trépignait d'excitation derrière moi, le nez collé contre la vitre, ses petites joues rouges de froid couvertes d'un filet de morve. Deux adolescents en patins avaient dépassé la camionnette en frôlant le capot. Je les avais traités de mongols, mais ils étaient déjà loin. J'avais continué sans me presser au-delà de la baie de Ville-Marie, en direction des trois cabanes déjà installées. Le comptable Henri Martineau, un brave bonhomme d'une soixantaine d'années, creusait déjà ses trous pour pêcher avec une foreuse à essence.

J'avais freiné en face de sa cabane, mais la camionnette, ses quatre roues bloquées, avait continué sur plusieurs mètres. En riant de frayeur, Marie-Émilie avait posé les pieds sur la glace.

— Hiii! Papa! On marche sur le lac! Ça va casser!

— Hé! Calme-toi un peu pis arrête de crier!

J'ai mis le pied sur la surface du lac. Je ne l'aurais jamais reconnu ouvertement, mais moi aussi je ressentais un frisson à la base du cou. La glace était si transparente que ça en était désagréable.

Martineau s'était approché, l'air du père Noël avec son nez rouge de froid et sa barbe blanche ornée d'un sourire.

— Ça fait drôle, cette glace-là, hein ?

J'avais fait descendre Sébastien de la boîte en lui ordonnant de se moucher. Je m'étais approché ensuite des trous creusés par mon voisin de cabane, pour évaluer l'épaisseur de la glace.

— Presque six pouces, avait expliqué Martineau avec bonhomie. Faut pas s'énerver, c'est bien assez solide.

— Oh, je m'énerve pas. C'est juste que ça paraît bien plus mince.

— Tu l'as dit. J'ai jamais vu ça si clair. On en vient à avoir hâte qu'un peu de neige tombe là-dessus.

— Hé vous ! Souhaitez pas de neige ! On va en avoir bien assez vite pour bien assez longtemps.

— Je suis sérieux. C'est pas bon du grand froid sans neige. Les animaux de la forêt gèlent.

— Peut-être, mais les animaux ont pas une entrée de cour à pelleter, eux autres.

Martineau avait éclaté de rire.

— C'est un bon argument !

Il m'avait ensuite aidé à descendre la cabane pour aller la placer à quelque vingt mètres de la sienne.

C'était drôle : on ne se fréquentait jamais à Ville-Marie, Henri Martineau et moi. Il était un des plus vieux notables de Ville-Marie, un homme connu et respecté. Moi, je n'étais qu'un simple employé de la Commission scolaire avec un passe-temps d'historien. Mais ces différences de statut social ne valaient que pour la ville de Ville-Marie, blottie dans le creux de la baie. Ici, au milieu du lac, nous étions des pêcheurs, unis dans notre passion. Nous avions donc parlé de pêche, émettant des hypothèses sur les réactions des poissons à cette glace transparente et concluant tous les deux que ça risquait plutôt de les faire fuir. J'avais fini par admettre qu'il faudrait un peu de neige en effet pour opacifier la glace.

Avec la foreuse de Martineau, j'avais creusé trois trous, surveillé de près par les enfants. J'avais ensuite installé des lignes, expliquant à Martineau que c'était juste pour voir, que je n'avais pas vraiment le temps de pêcher aujourd'hui parce que Nadia m'attendait au restaurant.

— À propos, votre femme va bien ?

J'avais haussé les épaules.

— Oui, oui… Pas de problèmes…

Guetter les lignes était trop ennuyeux pour les enfants. Ils couraient comme des lièvres et se laissaient glisser sur la glace en riant et chahutant. J'avais fini par me fâcher.

— Allez donc glisser plus loin ! Vous faites peur au poisson !

En ricanant sous cape, Marie-Émilie avait entraîné Sébastien vers la pointe de granit, à plus de deux cents mètres des cabanes.

— Faudrait pas que les enfants approchent trop de la pointe, avait prévenu Martineau. La glace est mince à cet endroit-là.

L'avertissement de Martineau n'était pas nécessaire. Comme tous les pêcheurs sur glace, je savais qu'il y avait une source souterraine près de la pointe sud de la baie des Pères. La source réchauffait l'eau, ce qui empêchait l'épaississement de la glace même au plus froid de l'hiver.

Cinq ans plus tôt, un adolescent de Guigues était passé au travers avec sa motoneige. Heureusement qu'il était suivi par deux de ses amis qui l'avaient sauvé de là. La motoneige était encore au fond du lac. Il y avait une source semblable près du Vieux Fort, encore plus dangereuse, mais c'était beaucoup plus au sud.

— De toute façon, on s'en va. Les enfants ont fait tellement de tapage qu'on risque pas d'attraper un poisson aujourd'hui…

J'avais crié aux enfants de revenir. Ils essayaient de voir ce qu'il y avait au travers de la glace et avaient fait semblant de ne pas m'entendre. J'avais crié plus fort. Ils étaient revenus en traînant la jambe.

— Allez, entrez dans le camion, on s'en va retrouver votre mère. Sébastien, je t'avais dit de te moucher.

— Je m'ai mouché *deux* fois ! avait protesté Sébastien, tout sérieux. Ça… Ça coule pareil.

— Bon bon… Dites au revoir à M. Martineau maintenant, on va retourner voir maman.

— Au revoir, monsieur Martineau.

Il s'était penché vers les enfants.

— Qu'est-ce que vous regardiez à travers la glace, tout à l'heure ?

Marie-Émilie m'avait lancé un coup d'œil, puis elle s'était trémoussée avec une coquetterie dont elle était bien consciente.

— On regardait si on pouvait voir le monstre.

— Oui ! avait dit Sébastien sur un ton excité. Le… Le… Le *gros* monstre qui est dans le lac…

— Oh ! avait fait Martineau en éclatant de rire. Le monstre du lac Témiscamingue ! Est-ce que vous l'avez vu ?

— Non.

— Vous êtes pas chanceux. Bien des gens l'ont vu. Moi aussi, une fois.

— Quand ça ?

— Aaah… C'était l'été, ça fait plusieurs années… On était en train de pêcher, mon gars et moi, puis on a vu un dos sortir de l'eau, comme un dos de lézard, ou de serpent, mais un serpent qui aurait mesuré plus de quarante pieds de long…

— Avez-vous eu peur ? a demandé Marie-
Émilie, un peu sceptique.

— On n'a pas eu le temps d'avoir peur. Ça avait
déjà replongé.

Le Dr Martineau avait fait un clin d'œil à Marie-
Émilie puis il s'était tourné vers moi, une lueur
moqueuse au fond du regard. L'exaspération me
contractait l'estomac : je n'avais déjà pas beaucoup
de patience pour ce genre de niaiserie de la part des
enfants, il fallait que cet âne de Martineau les
encourage !

J'avais fait un signe autoritaire vers la camionnette.

— Je suis tanné de le répéter : tout le monde
dans le camion !

Les enfants commençaient à avoir froid, je les
avais fait monter dans la cabine, à côté de moi.
Saluant Martineau, j'avais repris le chemin du quai
de Ville-Marie.

Vue de là, la rue Notre-Dame ressemblait à une
rangée de luxueuses maisons de poupée ; même la
fumée des cheminées s'élançait trop droit dans l'air
immobile, comme si on avait collé des lambeaux
d'ouate sur un fond en carton bleu. Sur la glace, les
voitures et les camionnettes continuaient de se
poursuivre et de virevolter : il y en avait encore plus
que tout à l'heure. « Papa ! Fais tourner l'auto ! »
imploraient les enfants. J'avais failli répondre que
leur mère ne voulait pas, mais je m'étais trouvé
ridicule. À qui appartenait la camionnette ? C'était
moi qui l'avais payée, non ? De toute façon, pourquoi risquer une confrontation avec Nadia ? Je
n'avais qu'à sortir de la baie des Pères pour disparaître de la vue du restaurant.

— Fais tourner l'auto nous aussi ! s'impatientait
Sébastien.

— Oui, oui, laisse-moi le temps, c'est pas une envie de chier, crisse !

Les enfants riaient : c'était drôle d'entendre papa sacrer.

J'avais dirigé la camionnette au nord de la baie. Passé la pointe au Vin, un mur vert d'épinettes, de cèdres et de pins avait fait disparaître Ville-Marie. Aussitôt, j'avais tiré brutalement sur le frein à main. La camionnette, les roues arrière bloquées, avait dérapé en une étourdissante courbe. Marie-Émilie hurlait : moitié effroi, moitié excitation. La camionnette avait fini par s'immobiliser. Nous avions tous éclaté de rire.

— Encore ! Encore ! exigeait Sébastien en essuyant sa morve du revers de sa mitaine.

J'ai appuyé à fond sur l'accélérateur. Le moteur grondait, les pneus crissaient, la camionnette valsait à gauche et à droite. J'ai braqué le volant et freiné : le paysage tourbillonnait autour de nous. Marie-Émilie hurlait, comme dans un manège de cirque. Sébastien ne tenait plus en place.

— Encore ! Plus vite !

— Attends un peu. Je sais même plus où on est rendus.

Je me suis repéré. Il ne fallait surtout pas que la camionnette soit visible de Ville-Marie. Aucun problème de ce côté-là, nous étions toujours sur la face nord de la pointe au Vin. Si ce n'avait été de la façade de pierre du vieux manoir Bowman, blotti sous les pins enneigés comme un ours à l'affût, nous aurions pu nous croire seuls au monde. Pas une habitation en vue, pas une cabane à pêche, pas même le filet de fumée d'une cheminée ; voilà de quoi le lac devait avoir l'air aux premiers âges du monde. J'ai proposé aux enfants une dernière pirouette, après leur avoir fait jurer solennellement

qu'ils n'iraient pas tout raconter à leur mère à notre
retour.

— Vous savez que maman aime pas ça qu'on
fasse tourner la camionnette. Si vous lui dites, elle
va se fâcher et elle vous laissera plus venir vous
promener avec moi.

— Je dirai rien, a promis Sébastien.

— Je vais être muette, a ajouté Marie-Émilie.
Comme une tombe.

J'ai mis le pied au plancher. Le rugissement du
moteur emballé a fait vibrer la cabine de la camionnette. Les pneus ont poussé une longue plainte en
soulevant une fine neige arrachée à la glace. La
camionnette glissait à gauche. J'ai redressé. La
camionnette a ensuite glissé à droite. J'ai redressé
encore. C'était difficile de garder le cap en accélé-
rant ainsi. La camionnette filait tout droit sur un
mur de granit rouge luisant de billes de glace, où
s'agrippaient quelques pins gris décharnés.

J'ai crampé à droite et freiné à mort. La camionnette a glissé en tournant comme un palet de cur-
ling. À travers les cris de faux effroi a soudain
retenti un craquement sourd et profond. Avec un
choc à déchausser les dents, la camionnette s'est
brutalement immobilisée. Je me suis écrasé contre la
portière et j'ai reçu Sébastien dans le creux des
côtes. Il est ensuite tombé sur le plancher et s'est
mis à pleurer – je l'entends encore aujourd'hui, un
cri hoquetant de terreur et de douleur. Je ne réagis-
sais pas : l'impact du corps de Sébastien m'avait
laissé mou, étourdi, luttant contre l'envie de vomir.
C'est Marie-Émilie la première qui a détaché sa
ceinture et qui s'est penchée sur son frère.

— Papa ! Papa ! Sébastien s'est fait mal.

Lentement, je reprenais mes esprits. J'aurais
voulu que Sébastien arrête de pleurer : il y avait

quelque chose d'anormal avec la camionnette et j'étais trop sonné et trop abasourdi par les pleurs et les cris pour arriver à comprendre ce que c'était. J'avais l'esprit lourd, opaque, épais. En un éclair de rage aveugle, j'ai voulu frapper les enfants pour les faire taire, *pour qu'ils me laissent penser.*

Un craquement sourd venu de toutes les directions à la fois a fait trembler la camionnette. Nous avons glissé vers l'arrière. Imperceptiblement. Juste assez pour soulever le cœur. Puis la camionnette s'est immobilisée avec un choc. Toute la carrosserie a vibré. Devant nous, la surface de verre s'est fissurée, un trait blanc et fin comme un trait de couteau a zigzagué jusqu'à la muraille de granit rouge. Comme le sang d'une blessure, l'eau du lac a suinté. Marie-Émilie a émis un cri. Pas son habituel petit cri de fillette capricieuse : un gémissement sourd, rauque de terreur. Ce n'est qu'à ce moment que j'ai compris la raison évidente de cet arrêt brusque : l'arrière de la camionnette s'était enfoncé dans la glace.

Je n'ai pas pris le temps de chercher à découvrir ce qui nous avait immobilisés. Au bord de la panique, j'ai agrippé Sébastien par le dos de son habit de ski et je l'ai tiré.

— Il faut sortir, Émilie, vite vite !

J'ai presque arraché la porte de ses gonds. J'ai sauté sur la glace, Sébastien sous le bras.

Je m'étais à peine éloigné d'un mètre de la camionnette qu'un immense craquement a fait vibrer l'air et la glace, un craquement sourd et douloureux, le bruit d'un os fracturé, mille fois, dix mille fois plus fort. La camionnette a basculé du côté du passager en soulevant un énorme triangle de glace aux bords tranchants. Je vois encore dans mes rêves l'épaisseur de cette glace : à peine dix centimètres. La camionnette glissait avec des raclements de tôle contre la glace, à angle inattendu, puis elle s'est arrêtée net, avec un choc sourd de toute sa carrosserie. J'avais l'impression que l'arrière de la caisse s'était violemment posé sur quelque chose de dur et de solide, un affleurement rocheux sans doute. Mais je n'avais pas le temps de faire trente-six suppositions : Marie-Émilie était toujours dans la camionnette, et elle hurlait, hurlait, un cri si strident et si aigu que ce n'est que plus tard que j'ai réalisé qu'elle criait : « Papa ! Papa ! » J'ai mis Sébastien sur pied et j'ai pointé vers le large.

— Sauve-toi ! Cours !

Un goût de bile au fond de la gorge, je me suis approché de la camionnette. Elle ne bougeait plus. Cela ne me rassurait pas vraiment, je savais que l'eau était profonde à cet endroit-là, la partie arrière du véhicule ne devait être appuyée que sur un étroit piton rocheux. Je me suis retourné : Sébastien n'avait pas bougé de l'endroit où je l'avais laissé. Je lui ai crié de se sauver, sacrant contre son imbécillité. Mais lui trépignait sur place, blanc d'incompréhension et d'effroi, répétant « J'ai peur… J'ai peur… » sans pouvoir s'arrêter.

Éperdu de frustration, j'ai laissé Sébastien et me suis tourné de nouveau vers la camionnette. Je me suis approché… J'ai tendu le cou pour voir à l'intérieur… Avec un sursaut d'espoir, j'ai aperçu Marie-Émilie qui avait réussi à s'accrocher au volant et au cadre de la portière.

— Attention, Émilie ! Attention ! Papa arrive !

Elle s'est mise à pleurer.

— J'suis toute mouillée !

— C'est pas grave, c'est pas grave…

Je me suis encore approché. Ici l'eau avait débordé sur la glace et j'avançais sans distinguer le bord de la fissure. Je me suis appuyé sur le cadre de la portière. J'ai tendu la main et j'ai attrapé la mitaine détrempée et glacée de Marie-Émilie.

Un craquement a fait vibrer la mince couche d'eau. Sous mes pieds, la glace s'est déplacée avec une souplesse de mécanique bien huilée. L'avant de la camionnette a plongé dans l'eau, nous entraînant à sa suite, Marie-Émilie et moi.

L'eau glacée me collait au visage comme une lave brûlante, m'emplissait les bottes, me coulait dans le cou. J'ai cru que mon cœur s'arrêtait, puis j'ai été secoué de réflexes désordonnés. Je me suis débattu et je suis maladroitement remonté à la surface, juste à temps pour voir disparaître complètement la camionnette dans un bouillonnement de bulles d'air.

J'ai contemplé ma main, incrédule : j'avais lâché Marie-Émilie ! Sans réfléchir, j'ai plongé de nouveau. J'ai nagé, nagé, malgré le froid, malgré mes vêtements. Je tendais les bras en tous sens, mais il n'y avait que l'eau, glaciale, épaisse comme de la gélatine. Avec un effort de volonté, j'ai ouvert les yeux. L'eau était noire comme au fond d'un puits. Une forme lumineuse est apparue, fantomatique, puis une autre. J'ai tendu le bras. Il n'y avait rien, rien que l'eau. C'est l'atroce douleur de mes yeux gelés qui me faisait halluciner. J'ai fermé les paupières en frémissant. Les formes lumineuses dansaient toujours, la douleur qui les avait fait naître était toujours là.

J'ai eu soudain terriblement besoin de respirer. D'un œil à peine entrouvert, j'ai pu voir que la lumière venait d'en haut. Je me suis élancé… et mon crâne a violemment heurté la glace. Il y a eu comme une explosion de lumière, comme si un poinçon s'était enfoncé dans chacune de mes tempes. J'ai avalé. L'eau était âcre et goûtait l'essence. Des hoquets m'ont secoué. Je me souviens d'avoir pensé : «C'est comme ça que je vais mourir»... Je ne m'explique pas ce qui s'est passé ensuite. Au moment où je croyais que j'allais perdre conscience, tout a tourbillonné, j'ai senti un courant d'eau sur mon visage... et je me suis soudain retrouvé la tête hors de l'eau, agrippé désespérément à un pan de glace.

Pendant une éternité, la poitrine douloureuse, j'ai toussé et craché. Des milliers d'aiguilles me transperçaient les mains, des griffes de glace me fouillaient le crâne, on m'écrasait les testicules avec une pince. J'avais perdu un gant en nageant et la paume de ma main se soudait à la surface gelée. J'ai essayé de me soulever. Plusieurs fois je suis retombé, et chaque fois je m'épuisais un peu plus. Finalement, en m'allongeant dans l'eau pour répartir mon poids le plus possible, j'ai réussi à m'extraire du lac. J'ai roulé et roulé, loin de la fissure. Je me suis redressé, les jambes tremblantes. J'ai contemplé la surface constellée de morceaux de glace, à travers lesquels flottaient les jouets des enfants et le sac à main de Nadia, et j'ai compris avec honte et désespoir que je ne pourrais pas replonger là-dedans. Jamais.

Ce n'est qu'à ce moment que j'ai constaté que Sébastien avait disparu. Le lac était désert jusqu'aux collines ontariennes. Je me suis retourné vers la falaise rocheuse, plus proche. C'était impossible, Sébastien n'avait pas eu le temps de courir jusquelà. Je n'avais pas pu rester si longtemps au fond de l'eau. J'ai hurlé :

— Sébastien ! *Sébastien!*

Pas de réponse, sauf les craquements sourds de la glace. Tremblant et chancelant, je me suis approché du trou béant. J'ai reconnu une petite tuque rouge coincée entre deux pans de glace en train de se ressouder.

Les premiers flocons de neige de l'hiver se sont mis à tomber à cet instant-là.

Je ne me souviens pas de mon retour à Ville-Marie. Une autre déchirure dans ma courtepointe. Je ne me rappelle pas le moment où l'on m'a retrouvé près du quai, mouillé et gelé, hurlant des obscénités. Je me rappelle juste l'eau du lac luisant de toutes les couleurs de l'arc-en-ciel à cause de l'essence qui flottait. Et la neige. Je me rappelle la neige. Je revois presque chaque flocon qui tourbillonnait dans l'air immobile pour aller se noyer dans l'eau chatoyante.

\* \* \*

Le D<sup>r</sup> Denoncourt s'est levé et m'a tendu une boîte de Kleenex. Je l'ai remerciée. Nous nous sommes assis de nouveau. Je suis resté longtemps silencieux, regardant sans les voir les diplômes accrochés au mur. J'ai fini par lui dire que je n'avais plus envie de parler.

— Je comprends. Voulez-vous que nous nous revoyons ? Dans… dans trois jours, d'accord ?

— Oui. Oui, je vous remercie, docteur.

— Je vais vous donner une prescription pour des Ativan. C'est un calmant léger, si jamais vous éprouviez une sensation d'angoisse ou de…

— Je ne veux pas de pilules.

Elle a ouvert la bouche, sur le point de protester, mais elle n'a rien dit. J'avais mis mon manteau et me préparais à sortir quand elle m'a fait signe d'attendre.

— Monsieur Verrier, au sujet de cet… accident, ce terrible accident…

— Oui?

— Je ne comprends pas. Comment se fait-il que la glace était si mince à cet endroit? Je croyais que vous connaissiez toutes les sources dangereuses.

— Je ne pouvais pas le savoir. Personne ne pouvait le savoir. C'était une nouvelle source.

Elle a dit «Oh», l'air navré.

Je suis rentré à la maison à pied, m'arrêtant d'abord sur le quai face au lac, sans penser à rien, à rien sinon au coucher de soleil qui donnait au ciel et aux nuages des couleurs qu'aucun peintre n'aurait su reproduire.

Le rouge n'est jamais rouge sur le lac, le jaune n'est jamais jaune, le bleu est violet mais pas tout à fait. Je me disais parfois qu'un dieu un peu fou s'était amusé à appliquer des coups de pinceau sans prendre garde aux couleurs qu'il choisissait ni aux formes qu'il produisait. Parfois de grosses bavures, parfois des amas immenses, parfois des traînées quasi sans fin comme des cheveux d'anges. Et tout ça change à chaque seconde, à mesure que le soleil descend et descend et, tranquillement, presque sournoisement, va se cacher derrière les montagnes ontariennes. Chaque jour un spectacle grandiose, et chaque fois différent.

L'été, c'est un tissu soyeux et toujours changeant d'éclats de lumière, comme des diamants qui dansent. Le spectacle est tout autre par grand vent. On a le frisson devant la rage du lac Témiscamingue qui lève la voix, s'agite avec la broue à la gueule, prêt à avaler celui qui le brave.

Mais ce soir-là c'était l'hiver. Le lac était un champ de glace, éblouissant de lumière rouge.

Je ne pouvais pas rester à rêvasser plus longtemps, je me gelais le cul sur les bancs couverts de givre. Je suis remonté jusqu'au dépanneur m'ache-

ter une caisse de 24. Je lisais la désapprobation dans
les yeux de la caissière : ce n'était pas la première
que j'achetais cette semaine-là. J'ai marché jusqu'à
la maison, trébuchant sur le trottoir glacé,
déséquilibré par ma charge d'oubli en bouteilles.

Dès que j'ai réussi à ouvrir la porte à moitié blo-
quée par la neige durcie, Wilfrid a sauté en bas du
fauteuil et est venu m'accueillir en miaulant. C'était
tout ce qui me restait de ma famille : Wilfrid, un
gros matou rayé jaune. Il se frottait contre mes
jambes en miaulant et en ronronnant, pressé d'avoir
à manger. J'ai failli me mettre à pleurer : ce gros
con de chat, c'était la seule créature au monde qui
m'aimait encore. Je l'ai mis sur mon épaule. Il est
resté là, mou comme un sac de farine jusqu'à ce
qu'il s'aperçoive que je sortais la boîte de viande
pour chat du réfrigérateur. Miaulant de plus belle, il
m'a regardé remplir son bol de sa saloperie qui
puait le poisson, puis il s'est jeté dessus, la queue
pointée droit au plafond. Assis à terre, j'ai débouché
ma première bière de la journée, en flattant Wilfrid
et en contemplant le désordre de la maison.

Après l'affaire du clou – c'était plutôt une tige
de métal, mais les élèves m'avaient surnommé
« Le Clou », si bien que moi-même j'avais fini par
simplifier l'histoire et dire qu'il s'était agi d'un
clou – le neurochirurgien m'avait prévenu que je
ne supporterais plus l'alcool. «*Not more than a
beer each day*», m'avait-il dit de sa grosse voix de
*bloke*.

— Je suis peut-être pas un grand *doctor* du Civic
d'Ottawa, ai-je expliqué à Wilfrid, mais j'suis un
historien, et en tant qu'historien, je peux te garantir
que la technique est simple et a été éprouvée par
des générations de malheureux, dans tous les pays
et à toutes les époques : l'activité des neurones est

moins douloureuse avec un peu d'alcool pour les lubrifier. Les pensées glissent mieux. Les malheurs, les frustrations, les petits et les gros bobos de la vie quotidienne, tout ça, ça glisse. Fuuuit! Comme un patin sur la glace. J'te le dis, Wilfrid : dans l'histoire de l'humanité, l'alcoolisme est la norme bien plus que l'inverse. Au Moyen Âge, il fallait être crissement pauvre pour se contenter d'eau. Les nobles buvaient du vin, les pauvres buvaient de la bière et du cidre. Pour les prisonniers des Croisades – les chrétiens – la pire conséquence de leur emprisonnement par les Sarrasins a été l'absence de vin... Hé, y buvaient ça tous les jours depuis qu'ils avaient douze ans! C'était toute une bande de crisse d'alcooliques! Pis pas besoin d'aller si loin! Les Russes, les Polonais... ça boit de la vodka à presque tous les repas. Sur les bateaux russes, les marins ont droit à un demi-litre de vodka par jour, en bouteille décapsulée par les officiers... Ça, Wilfrid, c'est pour éviter qu'ils en accumulent assez pour se paqueter... Pis pourquoi pas quand on est malheureux? Pourquoi pleurer quand on peut rire? Ça fait que, sais-tu ce que j'y dis au D$^r$ Graham? J'y dis : *fuck you*!

Sauf qu'il avait raison, Graham : je ne supportais plus l'alcool. Six bières et j'étais complètement délirant. Je riais, je pleurais, j'embrassais mon chat, je perdais la carte.

La nuit d'hiver est tombée, trop tôt. J'avais bu seulement deux bières, j'étais *feeling*, pas plus. J'ai ouvert le réfrigérateur. Le spectacle des légumes moisis n'était pas fait pour me donner de l'appétit. J'essayais de me rappeler si j'avais mangé depuis le départ de Nadia... J'ai refermé la porte du réfrigérateur. Je n'avais pas faim. J'ai débouché une autre bière, ratant la poubelle avec le bouchon.

J'ai sursauté. Du coin de l'œil, j'avais vu comme un mouvement dans une fenêtre. Je n'étais pas encore assez saoul pour halluciner. J'ai couru ouvrir la porte, juste à temps pour voir quelqu'un disparaître derrière le banc de neige sale. Par la démarche et les vêtements, j'ai cru reconnaître La Poche, le fils de la folle à Massicotte. Lui aussi un peu débile, un peu robineux. Inoffensif. J'ai refermé la porte en essayant de me rappeler son vrai nom – quelque chose comme Patrick ou Éric – et en me demandant ce qu'il faisait sur mon terrain, en pleine nuit, par ce froid-là. C'était pas son genre de venir déranger les gens. Au contraire, il était plutôt sauvage et s'enfuyait souvent quand on s'approchait de lui. Comme sa mère.

J'ai haussé les épaules. C'était sans importance. Rien n'avait plus d'importance.

\* \* \*

Je rêvais souvent aux enfants. Dans le cauchemar de cette nuit-là, je venais d'installer la cabane à pêche en compagnie de Sébastien et de Marie-Émilie. Une fois dans la cabane, je me rendais compte que l'intérieur était beaucoup plus grand que je ne le croyais ; on aurait pu y faire entrer une voiture, il y avait même un long établi, sous lequel étaient accrochés des outils. Mais les outils étaient tous rouillés et je disais aux enfants de ne toucher à rien, pour qu'ils ne se salissent pas. C'était un de ces drôles de rêves à plusieurs plans : à l'instant où je me demandais pourquoi Nadia n'était pas là pour surveiller les enfants, je me disais que c'était impossible, que Nadia ne pouvait pas être dans cet endroit en même temps que moi. Et tout de suite après, comme sur un troisième plan, je me demandais : «Et pourquoi donc? Pourquoi est-ce que Nadia ne peut pas être ici?»

À ce moment-là, Marie-Émilie se mettait à crier que Sébastien avait fait mal à un chat. Je trouvais Sébastien près de l'établi, l'air penaud. Sous l'établi se traînait misérablement un petit chat brun. Apparemment, Sébastien lui avait fendu l'abdomen avec un des outils, et de son petit ventre coulait de la rouille, fine comme du sable. Je criais à Sébastien : «Qu'est-ce que t'as fait là? Je t'avais dit de toucher à rien!», mais alors quelqu'un se mettait à frapper à grands coups de poing sur la porte de la cabane, provoquant un bruit infernal, faisant tomber la rouille des outils, effrayant les enfants. Je m'approchais de la fenêtre pour voir qui frappait comme un fou. C'était La Poche, le jeune Massicotte, qui frappait sans s'arrêter, ses longs cheveux sales lui battant le visage, laissant à peine voir son sourire dément, ses yeux fous. Il frappait si fort que la porte était couverte du sang de ses poings. Les enfants pleuraient et tout ce que je trouvais à dire, pour les rassurer, c'est : «Ayez pas peur, les enfants, c'est juste un rêve, c'est juste un rêve…»

Je me suis réveillé, seul dans la maison tout éclairée. J'aurais voulu mourir pour que ça finisse. Mais j'avais trop peur que l'enfer ressemble à ce que je vivais. Je me suis condamné à vivre un jour de plus.

Je voyais le D^r Denoncourt depuis trois semaines environ quand j'ai rencontré Florent Hébert à la quincaillerie. Il m'a regardé de la tête aux pieds, comme s'il avait de la difficulté à me reconnaître. Il faut dire que j'avais une sale gueule : dépeigné, une barbe de plusieurs jours, les yeux rougis par le manque de sommeil. Hébert tenait un bidon de peinture bleue dans une main et un pinceau bon marché dans l'autre.

— Salut, Daniel. Ça va ?

— Ça va, et toi ?… (J'ai grimacé.) Oh ! franchement, c'est con ce réflexe de répondre «Ça va, et toi ?» Non, ça va pas bien. Pas bien pantoute. Tu sais bien…

Il a souri tristement : tout le monde à Ville-Marie était au courant. Il s'est frotté la joue, l'air embarrassé.

— Daniel, je… je suis content de tomber sur toi. Je voulais m'excuser de… C'est sûr que si j'avais été un vrai *chum*…

Je lui ai dit de ne pas s'excuser.

— Je suis pas allé te voir parce que j'avais peur. J'avais peur de ton malheur, c'est tout. Je sais que c'est égoïste, mais je ne voulais pas gâcher mon bonheur à ce moment-là. Stéphanie venait d'accoucher. C'est un petit garçon. Il s'appelle Jean-Luc.

— Je… Je savais même pas que Stéphanie était enceinte… Merde, il y a combien de temps qu'on s'est pas parlé ?

— Le temps passe vite.

— Oui. Le temps… Le temps passe trop vite.

Je connaissais Florent depuis que j'avais dix ans. Aussi bien dire que nous nous étions toujours connus. À la petite école, c'était un grand maigre, placide et maladroit, le genre de gars toujours choisi en dernier quand on formait les équipes de hockey ou de ballon-chasseur.

Mais il compensait en faisant preuve d'une imagination débordante dans le domaine des coups pendables, avec moi comme complice enthousiaste. Nous avons mis des clous sur la route, poussé des voitures dans le fossé, pissé dans des bouteilles de bière que nous rebouchions et remettions dans les réfrigérateurs du magasin, mis des chats morts dans les boîtes aux lettres, lancé des pétards par la porte de l'église pendant la messe, et ainsi de suite… C'étaient des enfantillages : au fond, Florent était un sensible et un doux. Je ne me souviens pas qu'il se soit battu, même pas avec un plus petit que lui. Et il s'était toujours bien entendu avec les filles. Jusqu'à treize ans, il s'était fait copieusement traiter de fifi, mais à l'adolescence il nous avait tous rendus jaloux. Bien plus tard, j'ai compris à quel point Florent, même à quinze ans, *aimait* vraiment les filles. Il aimait être avec elles, les toucher, leur parler. « Tu trouves pas qu'elles sentent bon ? », me demandait-il avec un grand sourire niaiseux. Je ne savais pas quoi lui répondre. Il ne ressentait sûrement pas le même désir désordonné, sauvage et douloureux qui m'emplissait la tête dès que j'avais bu une bière.

Nous nous étions perdus de vue pendant les années d'université, lui à Montréal, moi à Ottawa. J'ai fini mes études un an plus tôt que lui. J'étais bien réinstallé à Ville-Marie avec Nadia quand il est revenu de Montréal en compagnie de Stéphanie, une fille frêle, blonde comme une poupée, gentille mais réservée. Nous avons tenté de nous fréquenter en couples, mais Nadia et Stéphanie se tombaient mutuellement sur les nerfs. Je continuais de visiter Florent et Stéphanie à l'occasion, ce qui me valait de Nadia des commentaires acrimonieux qui dégénéraient à peu près toujours en dispute. J'ai parfois l'impression que *tout* dégénérait en dispute avec Nadia. Je réalise maintenant que ce n'est pas tout à fait vrai, mais c'est l'arrière-goût que cette relation m'a laissé. De toute façon, les enfants sont nés, les temps libres ont disparu et je n'ai plus vu Florent qu'à l'occasion de rencontres inopinées. Je ne voyais d'ailleurs plus personne, il n'y avait plus que le travail, et les enfants, et Nadia.

Je suis resté là, au milieu du couloir de la quincaillerie, perdu comme un chiot sans sa mère. Je voulais prolonger la conversation, mais je ne trouvais rien à dire. J'avais peur de l'emmerder avec mes histoires ; pourtant, Florent n'avait pas l'air pressé de s'éloigner de moi. Tout ce que j'ai trouvé à demander, c'est si l'accouchement s'était bien passé.

— Oui. C'est un beau bébé. On est très heureux.

— Je suis content pour toi…

J'ai dû cesser de parler, ma gorge était trop serrée.

Nous nous sommes retrouvés à la brasserie, autour d'un pichet de bière. Florent n'a presque rien dit, c'est moi qui parlais et parlais. Pendant des heures, j'ai vidé mon sac ; je radotais un peu vers la fin. J'ai fini par éclater de rire.

— Tu sais que je vois la psychiatre de l'hôpital ? C'est ça qu'elle devrait faire : venir avec ses patients prendre une bière dans un bar. Elle s'apercevrait que la vérité y sort beaucoup plus vite que dans son bureau.

Florent a ri.

— Oui. C'est ça qu'elle devrait faire... Écoute, Daniel. Ça nous ferait plaisir que tu viennes souper à la maison, à Stéphanie et à moi.

— Aaah... Je sais pas... Vous devez être occupés, avec le bébé...

— Justement, il faut que tu voies Jean-Luc.

— Je sais pas...

— Es-tu trop occupé ? Travailles-tu ?

— Je suis en congé de maladie. J'étais... J'étais plus capable...

— Qu'est-ce que tu fais de tes journées ? Tu tournes en rond dans ta maison ?

— Oui. (J'ai ri, sans joie.) C'est à peu près ça.

— Tu vois ? Il faut que tu viennes, pour te changer les idées. Je vais en parler à Stéphanie. On va t'inviter cette semaine. D'accord ?

J'ai hoché la tête. Je commençais à être un peu trop saoul. Florent a terminé son bock.

— Maintenant, je dois y aller. Stéphanie doit s'inquiéter.

\* \* \*

J'étais sûr que je n'entendrais plus parler d'eux. C'était le genre d'invitation qu'on fait comme ça, par politesse, pour ne pas s'avouer qu'on ne veut plus se voir. Or, le lendemain après-midi, c'est Stéphanie elle-même qui me téléphonait pour me demander si j'aimais le homard. Si oui, j'étais invité à souper le soir même.

Florent et Stéphanie habitaient une petite maison sur la route 101 nord. Rasé, douché et nerveux, j'ai sonné. Par la fenêtre, une silhouette féminine m'a fait signe d'entrer. L'intérieur était chaud et lumineux, une bonne odeur de beurre et de vin provenait de la cuisine. Stéphanie s'est avancée en détachant son tablier. Elle était plus ronde, plus radieuse, plus belle que dans mon souvenir. Nous nous sommes embrassés, un peu maladroits. Nous avons dit «Ça va?» tous les deux en même temps…

Stéphanie a ri. J'ai dit que ça allait mieux.

— Je suis contente. On était inquiets pour toi, Florent et moi. Viens t'asseoir, Florent va arriver dans une minute, il change la couche de Jean-Luc.

Je me suis assis au salon. C'était petit, chaleureux et sans prétention; sous la large table à café en verre avait été entassé un tas de jouets multicolores. C'étaient des cadeaux pour plus tard, Jean-Luc était encore bien trop petit pour jouer, expliquait Stéphanie avec un sourire attendri.

Florent est apparu, tenant dans ses bras un petit paquet emmailloté. Il me l'a tendu. Je l'ai pris, un peu désarçonné mais sans oser refuser. La petite tête chiffonnée m'a fixé de son regard vitreux et a tout de suite éclaté en pleurs.

— Eh bien, Jean-Luc, c'est pas très poli pour notre invité, a gentiment disputé Stéphanie en me le reprenant des mains.

Elle s'est mise à le bercer en murmurant: «Doux, doux, l'enfant doux…» Les pleurs se sont atténués puis transformés en gémissements occasionnels.

Nous avons discuté autour d'un apéritif. C'était surtout Florent qui parlait – tout allait bien pour lui, travail, couple, enfant. Je n'avais que mes histoires déprimantes à leur offrir, ce qui fait que je me taisais.

De toute façon, je n'avais pas besoin de parler, tout ce que je voulais, c'était goûter le plaisir d'être avec des amis.

Nous sommes passés à table. Depuis combien de temps n'avais-je pas soupé dans une ambiance aussi agréable ? Des bûches crépitaient dans le petit foyer, la table était belle, le souper était bon. Ils s'étaient visiblement donné bien du mal pour m'accueillir. Seule ombre au tableau, le bébé pleurait beaucoup, au point qu'il était difficile de se parler. Stéphanie essayait de le consoler, un peu inquiète.

— C'est pas un pleureur d'habitude.

— Il a peut-être faim, a dit Florent.

— C'est pas son heure.

Stéphanie a déboutonné son chemisier et soulevé son soutien-gorge, sans se préoccuper de ma présence. Mais le bébé refusait le mamelon, il préférait pleurer. Elle a reboutonné son chemisier et a tendu le bébé à Florent : elle allait servir le dessert.

Dans les bras de son père, Jean-Luc s'est calmé un peu. Pas question qu'on le remette dans sa couchette, toutefois : il recommençait à hurler comme un cochon qu'on saigne. Le repas a continué, ponctué par les cris de Jean-Luc. L'humeur de Florent et de Stéphanie s'en ressentait, ils étaient maintenant convaincus que le bébé était malade : jamais il n'avait fait une scène pareille.

L'état de grâce dans lequel je baignais à mon arrivée avait fait place à un cuisant sentiment de culpabilité. Le vin alimentant ma paranoïa, j'en venais à me demander si je n'étais pas la cause des pleurs du bébé.

— Je suis désolé. C'est moi qui dois le déranger.

— Mais non, la moitié de Ville-Marie est venue le voir. Il aime tout le monde. Il a jamais fait ça.

— Il est malade, a répété Stéphanie.

Nous avons terminé le dessert et sommes passés au salon. Dans les bras de son père, Jean-Luc continuait de gémir et de gigoter, le visage congestionné. Stéphanie voulait l'emmener à l'hôpital. Florent trouvait qu'elle s'énervait trop : on ne courait pas à l'urgence seulement parce qu'un bébé pleurait. Stéphanie insistait à mi-voix : ce n'était pas normal. Ils évitaient tous les deux de me regarder ; je voyais bien que Florent aussi était inquiet et que c'était à cause de ma présence qu'il ne cédait pas à la demande de Stéphanie.

Je me suis levé en leur expliquant que je devais partir. Stéphanie s'est approchée de moi. Elle se retenait visiblement de pleurer.

— On te fait partir à cause du bébé. Je suis terriblement désolée.

— Arrête, veux-tu ? Vous avez déjà fait beaucoup.

— Pas besoin d'y aller tous les deux, a proposé Florent. Stéphanie peut y aller seule.

— Mais non, vas-y toi aussi. Je vois bien que t'es inquiet. Je sais ce que c'est…

Ma voix s'est étranglée. Spontanément, Stéphanie m'a embrassé.

— Tu es gentil.

Elle est allée à la salle de bains essuyer les larmes qui lui coulaient sur les joues. Florent a haussé les épaules.

— Drôle de soirée.

— C'est pas votre faute.

— Je sais, je sais… Écoute, pendant que Stéphanie se poudre à neuf – tu sais ce que c'est – je vais aller chercher les trucs de Jean-Luc… Tu le surveilles ?

Florent a déposé le bébé sur le divan, où il s'est mis à hurler et à se tordre comme si on le torturait. Son visage était un masque rouge et gonflé, avec les plaques d'eczéma plus rouges encore, ses petits poings étaient fermés à bloc, ses jambes dressées, frémissantes. Je l'ai laissé hurler et pleurer, surveillant simplement pour qu'il ne tombe pas du divan. Je commençais à partager l'inquiétude de Florent et de Stéphanie : ce n'était pas normal qu'un bébé pleure comme ça.

Stéphanie s'est penchée par la porte de la salle de bains.

— S'il te plaît, Daniel. Peux-tu essayer de le bercer un peu ?

Je me suis approché, hésitant. La première fois que je l'avais pris, ça n'avait pas été un succès. La bouche grande ouverte, la langue frémissante, Jean-Luc continuait de hurler à la mort. J'ai mis une main sous son crâne mouillé de sueur et une autre dans son dos. Je l'ai soulevé. Comme pris d'un hoquet, il s'est soudain arrêté de pleurer. Ses paupières rouges d'eczéma se sont soulevées. Ce n'était plus le regard flou d'un bébé de huit semaines, c'était un regard fixe et dur de colère. D'une voix aiguë mais parfaitement compréhensible, il m'a dit :

— Il faut finir la *job*, Daniel. Le lac attend.

J'ai reculé comme sous l'effet d'une décharge électrique. Le coin de la table m'est rentré dans le mollet, ma jambe a plié, je suis tombé de tout mon poids sur la table à café. Le verre a éclaté. J'ai dégringolé dans le noir en tournant sur moi-même, longtemps, longtemps… Puis j'ai percuté la glace et je me suis retrouvé dans l'eau glacée, battant des bras, fou de panique. Malgré la douleur et la désorientation, j'ai immédiatement pensé : « J'ai échappé le bébé ! » Je tournais en tous sens en me débattant dans une noirceur goudronneuse. Seule une lueur bleutée flottait au loin, très loin. Je croyais y voir la lumière de la surface. Je remontais. C'était long, épuisant. Je n'arrivais pas à croire que la surface était aussi éloignée. Je ne me demandais pas pourquoi je ne me noyais pas, depuis le temps que je flottais dans l'eau glacée. Je ne me disais même pas : «C'est un cauchemar»; j'avais depuis longtemps cessé de penser de façon rationnelle. Tout ce qu'il me restait, c'était un minuscule fragment de conscience animale qui me hurlait frénétiquement de sortir de là.

Comme un voile de brume chassé par le vent, l'eau boueuse du lac Témiscamingue s'est éclaircie. J'avais cru nager vers la surface, mais tout ce temps j'avais continué de plonger vers le fond du lac. Pas le petit fond glaiseux de la baie des Pères, le *véritable* fond du lac, à plus de cent mètres de profondeur, la vieille roche tout en cratères, en crevasses et en éclats de granit.

Sous mes yeux, le nez d'une camionnette flottait entre deux eaux, l'arrière de la caisse enfoncé dans une fissure du granit. *Ma* camionnette. La lumière que j'avais pris pour la lumière du soleil à travers la glace provenait des phares encore allumés. À l'intérieur de la cabine, Sébastien et Marie-Émilie me regardaient, flottant contre le pare-brise, leurs petits visages étonnés et réprobateurs.

J'ai cru que le cœur allait m'éclater de soulagement : même si la cabine était remplie d'eau, je savais qu'ils étaient encore vivants, je l'avais toujours su. «Ayez pas peur, je leur criais, papa est venu vous sauver.» Mais Marie-Émilie hochait doucement la tête avec cette expression bornée que je me rappelle si bien. «C'est trop tard, papa, on peut pas revenir.»

«C'est jamais trop tard», répondais-je. Je m'accrochais à l'aile de la camionnette et je tendais la main vers la poignée de la portière. Marie-Émilie était plus rapide et appuyait sur le bouton de verrouillage. De son côté, Sébastien nageait jusqu'à l'autre portière et la verrouillait également. Les pieds calés contre la boîte, je tirais sur la poignée de toutes mes forces. La porte était verrouillée et bien verrouillée. Je frappais sur la fenêtre, furieux, je leur criais d'ouvrir. Qu'est-ce qu'ils allaient manger comme taloche s'ils ne m'obéissaient pas immédiatement ! Sébastien riait et me tirait la langue.

«Papa est embarré dehors ! »

Marie-Émilie, elle, était toute sérieuse.

«Tu peux pas entrer, papa. Tu pourras plus jamais entrer. Il n'y a pas assez de place. »

«Qu'est-ce que tu dis là ? Il y a bien assez de place. »

«Pas pour toi. Juste pour quelqu'un comme Sébastien et moi. »

«Je comprends rien à ce que tu dis ! Envoèye, Marie-Émilie, ouvre la porte, ou bien tu vas en manger toute une ! » Je frappais sur la fenêtre à grands coups de poing, mais l'eau et le froid me ralentissaient.

Soudain, sous mes pieds, je sentais un frôlement. Du coin de l'œil, je voyais l'eau scintiller, des formes fluides qui glissaient, sans bruit. Je regardais tout autour de moi, stupéfait.

Des poissons. C'étaient des poissons, des dizaines, des centaines de poissons ; des dorés, des esturgeons, des corégones, des brochets, de toutes les tailles. Tous ils nageaient, apparaissaient et disparaissaient dans les crevasses, soulevant des tourbillons d'eau glaiseuse dans le fond des cratères. Ils me passaient sous le nez, entre les jambes. Tous dans la même direction, comme s'ils fuyaient quelque chose.

«Qu'est-ce qui se passe ? » demandais-je, le cœur battant lourd.

« Ils ont peur », expliquait Marie-Émilie.

« Peur de quoi ? »

Aucun des enfants ne répondait. Au loin, dans la direction d'où fuyaient les poissons, plus loin qu'il n'aurait dû être possible de voir dans les eaux troubles du lac Témiscamingue, apparaissait une forme sombre – pas sombre : noire, profondément noire, une forme aux contours imprécis, qui semblait émerger d'une crevasse encore plus large et profonde que les autres. La forme s'étalait, grandissait, s'approchait... J'étais terrifié, une terreur puissante, totale et primitive.

« Qu'est-ce que c'est ? »

Marie-Émilie haussait une épaule, le geste d'agacement d'une enfant face à la lenteur d'esprit des adultes.

« Le monstre du lac, tu le sais bien. »

À ce moment je me suis souvenu de Jean-Luc, qui était tombé avec moi dans le lac. Je l'ai entendu pleurer, de loin, de haut, de si loin et de si haut que ça semblait provenir de la surface, de l'autre côté de la glace.

J'ai entendu d'autres cris ; c'était Stéphanie qui hurlait « Qu'est-ce qui s'est passé ? Qu'est-ce qui s'est passé ? », sans pouvoir s'arrêter, au bord de l'hystérie.

J'ai repris conscience au milieu des jouets et des éclats de verre. Florent me regardait, blanc d'inquiétude. J'ai essayé de me redresser.

— Attention, tu vas te couper.

Avec l'aide de Florent, je me suis assis, enlevant avec prudence les éclats de verre qui me couvraient. Au fond de la cuisine, Stéphanie serrait le bébé contre elle, tremblant et pleurant.

— Calme-toi un peu, a fini par lui dire Florent. Il n'a rien.

— Dis pas qu'il a rien ! a hurlé Stéphanie en grinçant des dents de rage. Il s'est coupé le front ! Il a peut-être avalé de la vitre, il en a peut-être dans les yeux !

— Calme-toi, calme-toi !

— Il faut aller à l'urgence !

— On y va, on y va… Daniel, où vas-tu ? Non, fais pas ça, Daniel, va-t'en pas comme ça !

J'ai refermé la porte et j'ai couru le long de la route 101, me retournant souvent pour être sûr qu'ils n'essayaient pas de me rattraper en voiture. J'ai pu ralentir le pas : leur voiture ne sortait pas de la cour. Florent devait être trop occupé à calmer Stéphanie.

J'ai erré dans Ville-Marie déserte, passant et repassant l'incident dans ma tête jusqu'à ce que ça devienne une bouillie douloureuse et informe. Il faisait froid. Dans le stationnement du centre commercial, des ombres multiples pivotaient autour de mes pieds. Il n'y avait qu'une bande d'adolescents, avec leurs manteaux de cuir noir à franges, qui m'ont regardé passer sans dire un mot. Je suis rentré chez moi et je me suis saoulé…

Le D^r Denoncourt a accepté de me rencontrer le lendemain matin. Sur un ton cordial mais ferme, elle m'a néanmoins rappelé que le vendredi était sa journée réservée au travail de bureau.

— Et les urgences, a-t-elle ajouté, presque à contrecœur. De plus, je ne suis pas convaincue que nous puissions travailler de façon sérieuse si vous êtes en état d'ébriété. J'espère que cette situation ne se reproduira plus.

— Je ne suis plus saoul, lui ai-je expliqué sur un ton terriblement fatigué. J'ai rien bu aujourd'hui. J'ai juste mal à la tête. Et c'est une urgence.

Elle s'est penchée vers moi, juste assez pour montrer qu'elle était attentive.

— Je vous écoute.

Essayant de garder mon calme et de parler sur un ton raisonnable et sensé, je lui ai raconté ce qui s'était passé la veille. Elle ne m'a pas interrompu. Je n'aurais pas su dire si elle croyait à toute l'histoire ou non : tout le temps que je lui ai parlé, mon regard n'a pas quitté la pile de dossiers empilés proprement sur le coin de son bureau. À la fin de mon monologue, nous sommes tous les deux restés longtemps silencieux ; c'est à peine si on entendait quelques conversations feutrées venues du corridor.

— Est-ce la première fois qu'un… événement pareil se produit ? a-t-elle finalement demandé sur le ton le plus neutre possible.

J'ai hoché la tête. Je me sentais ridicule et misérable face à son calme professionnel. Elle ne voyait donc pas que je me retenais de hurler ? Elle ne voyait donc pas que j'étais en train de mourir, de pourrir de l'intérieur ?

— Je sais pas. J'ai jamais eu une hallucination comme ça.

— Être conscient qu'il s'agit d'une hallucination est un premier pas. Il s'agit maintenant de trouver pourquoi. Pourquoi cette hallucination-là ? À ce moment précis ?

— Je… Je suis même pas sûr qu'il s'agisse d'une hallucination… Je veux dire… Si vous deviez me demander lequel de ces deux souvenirs, entre ma véritable chute dans le lac et l'hallucination chez Florent, est le plus vif, le plus réel, je serais obligé de vous répondre que c'est l'hallucination chez Florent. Et même là, il y a une espèce de… de *gradation* dans la réalité de mes souvenirs, comme si… crisse, vous devez rien comprendre à ce que je dis…

— Oui, oui… Continuez…

— Ce que j'essaie de dire, c'est que je suis bien prêt à admettre que la rencontre avec Marie-Émilie et Sébastien au fond du lac est un rêve… *Fuck*, les plongeurs ont retrouvé la camionnette vide, vous le savez bien… Mais ce que le bébé de Florent m'a dit juste avant me semble tellement réel. Je l'entends encore : « Le lac attend. » Comment est-ce possible ? Je parle pas du fait que le bébé m'a parlé – je sais que c'est pas possible – mais comment est-ce possible que je m'en rappelle ? Est-ce que c'est *ça*, devenir fou ?

Le D$^r$ Denoncourt a souri en me rassurant.

— Il arrive que notre perception de la réalité cafouille – ça ne veut pas dire que nous sommes fous pour autant. Vous êtes-vous déjà demandé par quel mécanisme nous percevons ce qui nous entoure comme «réel»? La question peut sembler bizarre ou trop philosophique. Après tout, ce qui nous entoure est réel, c'est le gros bon sens, non? Eh bien, d'une certaine façon, non. Nous ne connaissons de la réalité que ce que nous en transmettent nos sens. La «réalité» – entre guillemets – qui nous entoure est une fabrication de notre cerveau, qui élabore un modèle à partir des messages de nos sens… Je ne vous ai pas encore perdu?

Je n'ai pas pu m'empêcher de soupirer.

— Faites-vous-en pas, doc. Moi aussi j'ai suivi des cours de philosophie au cégep.

— Pourtant, nous sommes sûrs, en tout temps, que ce modèle de la réalité est «réel», et que le reste – les rêves, les fantasmes, l'imagination, le cinéma – ne l'est pas. C'est notre cerveau qui fabrique les deux : la réalité et l'imaginaire. Comment fait-on pour les différencier? Sur quoi se base-t-on pour décider à un moment donné qu'un de ces modèles-là – pas les autres! – représente la réalité extérieure? C'est simple; on compare tous ces modèles et on choisit le plus stable comme étant la réalité. Normalement, ça fonctionne très bien : le modèle créé par nos sens est de loin le plus stable; il est confirmé à toutes les heures, tous les jours, alors que la stabilité d'un rêve disparaît dès qu'on se réveille. Le choix est facile. (Elle s'est penchée vers moi, sa voix juste un peu plus forte qu'un murmure.) Mais que se passe-t-il lorsque notre modèle de la réalité est terriblement perturbé, quand les messages de nos sens sont confus et instables? Que se passe-t-il quand notre modèle de la réalité est trop instable et douloureux pour être supportable? Le choix entre la «réalité» et le fantasme n'est plus aussi facile, n'est-ce pas ? Votre cerveau peut *préfé-rer* le fantasme à la réalité, surtout lorsque c'est une réalité qui fait trop mal. Comprenez-vous comment ça s'applique à vous, Daniel ?

— Je crois… Je crois, oui. Mais pourquoi est-ce que ça s'est produit à ce moment-là ? Pourquoi pas avant ?

— Je peux tenter une explication partielle. Un bébé qui pleure, ça peut être très agaçant. Comme les pleurs du fils de votre ami étaient en train de gâcher votre soirée, vous avez sans doute éprouvé un sentiment de colère. Or un adulte se sent nor-malement coupable d'éprouver de la colère envers un bébé. Alors pour vous, le puissant sentiment de culpabilité que vous éprouvez depuis la noyade de vos enfants a exacerbé votre réaction.

— Mais le bébé m'a parlé *avant* que je trébuche, c'est même à cause de ça que je suis tombé.

— Allons, Daniel, notre mémoire n'est pas fiable dans ce genre de situation.

J'ai éclaté d'un rire douloureux.

— Mais, enfin, j'ai réellement cassé la table. Je me suis coupé les mains à trois endroits !

Elle a doucement approuvé.

— Je n'ai pas dit que *tout* ce qui s'était passé était une hallucination. Mon interprétation hâtive est sûrement incomplète. Je ne suis pas sûre de comprendre tous les éléments de votre hallucina-tion mais vous vous rendez bien compte qu'il y a des résurgences d'une frayeur claustrophobique, qui datent sans doute de votre accident du temps où vous étiez pompier : la forme noire, par exemple.

Je me suis levé, les jambes un peu molles.

— Oui, vous avez raison…

— C'est plus facile d'accepter quand on com-prend, n'est-ce pas ?

— Oui. Oui, je crois. Merci encore. Merci aussi pour vos explications sur la… la nature de la réalité. Ça me rassure un peu, ça met un peu d'ordre dans… dans tout ça.

— Les situations trop confuses sont désagréables. Je suis là pour vous aider à y voir clair. Ah! tiens, j'étais en train d'oublier… Ne partez pas tout de suite…

Je suis resté là pendant qu'elle feuilletait mon dossier, comme si elle cherchait quelque chose qui aurait dû s'y trouver.

— De quand date votre dernière scanographie, Daniel?

Un frisson d'inquiétude m'a glissé le long du dos. Je n'aimais pas beaucoup ce genre de question.

— Probablement de l'hôpital d'Ottawa, pour l'opération.

— Mmm… Je ne suis pas sûre qu'il y ait eu des scanners en 1978… Mais depuis ce temps-là? Vous n'avez pas eu d'examen de rappel?

— Non.

— Vous n'en avez pas discuté avec votre médecin traitant?

Je n'ai pas pu m'empêcher de sourire, un peu condescendant.

— Docteur Denoncourt, on est au Témiscamingue ici. Une région «éloignée». Quand j'ai eu mon accident, j'ai été soigné par le D$^r$ Vigneault. Mais le D$^r$ Vigneault a pris sa retraite. Pendant six mois, j'ai été suivi par le D$^r$ Bilodeau, jusqu'à ce qu'il retourne à Montréal. J'ai ensuite eu le D$^r$ Nguyen, qui est pas resté longtemps lui non plus dans notre trou. Ensuite, ç'a été Évelyne Jasmin, qui m'a suivi trois ans, mais elle a fini par partir elle aussi. Depuis ce temps-là… Depuis ce temps-là, je me suis tenu loin de l'hôpital.

Elle s'est appuyée sur son bureau, l'air à la fois sévère et peiné.

— Daniel, un traumatisme direct à l'encéphale ne doit pas être pris à la légère. Vous vous en êtes très bien tiré, mais il n'empêche que le corps étranger a atteint un endroit du cerveau riche en fonctions cognitives et sensorielles. Je croyais que le suivi neurologique avait été fait de façon normale.

— Si vous cherchez à me faire peur, c'est réussi.

— Je ne cherche pas à vous effrayer, Daniel. Mais maintenant qu'il y a un scanner au Centre hospitalier de Rouyn-Noranda, je crois que ce serait simple prudence d'éliminer une éventuelle cause organique. Je vais essayer de vous obtenir un rendez-vous. Mais ça risque de prendre plusieurs semaines ; quand ce n'est pas urgent… Vous voyez ? Je ne suis pas si inquiète que ça ! Allons, maintenant, essayez de vous reposer, d'accord ?

— D'accord.

— Et doucement avec l'alcool… Surtout dans ces conditions…

— Vous avez raison. Je vais essayer de me retenir.

— Je crois que ça sera mieux pour tout le monde.

— Vous avez raison. Merci, docteur.

— Et je…

Elle s'est interrompue, comme embarrassée.

— Vous alliez dire quelque chose ?

— Ah ! Rien qui concerne directement notre relation professionnelle. Je voulais simplement que vous sachiez : moi aussi j'ai deux enfants.

Tout ce que j'ai trouvé à répondre, c'est :

— Encore merci, docteur.

J'ai quitté le Centre de santé, perplexe, indécis, effrayé malgré tout. J'avais failli lui parler de ces pans entiers de ma mémoire qui manquaient toujours. Seule cette crainte ridicule et puérile d'être pris en faute avec des mensonges étalés sur tant d'années m'avait arrêté. Et puis, j'ai réussi à me convaincre, comme je l'avais réussi tant de fois auparavant, qu'il manquait si peu de choses, au fond, que ça ne valait plus la peine d'en parler après tout ce temps.

Une vieille *joke* enfantine me trottait dans la tête : «Un fou qui sait qu'il est fou est pas mal moins fou qu'un fou qui sait pas qu'il est fou.» La folie ou l'oubli… «Un amnésique qui se rappelle qu'il est amnésique est pas mal moins amnésique qu'un amnésique qui se rappelle pas qu'il est amnésique.»

À tout prendre, peut-être que le fou aurait préféré l'être complètement. Personnellement, j'aurais voulu oublier que j'avais oublié ; ça m'aurait fait une raison de moins d'être malheureux.

Deux semaines plus tard, avec l'accord du
D<sup>r</sup> Denoncourt, je retournais au travail à la
Commission scolaire. Je venais à peine d'accrocher
mon manteau à la vieille patère de bois que Raoul
Trépanier, le directeur des finances, entrait dans
mon bureau, deux cafés à la main.

— Salut, capitaine ! Je t'apporte un café. Tu
diras pas que ton *boss* a pas célébré ton retour. (Il a
déposé les cafés sur mon bureau et m'a serré la
main, avec son sourire de gros mon-oncle au temps
des Fêtes.) Content de te revoir, Daniel. Content de
voir que ça va mieux… Enfin, je suppose que ça
va mieux si t'es de retour à la *job*.

— Ça va mieux. Ça va me faire du bien de
travailler.

— Ça, mon ami, c'est le bon sens qui parle.
Faut se changer les idées, faut se sortir ces choses-
là de la tête. Rester tout seul à la maison à se
rabâcher ça toute la journée, c'est pas bon.

Maintenant que Raoul avait brisé la glace,
d'autres employés de l'étage entraient dans le bureau pour me saluer, certains mal à l'aise, d'autres
exagérant la bonhomie. «Salut, Daniel ! Ça va,
Daniel ? On commençait à s'ennuyer. T'arrives
juste à temps, la *job* «le fun» va commencer bientôt. On t'attendait pour les taxes scolaires, pensais-
tu que tu allais t'en sauver ?»

On m'a présenté à deux nouveaux employés :
Jean-Pierre, technicien à la gestion du personnel,

un petit rouquin à l'air timide, et Josée, une enseignante qui venait d'être envoyée de Notre-Dame-du-Nord pour remplacer une des conseillères pédagogiques en année sabbatique. Ils ne travaillaient pas directement au service des finances, mais leurs bureaux étaient juste à côté des nôtres.

Puis il a fallu se mettre au travail. Avec Alice, la secrétaire du service des finances, nous avons passé en revue tout mon travail d'agent de gestion financière qui, entre-temps, avait été pris en charge par elle et le patron. Évidemment, tout était en retard : rapports financiers, perception des taxes, dossiers des archives, approbations des achats. Sitôt Alice sortie de mon bureau, je me suis laissé tomber sur ma chaise, complètement découragé. J'ai feuilleté la pile de documents, le courrier à trier, les notes poussiéreuses, cherchant quelque chose de moins fastidieux que le reste. Mais tout m'apparaissait comme une montagne.

Midi était passé que je n'avais pas vraiment l'impression d'avoir accompli quoi que ce soit – sinon d'avoir classé toute cette paperasse en trois piles : «urgent», «très urgent» et «urgent en ostie». Mais pas question que je travaille pendant l'heure du dîner ; je n'avais fait que boire du café toute la matinée et je me sentais fébrile, nauséeux, de mauvaise humeur. Je n'avais pourtant pas plus envie de descendre à la salle à manger pour subir les questions et les regards de tous les employés de la Commission scolaire. J'ai enfilé mon manteau et je me suis mis en marche vers la *Brasserie des Témiscamiens*, là où l'affluence du midi et la présence de voyageurs et de camionneurs me donneraient au moins l'illusion de l'anonymat. Devant moi marchait une jeune femme en long manteau mauve. Avec ses bottes à talons hauts sur le trottoir glacé, c'était un miracle qu'elle ne tombe pas sur le derrière. Chaque fois que j'étais persuadé qu'elle allait s'étendre de tout son long, elle se rattrapait, réussissant même à garder une certaine dignité dans l'épreuve. Elle est entrée à la brasserie juste devant moi. Elle a attendu près de la caisse en levant le nez pour arriver à voir malgré ses lunettes embuées – c'était presque plein, comme toujours le midi. Ce n'est qu'à ce moment que j'ai reconnu Josée, la nouvelle conseillère pédagogique. À travers une partie de ses lunettes qui n'était pas embuée, elle m'a aperçu qui attendait derrière elle.

— Avoir su qu'on allait à la même place, je t'aurais attendu, a-t-elle dit en souriant.

J'ai souri aussi. La serveuse s'est approchée :

— Pour deux ?

Josée m'a regardé. J'ai sans doute trop hésité, mais j'ai finalement dit :

— Bien sûr.

Une petite table se libérait, nous avons posé nos manteaux sur le dossier de nos chaises et nous nous sommes assis.

— Je viens pas ici tous les jours, a précisé Josée comme si elle s'excusait. Ce matin, ça me tentait pas de me faire un lunch.

— Moi non plus.

Nous avons étudié le menu, la serveuse est venue prendre la commande. Après ça, il a bien fallu que nous reprenions la conversation.

— C'est Josée qui ? Je n'ai pas compris.

— Lauzon. Josée Lauzon.

— Les Lauzon de Notre-Dame-du-Nord ?

— Exact, a-t-elle répondu en faisant semblant d'être agacée. La mafia des Lauzon du Nord.

— Moi, c'est Daniel Verrier.

Elle m'a lancé un regard presque compatissant.

— Au bureau, on parle de toi depuis que je suis arrivée, ça fait que, tu sais ce que je veux dire, je sais qui tu es. Ou plutôt, je sais ce que les autres disent de toi.

Elle a souri en soulignant la nuance.

— Eh oui, c'est ça être une célébrité !

J'avais voulu faire une plaisanterie, mais l'effet était plutôt raté. Nous avons discuté boulot, banalités, connaissances communes, politique locale. La serveuse a apporté nos plats. Josée s'est mise à découper de façon méthodique sa boulette de viande hachée, vérifiant s'il n'y avait pas de trop gros morceaux de tendons. Dans le tourbillon des visages lors de mon arrivée au bureau, je l'avais à peine remarquée. Je l'avais vue plus jeune, mais de près j'ai ajusté mon estimation à trente-cinq ans ; encore mince et jolie, malgré le chemisier bon marché, le chignon style « maîtresse d'école » et les lunettes trop larges pour la finesse de ses traits.

Le reste de la conversation a porté sur le travail et sur d'autres sujets inoffensifs, conversation entrecoupée de silences juste assez longs pour nous montrer l'un à l'autre que nous étions mal à l'aise. C'est pour remplir un de ces trous de silence que je lui ai demandé si elle avait été longtemps professeur.

— Sept ans. Sept ans de trop…

— T'aimais pas ça ?

— Oh, j'aurais pas dû dire « sept ans de trop ». C'est pas vrai. Quand ça marchait bien, c'était merveilleux. Enseigner aux jeunes, enseigner à ceux qui *veulent* apprendre, c'est le plus beau métier du monde, c'est le métier le plus *important* du monde. Mais la discipline, la discipline… Disputer, contrôler, surveiller… Les élèves qui veulent pas suivre, ou qui *peuvent* pas, qui ont rien à faire à l'école…

Le niaisage, tu sais ce que je veux dire? «Est-ce qu'y faut qu'on étudie ça aussi? Ça va-tu être demandé à l'examen?» J'avais envie de leur crier: «Mais c'est pas pour *moi* qu'y faut apprendre, c'est pour *vous!*»… Non, ça me tuait. Tous les soirs je rentrais à moitié morte, au bout du rouleau, vidée comme une… comme une… (Elle a soupiré, un sourire penaud sur les lèvres.) Excuse-moi, je dois pas te faire bien bonne impression. C'est pourtant pas mon genre de me plaindre…

Je lui ai dit que je la comprenais. Moi aussi, j'avais été professeur au secondaire. Moi non plus, je n'avais pas aimé le rôle de policier qui s'y rattachait. Et, pourtant, tout comme elle, j'avais gardé de ces quelques années d'enseignement une impression douce-amère de chance ratée. Parfois je me demandais si je n'aurais pas dû rester professeur, au lieu de prendre la porte de sortie trop facile du travail administratif… Je me suis surpris, par un détour de la conversation, à lui demander si elle avait des enfants. Elle a dit non. Elle ne semblait pas vouloir donner plus de détails, et ce n'est certainement pas moi qui allais l'asticoter à ce sujet. J'ai toutefois remarqué qu'elle ne m'a pas demandé si moi j'en avais. Ah oui – on lui avait parlé de moi au bureau. En d'autres temps, j'aurais pu éprouver de la colère à constater qu'elle s'était déjà fait une idée sur moi à partir de commérages cruels et sans subtilité. Mais, je l'ai déjà dit, je n'avais plus de colère, à croire que les êtres humains naissent avec une quantité finie d'émotions – colère ou joie ou haine ou amour – et qu'une fois leurs réserves épuisées, ils ne peuvent plus les ressentir. Il y a des gens comme ça, colériques ou haineux dans leur jeunesse et qui un jour changent du tout au tout, deviennent calmes, placides et tolérants, pas à la suite d'une remise en question mais simplement par épuisement, par attrition des émotions. C'est sans doute ce qui m'était arrivé : une jeunesse difficile et quelques années avec Nadia avaient suffi à dilapider ma réserve de colère. Il ne m'en restait plus.

En silence, nous sommes revenus à la Commission scolaire, Josée et moi. L'après-midi s'est déroulée dans une espèce d'engourdissement des sens, pendant que je pataugeais dans ma pile de paperasse et que je téléphonais à en avoir l'oreille douloureuse.

De retour à la maison, je me suis immobilisé devant la porte d'entrée. Directement sur les panneaux de la porte, quelqu'un avait écrit avec un crayon feutre rouge, en grosses lettres maladroites caractéristiques d'un enfant de sept ans :

*danièl, le lac attend*

Le soleil couchant de février, rouge comme un bonbon dur, illuminait la maison d'une lueur d'incendie. J'avais mangé trois toasts et une soupe instantanée. Je m'étais écrasé devant la télévision puis, au bout de dix minutes à peine, je l'avais fermée. Wilfrid a sauté sur mes genoux, reniflant d'un air dégoûté mes mains qui sentaient la térébenthine : j'avais fait du mieux que j'avais pu pour enlever le graffiti, mais l'encre rouge s'était incrustée dans les craquelures de la vieille peinture et j'avais abandonné, les doigts gelés. J'allais être obligé de décaper. Si j'avais le malheur de repeindre par-dessus, je savais trop bien que cette saloperie d'encre finirait par réapparaître à la surface de la peinture neuve.

*Le lac attend.* C'est ce que le bébé de Florent et de Stéphanie avait dit dans l'hallucination. Si c'était une hallucination. Mais le D$^r$ Denoncourt avait raison : ça ne pouvait pas être autre chose qu'une hallucination. Le message sur la porte avait été bien réel, pourtant ; j'avais encore les doigts endoloris par le froid, les ongles ternis par la térébenthine.

*Le lac attend.*

— Le lac attend *quoi*, crisse ? C'est qui l'ostie qui a écrit ça ?

Wilfrid s'est frotté contre moi en ronronnant, l'air de dire : « Calme-toi un peu. » Le silence de la maison me pesait. Il y avait trop de vide, trop de trous là où le beau-frère de Nadia avait enlevé les

meubles. J'avais racheté juste l'essentiel. J'avais
camouflé le reste, transformé le salon en décor zen
et mis des plantes dans l'espace du four à micro-
ondes. J'ai enlevé Wilfrid de mes genoux et je me
suis levé. Il m'a regardé avec une expression de
reproche sur sa grosse face jaune pendant que je
sortais dix dollars de mon portefeuille. Dix dollars :
trois bières ou un pichet. Pas un sou de plus : la
bonne vieille technique, la *seule* bonne technique
quand on veut être sûr de pas trop boire. J'ai
marché jusqu'à l'*Hôtel Abitémis*. Il faisait froid, la
neige crissait sous les pieds, la fumée des cheminées montait droite comme un fil à plomb, l'air
sentait bon le chauffage au bois.

C'était lundi soir, il n'y avait pas beaucoup de
monde au bar de l'*Hôtel Abitémis*. Dans l'entrée se
réchauffaient des adolescents, en jeans et en manteaux de cuir à franges, placotant entre eux, s'asti-
cotant, jouant les blasés tout en surveillant du coin
de l'œil si le gérant du bar allait les laisser entrer.

— Y fait frette à soir, disait une petite noiraude,
trop jolie pour son propre bien, l'air d'une enfant
malgré une triple épaisseur de maquillage. Envoèye, 'stie, laisse-nous entrer cinq minutes !

— As-tu tes cartes ? demandait le gérant, presque
avec indifférence, car il connaissait d'avance la
réponse à une question répétée tous les soirs depuis
qu'il était gérant de son bar et qu'il y avait des adolescents pressés de pouvoir y entrer, pressés d'avoir
leur permis de conduire, pressés de quitter l'école,
de quitter les parents, de vieillir, d'arriver enfin à
cet âge adulte qui leur faisait miroiter toutes les li-
bertés du monde. Pauvres jeunes, ils allaient se
rendre compte bien assez vite que l'existence
d'adulte était affaire de contrainte beaucoup plus
que de liberté.

— J'ai laissé mes cartes dans mon autre manteau, insistait la petite noiraude.

— Ça me prend tes cartes. Si t'as pas tes cartes, tu rentres pas.

— *Come on...* L'autre fois le gars nous a laissés entrer.

— Justement, je me suis fait donner de la marde par la SQ. J'ai pas envie d'avoir encore du trouble à cause de vous autres.

— On veut pas de bière. On veut juste prendre un Coke.

— Ça change rien, ça. Ça prend dix-huit ans pour entrer.

— Cinq minutes. J'ai frette, 'stie !

— Habille-toi comme du monde pis t'auras moins frette.

— *Fuck all* que t'es plate !

Je me suis trouvé une table libre, au fond, sous un chevreuil en contreplaqué d'une laideur extraordinaire : pourtant, chaque nouveau propriétaire de l'hôtel qui avait voulu s'en débarrasser avait renoncé, vu les protestations des clients. J'ai échangé mon billet de dix dollars contre un pichet, me promettant de ne pas tout boire, et comprenant qu'une fois commencé je n'arriverais sûrement pas à m'arrêter. J'ai bu lentement, essayant de ne penser à rien, m'imaginant seul sur Terre, seul avec ma bière, froide dans la gorge, chaude comme une attisée dans l'estomac, le cœur et la tête.

Mon pichet était à moitié vide quand j'ai cru entendre mon nom. J'ai regardé vers l'entrée.

C'étaient Patrick Bourbeau, Léo Desormeaux et un des jeunes Roberge qui venaient d'entrer, le sourire large comme ça dans leurs visages rouges de froid.

— Hé, c'est Dan!

— Qu'est-ce que tu fais ici, toi?

— Le docteur t'a pas dit que tu pouvais pas boire?

Je leur ai fait signe de prendre place. Ils se sont tiré des chaises, tous les trois d'excellente humeur: ils venaient juste de combattre un «feu de patates frites» dans un logement de la rue Richard.

— Aussi bien dire que c'était une fausse alarme. Le chef nous a renvoyés, ça fait qu'on s'est dit qu'on irait prendre une petite bière pendant que nos femmes pensent qu'on est en service.

— On peut rester jusqu'à dix heures. Pas besoin d'excuse!

— Ben oui, saint-ciboire! On est pas comme Daniel, nous autres, a ajouté Léo en riant trop fort. On a des comptes à rendre!

Je n'ai pas pu m'empêcher de taquiner Léo:

— Je croyais que la petite Guertin avait compris qui était le patron?

Léo a fait un geste de la main, l'air écœuré:

— Tu veux pas le savoir…

Patrick s'est penché vers moi, plus sérieux.

— Et toi, Daniel? Ça va?

— Ça va. J'ai recommencé à travailler. Aujourd'hui c'était ma première journée.

— Oh! Oh! *Back to work*, hein? C'est ça que t'es venu fêter à soir?

— Non… Non, je m'ennuyais, c'est tout.

— Tu t'ennuyais? s'est exclamé Léo. Saint-ciboire, tu peux être sûr que si je me retrouvais célibataire je passerais pas les soirées à m'ennuyer, non monsieur! Hé! (Il s'est penché vers nous, comploteur.) Vous avez vu la p'tite aux cheveux noirs qui attend dans l'entrée? *Cute*, hein? Elle qui se plaint d'avoir frette… Je l'emmènerais faire un tour… Elle aurait pas frette longtemps!

Il a encore éclaté d'un rire trop bruyant. Nous avons ri aussi, un peu. Patrick s'est de nouveau penché vers moi.

— C'est plate que tu viennes plus.

— Que je vienne plus où?

— Au service des incendies. C'est à cause de l'accident que t'as plus envie?

— Vous vous rappelez ce soir-là? a demandé Léo. Le feu de la vieille Commission scolaire... Hé, en pleine rue Notre-Dame! Moi, c'était quasiment mon premier appel. Hé, les gars, je capotais! Pis là, quand on s'est aperçu qu'on trouvait plus Dan. Hé crisse! là *tout le monde* capotait! Pis quand on t'a trouvé avec un clou dans la tête... Ayoye!

— On était là nous autres aussi, a dit Patrick. On s'en souvient. T'allais dire quelque chose, Daniel?

— J'ai jamais eu peur de redevenir volontaire. C'était Nadia qui voulait pas. Déjà qu'elle aimait pas trop ça avant l'accident.

— Mais là? Qu'est-ce qui t'en empêche? insistait Patrick.

— Rien. Peut-être... Peut-être que je devrais.

— On reformerait la vieille *gang*, comme dans le temps. Toi, moi, Léo... Manquerait juste Florent...

Léo a reniflé, méprisant.

— Fais-moi pas rire, Pat. Florent est ben trop pissou pour devenir pompier. (Il s'est mis à imiter la voix et les maniérismes de Florent.) «Faudrait que j'en parle à Stéphaniiie, j'voudrais pas qu'elle se sente brimééée par une décision que j'aurais priiise sans la consulteeer...» (Son regard s'est soudain fixé derrière moi.) *Whoa...* C'est quoi ça?

Patrick et le jeune Roberge avaient aussi levé la tête, intrigués. J'ai senti le vieux plancher de bois grincer dans mon dos et une voix traînante a murmuré:

— Ou… Oubliez pas que le lac attend.

Je me suis retourné tellement vite que ma chaise a failli se renverser. Juste derrière moi se tenait un adolescent vêtu d'un habit de ski crasseux et d'une tuque brune, aux joues sèches de froid et couvertes d'une barbe rare. Il puait la sueur rance comme quelqu'un qui ne s'est pas lavé depuis un mois, ce qui était probablement le cas. C'était Éric «La Poche» Massicotte, celui que j'avais surpris rôdant autour de la maison un soir. Je me suis mis debout. Je n'arrivais pas à croire que j'avais bien entendu.

— Qu'est-ce que t'as dit?

Il a fait un geste vague en direction de la porte, la bouche ouverte sur des chicots de dents cariées.

— Le bonhomme du lac.

— Quoi? De quoi parles-tu?

— Le bonhomme du lac. Sur le quai. Y te fait dire que le lac en veut un autre.

J'ai trébuché vers l'arrière, accrochant la table et renversant les bières.

— *Whoa!* a protesté Léo.

— C'est *toi* qui es venu barbouiller ma porte?

Tout le monde dans le bar nous regardait. Éric Massicotte hochait lentement la tête en clignant des yeux.

— C'est le bonhomme du lac… Y me parle des fois… Y te fait dire que le lac…

— Que je te revoye plus chez moi, ostie de mongol, ou ça va aller mal!

Patrick s'était levé et avait posé la main sur mon épaule:

— Voyons, Daniel…

— Ce câlisse-là est venu beurrer ma porte avec un stylo-feutre!

— Voyons, tu vois ben que c'est juste un pauvre diable. Fâche-toi pas contre lui, surtout pas toi.

Le gérant s'était approché.

— Qu'est-ce qui se passe ici ?

— C'est ce maudit mongol qui est venu m'écœurer !

Le gérant m'a lancé un regard en coin puis il s'est tourné vers Éric Massicotte.

— Qu'est-ce que tu fais ici, toi ?

— J'étais… J'étais venu…

Il essayait de répondre, réussissant juste à bégayer et à cligner des yeux. De toute façon, le gérant n'était pas intéressé.

— Tu peux pas entrer ici si t'as pas dix-huit ans, pis c'est ça qui est ça ! Envoèye, dehors !

De mauvaise grâce, les yeux fous, continuant de marmonner quelque chose au sujet du « bonhomme du lac », le jeune Massicotte s'est dirigé vers la sortie. Au moment où il ouvrait la porte, un des jeunes en manteaux de cuir a allongé la jambe.

— Maudite Poche, fais attention où tu marches !

Il est tombé de tout son long dans la neige sale puis il s'est aussitôt relevé avec des gestes désordonnés et s'est enfui en beuglant comme un veau, sous les rires et les insultes des adolescents.

— Tombe pas à terre, ostie de pouilleux, tu vas salir le trottoir ! Vas-tu aller brailler à ta mère, La Poche ? À ta folle de mère ?

J'étais resté debout au milieu du bar. Je devais avoir une drôle d'expression sur le visage parce que Patrick avait l'air un peu effrayé.

— Voyons, Daniel, prends pas ça comme ça. C'est juste un pauvre débile.

— Je comprends pas quelle idée lui a pris, disait le gérant. C'est la première fois qu'il rentre ici. En tout cas, les gars, je m'excuse s'il vous a dérangés. Assoyez-vous, assoyez-vous : on va essuyer la table et vous remplacer vos bières.

— Laisse faire pour moi. Je m'en vais.

— On va partir dans dix minutes, a dit Patrick en voyant que je mettais mon manteau. Reste encore un peu, on va aller te ramener en auto.

Sans répondre, j'ai fini de m'habiller. Patrick s'était rassis sans insister. Léo et le jeune Roberge ne disaient rien. Je les ai vaguement salués et je suis sorti sous les regards narquois des adolescents. Dehors il faisait froid et une neige timide apparaissait dans les faisceaux des lampadaires. À travers les fenêtres de l'hôtel, comme des médaillons givrés d'or accrochés au tissu noir de la nuit, j'apercevais Patrick, Léo et le jeune Roberge qui discutaient et hochaient la tête d'un air navré.

\* \* \*

Sitôt revenu à la maison, j'ai failli téléphoner à ma psychiatre, mais j'ai réussi à me retenir. C'était bien trop tard, elle m'aurait dit de me présenter à l'urgence du Centre de santé si ça allait trop mal. Je me suis couché, les portes verrouillées, les lumières allumées dans toute la maison. Je me suis tourné et retourné dans mon lit, essayant de refouler l'histoire dans un recoin de mon esprit, de ne plus y penser jusqu'à l'ouverture de la clinique de psychiatrie le lendemain.

Je courais vers une maison, carrée et blanche contre le ciel bleu. La maison où je suis né, à Cochrane. Dans le rêve, j'avais six ans et je retournais à la maison en pleurant, trébuchant dans la rocaille poussiéreuse. Je venais d'apprendre par la conversation des clients du magasin général que mon père s'était tué dans un accident d'auto. J'avais six ans, et j'en avais en même temps seize, j'étais venu de Ville-Marie sur le pouce pour revoir ma ville natale. «Que c'est laid», m'étais-je dit ce jour-là en contemplant Cochrane. Que c'est laid, le nord de l'Ontario. Ville-Marie est moins laide, mais elle est laide quand même. Tout est laid quand on a seize ans, disait le rêve. J'avais ensuite vingt-quatre ans, je revenais à Ville-Marie après un exil de cinq ans à Ottawa pour mes études universitaires. Les amis avaient organisé une fête sur la plage pour célébrer mon retour. Il y avait Florent et Stéphanie, Patrick Bourbeau et Léo Desormeaux accompagnés de leurs blondes. À mon côté se tenait Nadia. Dans le rêve, Sébastien et Marie-Émilie étaient également présents, ainsi que les deux Massicotte, la mère et son fils, qui nous observaient de l'autre côté de la clôture — ils restaient dans l'ombre, il était impossible de reconnaître leurs visages, en fait on les distinguait à peine, mais je savais qu'il s'agissait des Massicotte. Le décor changeait. La fête avait maintenant lieu dans une grande cabane en planches brutes qui tanguait doucement sous nos pieds. La cabane flottait sur le lac Témiscamingue, enfoncée juste assez pour que les vagues viennent lécher le bas des fenêtres. Nous avancions doucement, bercés par les vagues, en contemplant les pins et les épinettes de la pointe au Vin, devinant la forme sombre et massive du manoir Bowman derrière la frondaison.

Marie-Émilie et Sébastien trouvaient la promenade sur le lac très amusante, mais Nadia s'approchait de moi, le dos raide : elle avait peur. Je lui répondais que c'était sans danger, qu'elle avait toujours peur, que c'était agaçant à la longue. Et nous commencions à nous disputer devant nos amis, qui avaient tous l'air embarrassés mais n'osaient rien dire. Soudain un tapage épouvantable éclatait de l'autre côté de la porte et la cabane se mettait à tanguer dans tous les sens, au risque de se renverser. Tout le monde criait, les enfants pleuraient, Nadia hurlait que c'était mon chat, mon maudit chat qui menaçait de tous nous faire couler. Je reconnaissais maintenant les feulements de Wilfrid qui traversaient la porte. Je criais que ce n'était pas sa faute, qu'il devait être blessé. Au risque de faire entrer de l'eau, j'ouvrais une des fenêtres pour voir ce qui se passait à la porte. Ce n'était pas Wilfrid. C'était Éric Massicotte, le regard fou, à moitié nu, sale et couvert de sang, qui secouait la cabane avec la vigueur d'un dément. Sans s'arrêter de secouer, il me regardait, le visage traversé par de longues mèches de cheveux mouillés, il ouvrait la bouche, dévoilant des crocs pointus de chat, et il feulait et hurlait comme un animal blessé. Je lui criais d'arrêter, mais il continuait, secouant, hurlant et riant, riant comme un fou. Des cris venus de l'intérieur attiraient mon attention. Nadia hurlait qu'il s'agissait du monstre du lac, qu'il allait renverser la cabane et tous nous noyer.

Je voulais expliquer que ce n'était pas le monstre du lac mais le jeune Massicotte, mais Florent, Patrick et Léo avaient acculé Lucie Massicotte dans un coin de la cabane. Ils lui criaient d'empêcher son gars de faire le fou, que si la cabane se renversait, ce serait sa faute à elle aussi. Mais elle se contentait de rire idiotement et essayait de détourner la conversation en flirtant. Et Léo se mettait à la frapper à coup d'outils rouillés pendant que je le regardais, englué dans une terreur sans nom, incapable de lui dire d'arrêter…

Le téléphone sonnait, sonnait… Dehors le ciel était gris. Je me suis traîné jusqu'au téléphone. C'était Alice, la secrétaire du bureau, qui voulait savoir si j'allais venir travailler aujourd'hui.

— Quoi ? Il est quelle heure ?

Au même moment mon regard tombait sur l'horloge de la cuisinière : 8 h 40. J'étais en retard de dix minutes. J'ai dit à Alice d'avertir Raoul que j'arrivais tout de suite. Je me suis habillé à peu près et j'ai couru jusqu'à la Commission scolaire. Je me suis écrasé à mon bureau, les poumons douloureux d'avoir respiré l'air froid, les mains gelées, la face brûlante.

— Ça va aller ?

Alice et Josée me regardaient depuis la porte de mon bureau, l'air inquiet. Je leur ai fait signe que tout était correct.

— Mauvaise nuit. C'est tout.

À coups de café, j'ai continué à naviguer dans la pile de dossiers qui menaçait de se renverser sur mon bureau. À l'heure de la pause, j'ai téléphoné à la clinique de psychiatrie et demandé à parler au D$^r$ Denoncourt. Au bout d'une attente interminable, elle est venue répondre. Je lui ai dit que ça n'allait pas bien. Juste le temps d'une hésitation, puis elle m'a dit qu'elle pouvait me rencontrer à l'heure du dîner.

J'étais là à midi pile. Elle ne souriait pas quand elle m'a fait entrer dans son bureau ; elle avait l'air fatiguée, son visage était blême.

— Vous n'aurez pas le temps de dîner ? ai-je supposé, un peu maladroitement.

— Ça ne fait rien. J'ai la grippe, je n'ai pas faim de toute façon.

Elle s'est assise avec lenteur. Que s'était-il passé ? Je lui ai raconté, en quelques phrases plus ou moins décousues, mes démêlés avec Éric Massicotte : le graffiti, la rencontre dans le bar.

— Pourquoi est-ce qu'il fait ça ? ai-je demandé. Pourquoi est-ce qu'il m'achale maintenant ?

Comment ça se fait que lui aussi m'a dit que le lac attendait? Comme le bébé de Florent!

Elle a soupiré.

— Daniel, vous aviez pourtant reconnu que le bébé de vos amis ne pouvait pas vous avoir parlé, que c'était une hallucination.

Je grinçais des dents en me retenant de pleurer de frustration.

— C'est *vous* qui m'avez convaincu de ça! Moi, je m'en souviens toujours comme de quelque chose qui s'est réellement passé!

— Daniel, je vois que vous êtes troublé, mais essayez de vous calmer.

Je me suis forcé à baisser le ton.

— Pourquoi Massicotte est-il venu me dire ça? C'est pas un de vos patients, lui aussi? Vous devriez le savoir.

— Éric Massicotte est effectivement suivi par un membre de notre équipe. Je n'ai pas besoin de vous expliquer pourquoi. Je ne peux rien vous dire de plus pour des raisons évidentes de confidentialité.

Je n'avais rien à répondre à ça. Je suis resté longtemps silencieux pendant qu'elle feuilletait mon dossier.

— Puisque vous êtes là, je voulais vous dire que j'ai obtenu un rendez-vous au Centre hospitalier de Rouyn-Noranda pour votre scanographie. Mardi après-midi, dans deux semaines. Pourrez-vous vous libérer?

J'ai hoché la tête, toujours silencieux. Elle a éternué puis s'est essuyé le nez avec un mouchoir de papier.

— Excusez-moi... Daniel, ne croyez pas que je ne prends pas au sérieux ce qui vous arrive. C'est pour ça que je demande une scanographie. Mais en ce qui concerne cette rencontre avec Éric

Massicotte, je me permets de vous faire remarquer que vous aviez consommé de l'alcool…

— À peine la moitié d'un…

— *Daniel!* (C'était la première fois que je la voyais s'impatienter.) Je vous ai déjà prévenu qu'un traumatisme à l'encéphale réduisait de beaucoup la tolérance à l'alcool. Je vous ai dit «au maximum une bière», mais si j'étais vous je réduirais à zéro. Pour vous mettre les points sur les «i», je soupçonne que vous avez souffert d'un épisode épileptique. C'est possible, même plusieurs années après un traumatisme. Comprenez-vous ce que je vous explique?

J'ai dit que je comprenais.

— Alors, à partir de maintenant, arrêtez de boire ou trouvez-vous un autre médecin. Je n'ai pas de temps à perdre avec des gens qui veulent niaiser. Est-ce que c'est clair?

J'ai dit que c'était très clair.

Avec l'impression de marcher dans un champ de mines, je suis retourné au bureau où, malgré les idées furieuses qui me traversaient l'esprit, j'ai réussi à faire progresser un peu mon travail.

— Allô! T'es dans la lune?

J'ai sursauté.

Josée était devant moi, un épais dossier dans les bras, un sourire inquiet sur les lèvres. Je ne l'avais même pas vue entrer. Est-ce que je venais de subir un épisode épileptique? Tout l'après-midi, je m'étais inquiété à la moindre perte d'attention, à toute pensée un peu confuse, au plus petit oubli… C'était ridicule, je m'énervais plus que lorsque je m'étais retrouvé cloué à un lit du Civic Hospital d'Ottawa. Peut-être parce qu'en ce temps-là j'étais encore bien jeune, et heureux d'avoir survécu, et un peu inconscient aussi, plus inquiet par la fracture de ma jambe que par ma blessure au cerveau. En vieillissant, j'étais devenu plus sensible à mes bobos, l'approche de la mort avait cessé d'appartenir au domaine de l'abstraction et s'était étoffée de réalité, surtout avec la disparition des enfants... Le Dr Graham n'avait pourtant jamais parlé d'épilepsie. L'épilepsie... Je n'avais vu qu'une seule crise, lorsque j'étais professeur : un de mes élèves était tombé d'une masse, se coupant la joue sur le coin d'une table et restant là à se tordre comme un possédé, les yeux révulsés et le sang pissant sur les feuilles éparpillées. Il avait fallu annuler le cours ; tout le monde avait été beaucoup trop impressionné pour continuer, moi le premier.

— T'en fais une face de carême. Ça va pas ?

— La psychiatre veut que je passe un scan. Dans deux semaines. J'ai peut-être un problème au cerveau.

Jamais encore je n'avais parlé de ma psychiatre avec quiconque, mais la confidence était sortie toute seule.

J'étais encore ébranlé et je sentais un besoin irrésistible d'en parler, d'en parler tout de suite à quelqu'un, à n'importe qui pourvu qu'il m'écoute. Ce n'est que bien plus tard, en me rappelant cette conversation, que j'ai compris à quel point j'avais peur.

Josée a posé ses dossiers sur mon bureau, une expression attentive sur le visage.

— Quel genre de problème ?

Je lui ai raconté les circonstances de ma chute dans le puits d'ascenseur. Elle ne savait pas ; c'était une histoire trop vieille pour alimenter le moulin à rumeurs.

Elle savait que l'ancienne Commission scolaire avait brûlé, mais elle n'avait jamais prêté attention aux détails car elle n'habitait pas Ville-Marie en ce temps-là. À la mention de la tige de métal, elle a frémi.

— Maudit ! T'es pas chanceux, toi.

— Non, pas très. J'ai même jamais gagné à la loterie.

— Comment ça se fait que tu t'en serais pas aperçu avant ?

— Peut-être des séquelles à retardement. Je sais pas. Une tumeur, une artère qui pète, paf, comme une baloune…

— Qu'est-ce que tu ressens ?

— Je sais pas. J'ai de la difficulté à me concentrer, à garder mes idées claires. On dirait que j'ai perdu des bouts.

Elle a soulevé les épaules, l'air méprisant.

— Ça, c'est bien les psychiatres ! Pauvre Daniel, ça lui est pas venu à l'idée, à ta psychiatre, que ça avait rapport avec ce qui t'est arrivé cet hiver ? Ya personne qui peut manger autant de claques sur la gueule sans s'en ressentir un peu. Tu penses que j'ai pas capoté, moi aussi, quand mon ex m'a lâchée ? Moi aussi, je pensais que je virais folle. Ça veut pas dire que j'avais besoin de passer un scan !

— Peut-être. Mais toi, tu t'es jamais fait enfoncer une tige de métal dans la cervelle.

Josée a posé sa main sur mon avant-bras.

— Ce que j'essaie de te dire, Daniel, c'est que t'as bien assez de choses à remettre en place dans ta vie, essaie de ne pas t'énerver avec ça en plus.

Je regardais sa main toujours posée sur mon bras, une main fine aux longs doigts de pianiste. Pas de bijoux, seule une fine ligne à la racine de l'annulaire laissait deviner qu'elle avait déjà porté une bague.

— Tu as raison, ai-je fini par dire. Je vais essayer de penser à autre chose. Merci. T'es… T'es gentille.

La main m'a serré le bras, puis Josée a repris ses dossiers. Elle m'a fait un clin d'œil.

— Hésite surtout pas à m'en parler si ça file encore de travers.

Elle est sortie de mon bureau. Je suis resté longtemps à fixer la porte avant de me remettre au travail.

On annonçait une tempête le jour de mon rendez-vous à l'hôpital de Rouyn-Noranda. J'ai tout d'abord songé à annuler le rendez-vous, d'autant plus que je m'y rendais avec l'auto de Josée, une vieille Colt aux amortisseurs complètement ramollis. Mais ma psychiatre m'avait bien expliqué que j'étais chanceux d'avoir eu un rendez-vous si tôt. Et puis il ne neigeait pas encore. Ce ne serait pas la première fois qu'on annoncerait «la tempête du siècle» et qu'il ne tomberait que quelques centimètres de neige folle.

Je suis donc parti trois heures à l'avance pour être sûr de ne pas arriver en retard. Précaution inutile. Malgré un ciel lourd et bas, comme un immense ballon gris prêt à crever, il n'est pas tombé un flocon pendant l'heure et demie qu'a duré le voyage. À Rouyn, l'hôpital m'attendait, immense bâtisse de brique jaune contre le ciel sans couleur.

C'était la première fois que je mettais les pieds à l'intérieur du Centre hospitalier de Rouyn-Noranda, mais j'ai aussitôt reconnu l'odeur : la même odeur qu'au Centre de santé de Ville-Marie, la même qu'au Civic d'Ottawa.

Elle devait se retrouver dans tous les hôpitaux du monde, un mélange subtil et immédiatement décelable de désinfectant, d'alcool à friction, de bouffe de cafétéria – friture, légumes en boîte, café réchauffé et pain tranché – et de poussière. Elle avait une odeur rien qu'à elle, cette poussière d'hôpital que les rayons du soleil faisaient scintiller tous les après-midi dans ma chambre du Civic, une odeur impossible à décrire, une odeur que j'avais cru avoir oubliée mais qui se rappelait à ma mémoire avec la force d'un coup de poing.

— Excusez-moi, monsieur.

Je bloquais le passage, debout comme un débile en plein milieu du hall d'entrée.

Une préposée amorphe m'a indiqué comment trouver le département de radiologie. Après une attente de plus d'une heure – j'étais bien en avance – on m'a fait remplir des formulaires, on m'a demandé de me déshabiller jusqu'à la taille et de m'allonger sous un immense appareillage tout droit sorti d'un film de science-fiction. C'était plutôt inquiétant, à cause des sangles, des bruits, des radiologues impassibles qui m'observaient, cachés derrière leur épaisse paroi vitrée, le visage baigné dans la lueur orangée de leurs écrans. Mais le Dr Denoncourt m'avait assuré que je ne sentirais rien, que ce serait long et ennuyeux, c'est tout.

Au bout d'une demi-heure de bruits d'hydraulique, de bourdonnements et de déplacements de l'appareillage autour de moi, on m'a libéré. J'ai dit «Merci», sans trop savoir à qui je m'adressais, peut-être à l'appareillage lui-même finalement. Je me suis rhabillé. J'ai demandé à une technicienne si l'examen avait révélé quelque chose d'anormal. Elle m'a regardé d'un air un peu perplexe : ce n'était pas son rôle de prononcer un quelconque diagnostic, c'était le rôle de mon médecin traitant. J'ai failli insister, puis j'ai haussé les épaules. Qu'est-ce que j'y aurais compris de toute façon ?

Dehors, il neigeait. Dru, avec du vent, un grand vent blanc qui nous soufflait dans la figure des flocons de neige gros comme des timbres. Josée m'avait bien conseillé de rester à Rouyn si les conditions routières devenaient trop mauvaises, mais la dernière chose dont j'avais envie, c'était bien de passer la nuit à l'hôtel. J'ai balayé avec mes manches la neige qui couvrait la petite auto et je me suis mis en route.

Il y avait déjà une bonne couche sur la chaussée. Les autos glissaient et dérapaient aux stops et aux feux rouges, rendant la circulation vraiment pénible. J'ai enfin réussi à m'extirper des rues de Rouyn et j'ai mis le cap vers Ville-Marie. Le blizzard, au lieu de s'apaiser, empirait. La neige crépitait contre les vieilles tôles de la Colt. J'ai dépassé Évain sans voir une seule maison, même celles qui étaient tout près de la route. À cinquante kilomètres à l'heure, je collais au cul d'un camion à remorque pour être sûr de ne pas sortir de la voie. Même si près, les feux rouges du camion disparaissaient parfois dans des bourrasques épaisses comme du gruau. Pendant une éternité blanche, j'ai suivi le camion. Quelquefois la neige diminuait un peu et j'arrivais à distinguer la masse fantomatique de quelques maisons, les silhouettes décharnées des épinettes, puis tout disparaissait à nouveau.

J'ai roulé comme ça presque une heure. J'avais eu la mauvaise idée d'envoyer de l'air chaud sur le pare-brise, ce qui avait fait fondre la neige, qui s'accumulait maintenant en glace. Comme si la visibilité n'était pas assez mauvaise comme ça, l'univers blanc devenait gris : la nuit tombait. À la hauteur de Rollet, le camion à remorque s'est arrêté, peut-être pour prendre de l'essence, ou peut-être que le chauffeur en avait sa claque. J'ai continué. Il ne tombait presque plus de neige, il ne restait que le vent. Le long tronçon de route qui traverse la forêt jusqu'à Nédelec était remarquablement bien

dégagé ; dans la lumière des phares, une fine
dentelle de neige glissait sur le ruban sombre de
l'asphalte, constamment effilochée et rebrodée par
le vent changeant des bourrasques. J'avais mal aux
mains à tenir le volant depuis presque deux heures,
j'avais les yeux larmoyants à scruter la route à
travers le pare-brise encroûté de glace. La route
s'allongeait, sans fin, monotone, à peine coupée ici
et là par un rare banc de neige. Passé Nédelec, la
neige s'est remise à tomber, moins épaisse qu'à
Rouyn mais emportée par un vent de plus en plus
violent. La petite Colt me tremblait entre les mains,
le vent sifflait à travers les joints déchirés des
fenêtres, à croire que la tempête m'en voulait
personnellement. J'avais l'impression que j'allais
me faire souffler hors de la route, capoter dans le
fossé et me faire enterrer par la neige, qu'on ne me
retrouverait qu'au printemps.

Je ne voulais surtout pas qu'il arrive malheur à la
voiture de Josée, même si c'était une ferraille.
Josée... Hypnotisé par la route qui défilait, je
repensais sans cesse à cette soirée où j'étais allé la
reconduire à son appartement. Elle habitait au
deuxième étage d'une des vieilles maisons de la rue
Notre-Dame. L'escalier était glissant et mal éclairé,
elle avait failli tomber et j'avais dû la retenir. Nous
riions comme des enfants d'école. Nous avions un
peu trop bu. C'était dimanche, nous nous étions vus
tous les jours de la fin de semaine. Vendredi soir,
nous étions allés au cinéma. Samedi, je l'avais
accompagnée à Lorrainville pour l'aider à faire son
magasinage. Et là nous revenions de souper au
restaurant.

— Où est-ce qu'on va prendre un café ? avait-
elle demandé en boutonnant son manteau, l'œil
brillant à cause du vin. Chez toi ?

— Non. Chez toi.

Sur le balcon, elle s'était débattue avec la clé pendant que le vent nous transperçait jusqu'aux os. À l'intérieur, c'était petit, blanc, presque vide. Le vide des appartements où on ne fait que passer. Avant même de lui laisser le temps d'enlever son manteau, je l'avais embrassée. Jusque-là, nous nous étions à peine tenu la main. Elle avait répondu avec ferveur, soulevée sur la pointe des pieds. Sans arrêter de l'embrasser, j'avais défait son manteau et glissé mes mains à l'intérieur, où c'était chaud. Je lui avais caressé les seins. Elle m'avait fixé, le regard un peu incertain, un peu effarouché à travers ses lunettes embuées.

— Tu préfères pas attendre un peu ?

— Ça fait plusieurs mois que… J'ai beaucoup envie.

Pendant une seconde elle a réfléchi, puis elle s'est serrée plus fort contre moi.

— T'as raison. Moi aussi. Viens.

La chambre aussi était petite, blanche et nue. Nous nous sommes déshabillés, maladroitement, incapables d'arrêter de nous embrasser. Ça a duré beaucoup moins de temps que prévu, mais Josée a pris la chose du bon côté, moitié moqueuse, moitié attendrie.

— C'est vrai que tu avais envie…

Nous sommes encore restés longtemps au lit, à nous caresser doucement, sans dire un mot, nous habituant à la nouveauté de nos corps. Nous nous sommes ensuite fait du café, nous avons écouté la télévision – riant de ce choix pas très romantique – puis nous avons fait l'amour une deuxième fois, en prenant davantage notre temps.

— Veux-tu que je parte ? lui ai-je demandé en voyant qu'elle allait s'endormir.

Elle s'est agrippée à moi, de toutes ses forces.

— Non. Reste. J'aime pas dormir toute seule.

Je l'ai tenue dans mes bras, si longtemps que je commençais à avoir des engourdissements. J'ai fini par lui avouer que moi non plus, mais elle dormait déjà.

Notre-Dame-du-Nord... Hébété, ayant un peu de difficulté à croire que je m'étais rendu jusque-là, j'ai traversé lentement la réserve amérindienne et me suis arrêté pour prendre un café à la brasserie. Lorsque j'ai mis le pied hors de la voiture, la neige soufflée m'a coupé la respiration et le vent m'a presque refermé la portière sur la jambe. C'était froid, froid... J'ai remis le moteur en marche et je l'ai laissé tourner...

— Maudine de bon sang ! s'est exclamée la serveuse en me voyant entrer. Dis-moi pas que t'étais sur la route par ce temps-là ?

J'étais si fatigué, et j'avais si froid tout à coup, que je n'osais pas ouvrir la bouche de peur de claquer des dents. Je me suis écrasé sur ma chaise, mon manteau toujours boutonné.

— Veux-tu un café, mon noir ? Une soupe ? T'as l'air gelé comme une crotte.

— Café.

Elle est revenue avec une tasse et une cafetière pleine.

— Tiens, tu peux finir la cafetière. J'pense pas que je vais avoir encore beaucoup de monde à soir.

J'ai hoché la tête sans répondre. Je n'avais pas envie de parler, tout ce que je voulais, c'était reprendre un peu mes esprits. J'ai avalé une tasse de café noir, puis une autre. J'avais moins froid tout à coup. J'ai déboutonné mon manteau. J'ai regardé ma montre : huit heures. Normalement, ça ne prenait même pas une heure et demie pour aller de

Ville-Marie à Rouyn. J'avais roulé deux heures et je n'étais pas encore arrivé. Mais presque. Encore une trentaine de kilomètres.

J'ai fait signe à la serveuse de m'apporter l'addition.

— Sainte Anne ! Tu vas pas repartir par c'te temps-là ?

— Je vais juste à Ville-Marie.

— La route est pas ben ben belle.

— Ça peut pas être pire que de Rouyn à ici.

Elle s'est allumé une cigarette puis elle a haussé les épaules.

— Compte pas sur moi pour aller te déprendre si tu prends le clos.

J'ai fini de reboutonner mon manteau. La neige continuait de frapper contre la large baie vitrée de la brasserie, comme des milliers de petits poings impatients. J'ai couru jusqu'à l'auto, poussé dans le dos par le vent glacial, et je me suis jeté à l'intérieur. J'ai reculé dans la rue, priant pour qu'aucun véhicule ne passe parce que je n'y voyais strictement rien, puis je me suis mis en route à petite vitesse.

Conduisant de mémoire, presque par instinct, j'ai descendu la pente, me suis arrêté au stop – à peu près invisible dans la tempête – et j'ai tourné sur le pont de la rivière des Quinze. Sur le pont, rien n'arrêtait le vent. Profitant de l'immense étendue dégagée du lac Témiscamingue, la tempête prenait tout son élan et la neige s'abattait par bourrasques violentes, de vrais coups de bélier, au point de faire déraper la petite Colt sur la surface glacée du pont. Je devais rouler à vingt kilomètres à l'heure, pas plus. La serveuse avait eu raison, c'était complètement fou de braver les intempéries; j'aurais dû rebrousser chemin à Notre-Dame-du-Nord et dormir au motel. Mais, d'un autre côté, je savais que ce n'était qu'un mauvais moment à passer; sitôt que j'atteindrais l'autre rive, la route serait protégée par un rideau d'arbres qui couperait le vent. J'ai donc continué, lentement mais sûrement.

Un cahot, puis une sensation de roulement différente. Je venais de quitter le pont. À ma droite, quand le souffle du vent s'atténuait un peu, j'apercevais la grande enseigne lumineuse de Pétro-Canada. J'ai poussé un soupir de soulagement : j'allais bientôt atteindre le tronçon de route protégé par les arbres. J'ai accéléré un peu : trente, quarante... Quelquefois je franchissais des bancs de neige en travers de la route. C'était de la neige légère, folle, de la neige de temps froid. L'épuisement et l'impatience m'avaient rendu un peu fou, je fonçais sans même ralentir dans ces bancs de neige, certains hauts de presque un mètre. Un choc mou, une explosion blanche – pendant une seconde je ne voyais *vraiment* plus rien – puis je traversais l'obstacle et retrouvais ma vision «normale» : un tunnel noir griffé par les trajectoires furtives des flocons de neige.

Épuisé, moulu, le dos douloureux, j'ai traversé Guigues puis, vingt minutes plus tard, j'ai enfin aperçu les premières lumières de Ville-Marie. Il neigeait un peu moins, les lampadaires du centre commercial étaient visibles, flottant haut dans le ciel. Normalement, j'aurais dû ramener l'auto à l'appartement de Josée, mais j'étais trop crevé, j'ai décidé de la lui ramener le lendemain matin. De toute façon, si la tempête continuait comme ça, la Commission scolaire n'ouvrirait pas le lendemain. La charrue avait déjà nettoyé le chemin de la Pointe, repoussant un banc de neige bien compactée dans mon entrée de cour. J'ai sacré : finalement, j'aurais

bien dû aller me débarrasser de l'auto chez Josée. Je
ne pouvais quand même pas la laisser dans la rue,
elle allait nuire à la charrue. Toujours en sacrant, je
suis sorti dans le vent et j'ai traversé le banc de
neige en enfonçant jusqu'aux genoux. La maison se
dressait, presque invisible, noir foncé contre le noir
plus clair du ciel de tempête. J'ai trouvé une pelle
dans le cabanon et je suis revenu au chemin, découragé à l'avance devant toute cette neige. Je me suis
mis à pelleter à toute vitesse, au risque de me
donner un tour de reins.

De temps à autre je m'arrêtais, à bout de souffle.
Je restais là, le bruit rauque de ma respiration
couvrant le sifflement du vent dans les bouleaux.
Par la fenêtre de son salon, je distinguais à peine le
vieux Adéodat qui écoutait la télévision. Je me suis
remis à pelleter. Les joues me brûlaient de froid
mais l'exercice me donnait chaud partout où j'étais
vêtu.

Une fois la tranchée assez large pour laisser
passer l'auto, j'ai remis le moteur en marche et j'ai
essayé d'entrer dans la cour. Le côté droit de la
voiture a frotté contre le banc de neige, m'empêchant d'avancer. J'ai embrayé pour reculer : les
roues patinaient avec un gémissement aigu. Crisse !
Plus moyen d'avancer ni de reculer ! J'étais pris et
bien pris. En me battant avec la portière, j'ai réussi
à remettre le pied dehors. La voiture était coincée
de travers dans l'entrée, mais au moins j'avais
dégagé la rue. Abruti de fatigue, j'ai décidé de
laisser tout ça en plan et d'aller me coucher.

J'allais éteindre les phares de la voiture quand,
du coin de l'œil, j'ai deviné un mouvement sur le
balcon de la maison, accompagné d'un miaulement
rauque, un miaulement de chat en colère. Wilfrid ?
Qu'est-ce qu'il faisait dehors en pleine tempête, ce

gros con-là ? Il me semblait pourtant l'avoir laissé dans la maison quand j'étais parti pour Rouyn.

Laissant les phares de la voiture allumés, je me suis approché.

— Wilfrid ?

Je suis monté sur le balcon en scrutant la pénombre – incapable de bien voir dans la faible lumière des phares de la Colt. Tout ce que je distinguais, c'était une forme à peine moins noire que le mur de planches, à peine visible sous un voile de neige, moins une forme que l'impression d'une forme, à la limite de la perception. Dans la forme noire, des crocs blancs sont apparus ; et ça s'est mis à cracher et à feuler.

— Wilfrid ! As-tu fini de capoter ?

Il s'est avancé dans un rai de lumière, les moustaches blanches de neige, sa grosse face jaune fendue de crocs, les oreilles baissées, feulant à glacer le sang. J'ai fait un pas en arrière, complètement désarçonné : je n'avais jamais vu Wilfrid aussi en colère.

— Qu'est-ce qui te prend ? T'as froid ?

Il a arrêté de feuler, mais il n'a pas bougé, continuant de me regarder comme si j'étais le diable en personne.

Je tendais la main vers la poignée de la porte lorsque j'ai cru frôler quelque chose. J'avais cru sentir aussi une odeur fétide et assez forte pour être perceptible en plein air dans le vent glacé. J'ai tendu la main, doucement. J'ai effleuré quelque chose de doux… Je me suis rejeté en arrière, tremblant de tous mes membres et écarquillant les yeux pour distinguer ce que c'était. J'avais l'impression de voir un animal cloué à la porte, un animal long et mince, comme une belette, avec des filets de sang gelés qui avaient coulé sur le bois, noir lustré contre noir mat.

Serrant les dents, j'ai ouvert la porte. Wilfrid
s'est aussitôt faufilé entre mes jambes et a couru se
cacher dans le salon. J'ai allumé les lumières du
balcon, du salon et du corridor. J'ai allumé tout ce
que je pouvais allumer depuis la porte d'entrée. Le
cœur au bord des lèvres, j'ai regardé la porte. Ça
m'a pris une bonne seconde pour comprendre qu'il
s'agissait de la queue de Wilfrid, fixée dans le bois
de la porte avec un clou de quatre pouces. Écrite
avec le sang, une inscription maladroite commençait
par «Danièl, le lac…» Le message s'arrêtait à mi-
course : il n'y avait pas eu assez de sang.

Wilfrid s'était glissé derrière le fauteuil, là où il
se cache pour avoir la paix. Il a levé un regard
sauvage quand je me suis approché, mais, voyant
que c'était moi, il s'est remis à lécher son moignon
ensanglanté, doucement, comme si chaque lapée
lui faisait mal. Je lui ai donné un peu de lait, avec
une couverture et un bol d'eau.

Sacrant à mi-voix, j'ai trouvé un marteau dans le
sous-sol – c'était difficile de distinguer quoi que ce
soit avec les larmes qui brouillaient tout.

La tempête ne se calmait pas ; par la porte laissée
ouverte, un banc de neige était en train de se former
dans le couloir de l'entrée. Je me suis escrimé sur le
clou. Le salaud lui avait presque fait traverser la
porte.

Au moment où je réussissais enfin à l'arracher,
un mouvement a attiré mon regard. Dans ma cour,
à travers les griffures de la neige illuminée par les
phares de la Colt, je devinais une silhouette dégin-
gandée, en vêtement de ski sombre, coiffée d'une
tuque.

Sur le coup, je n'ai pas su comment réagir.
Le sang me cognait sourdement dans la tête, un
point de migraine irradiait de ma blessure. Éric

Massicotte me regardait. J'ai eu l'impression qu'il souriait de toutes ses dents cariées.

La fureur a tout balayé, comme une lame de fond. Je n'avais pas ressenti une colère pareille depuis la découverte du message d'adieu de Nadia. J'ai sauté en bas du balcon, le marteau à la main, et couru aussi vite que je le pouvais dans l'épaisse neige molle, hurlant que j'allais le tuer.

Au lieu de se sauver vers la route, Éric Massicotte s'est mis à courir vers le lac, hors de la partie du terrain éclairée par les phares de la Colt. J'ai continué de le poursuivre, incapable de regarder en face à cause des flocons de neige soufflés par le blizzard et qui piquaient comme des milliers de pointes d'hameçons.

Obligé de garder la tête baissée, je suivais les traces de Massicotte dans la neige. Les traces se sont faites plus profondes, j'ai enfoncé à mon tour : je venais de quitter le remblai du terrain et je me trouvais maintenant au bord du lac. J'en avais presque jusqu'à la taille.

Je me suis débattu en sacrant sans arrêt et en soulevant furieusement une neige que le vent me rabattait au visage. J'avançais difficilement. Malgré la colère qui me brûlait à l'intérieur, j'étais déjà épuisé par le voyage et le pelletage de l'entrée de la cour. De toute façon, les larmes gelaient sur mes paupières et je ne voyais pas à un mètre devant moi ; je ne distinguais même plus les traces du passage du jeune Massicotte, déjà effacées par le vent.

Je suis retourné à la maison. Je me suis déshabillé, gémissant de douleur à cause de mon visage qui dégelait. Je suis retourné voir si Wilfrid allait bien puis j'ai appelé la police.

\* \* \*

Vingt minutes plus tard, la fenêtre s'est illuminée de rouge. Une voiture de la Sûreté du Québec était stationnée derrière la Colt. J'ai ouvert. Deux policiers sont entrés, leurs pantalons d'uniforme enneigés jusqu'aux genoux. Je connaissais bien le plus vieux, André Nadeau, un gars de la région, comme moi. C'était lui qui avait fait l'enquête après la noyade des enfants. Il m'a regardé d'un air fatigué.

— Des problèmes, Daniel ?

— Vous avez vu la porte ?

Ils ont tous les deux hoché la tête.

— Qu'est-ce qui s'est passé ?

Je les ai emmenés voir le chat. Wilfrid a levé des yeux vitreux sur les policiers, puis s'est remis à se lécher. Tremblant de colère et de fatigue, j'ai expliqué ce qui était arrivé.

Les deux policiers se sont regardés en silence. André Nadeau a fait un signe à son compagnon.

— Va attendre dans le char. Faudra qu'on s'enlève de là si la charrue vient à passer.

L'autre – un jeune policier que je ne connaissais pas – a obéi sans dire un mot mais avec un regard en coin dans ma direction.

Nadeau a levé la main vers la cuisine.

— On s'assoit cinq minutes ?

Je lui ai dit de ne pas se gêner. Il s'est assis à la table de la cuisine. J'ai offert une bière, un café. Il ne voulait rien.

— Tout ce que je veux, c'est savoir comment ça va, toi.

— Ce que je veux savoir, moi, c'est ce que vous allez faire au sujet de La Poche.

Nadeau a hoché lentement la tête, l'air abattu.

— Daniel. Assis-toi donc cinq minutes.

Je me suis assis. Nadeau ne m'avait pas quitté des yeux.

Quand il était plus jeune, c'était un costaud, mais, avec les années, c'était son ventre qui avait gonflé au lieu de ses bras. Il avait maintenant parfaitement l'air de ce qu'il était, un bon gros policier pépère, plus à son aise pour animer les soupers communautaires que pour arrêter les criminels. C'est drôle : dans l'état de rage qui m'avait habité à la mort des enfants, les policiers étaient les seuls à qui je n'en avais pas voulu. Peut-être parce que je les avais vus plonger sous la glace à la recherche des enfants, un travail effrayant. Je les avais vus plonger jusqu'à l'épuisement, jusqu'à ce que leur chef leur interdise de continuer ; j'avais vu leurs larmes de fatigue et de frustration quand ils avaient dû abandonner les recherches.

— Daniel…

La voix de Nadeau était presque un murmure.

— Je sais que t'as encore ça dans la tête, mais va falloir que tu reprennes le dessus à un moment donné. Il paraît que tu vois le D$^r$ Denoncourt ?

— Les nouvelles vont vite.

— Tout finit par se savoir, même pour le monde ordinaire ; imagine pour la police… On m'a dit qu'elle était bonne, la Denoncourt. Pour une psychiatre, mettons que je l'endure… Est-ce qu'elle t'aide un peu ?

— Ça te regarde pas si elle m'aide. Ça te regarde ni en tant que policier ni en tant que rien !

— Prends-le pas comme ça, Daniel. Moi, tout ce que je veux, c'est que t'arrêtes de te faire du mal avec ça.

J'ai enlevé la main qu'il avait posée sur mon bras.

— Je vous ai pas appelés pour que vous jouiez aux psychiatres, je vous ai appelés pour que vous fassiez votre *job* !

— Daniel, essaie de te calmer un peu.

— Me calmer? *Me calmer?* Cet ostie de crisse de mongol de Massicotte a coupé la queue de mon chat pis l'a clouée sur ma porte, tabarnaque! Tu vas quand même pas me dire que j'ai pas le droit de porter plainte?

— Dans la tempête, de nuit… Tu peux pas être sûr que c'était lui…

Je me suis levé, abasourdi.

— Qu'est-ce que tu dis là? J'ai reconnu sa tuque! Son maudit habit de ski tout crotté! C'est la deuxième fois qu'il me fait ce genre de coup, qu'est-ce qu'il te faut comme preuve?

Nadeau s'est levé à son tour, hochant la tête d'un air triste et découragé. Je n'en revenais pas: il ne me croyait pas! Il m'a regardé d'un œil noir, le visage fermé.

— Maintenant, Daniel, c'est à toi de m'écouter.

J'ai éclaté d'un rire hystérique.

— À *moi* de t'écouter?

— Te la fermes-tu cinq minutes?

— C'est ça! Fais-moi fermer la gueule! Fais ta grosse police!

— Câlisse, vas-tu ouvrir les oreilles pis m'écouter? Ce que j'essaie de te dire, Daniel, c'est que cet après-midi, on a reçu un appel au sujet d'une effraction dans un chalet. C'était le jeune Massicotte. Il voulait pas voler, il voulait juste se coucher. C'est moi qui l'ai interrogé, comprends-tu? J'ai Massicotte sous le nez depuis cinq heures de l'après-midi! En ce moment même, il est encore au poste, *comprends-tu?*

Je me suis rassis à la table. Je n'ai rien répondu.

Il n'y avait rien à répondre.

Dans le couloir de l'entrée, André Nadeau s'est retourné.

— Je pense pas que ça soit dans ton intérêt que je fasse une enquête, Daniel. Je pense que tu sais qui a vraiment coupé la queue de ton chat.

J'ai protesté, un murmure sans force.

— C'est pas moi, André. Je te jure que c'est pas moi.

— Tu devrais téléphoner au D$^r$ Denoncourt demain.

Je suis resté là, les coudes sur la table, les mains engourdies, répétant :

— C'est pas moi, je te le jure...

J'ai entendu Nadeau qui se dirigeait vers la porte, ses grosses bottes faisant craquer le vieux plancher ; pendant deux secondes, le souffle râpeux de la tempête s'est fait entendre, puis la porte s'est refermée. Je suis resté seul, l'esprit aussi incohérent qu'une bourrasque de neige, le cœur aussi glacé que le vent.

# DEUXIÈME PARTIE

# LE MANOIR BOWMAN

Le premier mai s'annonçait comme une journée
superbe. C'était un samedi ; il avait fait chaud toute
la semaine, ce qui avait achevé de faire fondre les
derniers bancs de neige à l'abri sur les pentes nord
des collines, mais ce premier mai était digne d'un
premier juillet, surprise d'autant plus agréable que
les maringouins dormaient encore. Avec un thermos
de café pour tout bagage, j'ai poussé le canot à l'eau
et j'ai ramé vers le nord, l'esprit et le cœur plus
calmes qu'ils ne l'avaient été depuis des mois. Au
fond de la baie se chauffait Ville-Marie dans le
soleil du matin. Sous la lumière rasante, les briques
rouges du Centre de santé, la flèche d'argent du
clocher de l'église et les couleurs pastel des maisons
avaient pris des teintes un peu fausses de carte
postale.

Toujours pagayant, j'ai dépassé Ville-Marie et
me suis approché de la pointe au Vin. N'eût été le
clapotis de la rame dans l'eau, le silence aurait été
total. Tout autour le granit montait, s'arrondissait,
comme un cirque romain aux gradins ruinés par les
siècles, surplombé de bouquets de pins et d'épinettes, sombres contre l'horizon bleu clair. Je me
suis approché de la berge. Au-dessus de ma tête,
des torsades de pins rouges s'échappaient des fissures du granit, leurs épais faisceaux d'aiguilles
noires me faisant un parasol rustique. Il y avait des
maisons et des chalets sur cette partie de la pointe,
mais on ne les voyait pas d'ici. Le lac semblait

désert, comme si j'avais reculé dans le temps avant l'arrivée des Blancs.

«Témiscamingue», ce qui voulait dire «eaux profondes», en algonquin. Bien avant qu'un Européen la décrive sur le papier, les Algonquins, Ojibways et Iroquois connaissaient et respectaient cette grande étendue d'eau douce. Le lac avait ensuite vu passer les coureurs des bois, les explorateurs, Champlain, Radisson, Des Groseilliers et le chevalier de Troyes; il avait servi de voie aux gens de la Compagnie du Nord, de la Northwest Company, de la Compagnie de la Baie d'Hudson, aux draveurs, aux mineurs, aux missionnaires, aux colons et aux navigateurs, qui tous s'étaient extasiés devant sa beauté et tous avaient eu maille à partir avec son tempérament imprévisible.

Un simple caprice du vent, et le jardin des dieux se transforme en une nature âpre, sauvage et cruelle. C'est un lac schizophrène. On peut l'aimer à la folie, et parfois le haïr, mais on ne peut pas y rester indifférent, pas quand on a vécu des années près de lui. On veut se l'approprier, le connaître sous tous ses angles, visiter ses cachettes, arracher ses secrets… tout en sachant qu'il ne nous révélera que ce qu'il voudra bien nous révéler.

La surface du lac, d'un calme absolu dans la baie de Ville-Marie, s'est soudain hérissée de vagues quand j'ai dépassé la pointe rocheuse. Deux hérons gris se sont envolés, effrayés par mon intrusion. Le flanc nord de la pointe au Vin était un autre monde. À l'ombre du granit et des conifères, les vagues giflaient les flancs du canot, le vent charriait encore l'odeur de fonte des neiges, le ciel nordique était très bleu. Sur une avancée rocheuse plus modeste, au nord-est de la baie, à l'abri des regards des habitants de Ville-Marie, la forêt d'épinettes faisait place à une forêt de pins et de cèdres, une forêt clairsemée, domestiquée, entretenue par la main de l'homme. Et c'est au sein de cette forêt, au-delà d'une plage de pierre, que se dressait le fameux manoir Bowman.

Avec un sentiment de vide au creux de l'estomac, j'ai réalisé que je me trouvais à l'endroit exact où la camionnette avait coulé. Le cœur battant plus fort, j'ai tenté de distinguer le véhicule qui se trouvait toujours au fond du lac… Mais l'eau était trop profonde, trop trouble et trop agitée… Je me suis trouvé ridicule tout à coup. Non pas d'espérer voir la camionnette, non, je me suis trouvé ridicule de venir si tôt ici, de courir le risque de rouvrir une blessure à peine cicatrisée. Qu'est-ce que je cherchais à prouver? Que je pourrais continuer de me promener sur le lac aussi souvent et aussi longtemps que je le désirerais? Que ça ne me dérangerait pas? Que j'étais un dur, un *tough*?

J'ai continué à pagayer, contre le vent et les vagues, jusqu'au manoir Bowman, où j'ai accosté à un étroit quai de planches. Le véritable quai avait disparu des années plus tôt, arraché par la glace; il n'en restait que des piliers de bois vermoulu reliés par d'épais câbles d'acier couleur de rouille. Bowman était toujours venu par ce quai. Les premières années, à l'époque où il y avait encore de la navigation commerciale sur le lac Témiscamingue, il venait par bateau. Par la suite, bien avant la mise en cale sèche du dernier navire de passagers, Bowman était venu par hydravion. Il était toujours accompagné de son *butler*, parfois d'amis ou de relations d'affaires. Jamais de femmes. Une rumeur le disait veuf, une autre affirmait que sa misogynie faisait fuir toutes les femmes. Les amateurs de scandale allaient jusqu'à chuchoter qu'il était «fif» et que

ledit *butler* était en fait son «gorlot». Tous ces
racontars et toutes ces spéculations étaient alimentés
par les commérages des ouvriers, des jardiniers et
des femmes de ménage venus de Ville-Marie.
C'étaient les seules personnes qui avaient réellement rencontré le mystérieux Américain, ce dernier
n'ayant jamais mis les pieds à Ville-Marie ni dans
aucun autre village. Et même cette main-d'œuvre
locale avait rarement rencontré Bowman; ouvriers
et domestiques étaient logés dans une des résidences
secondaires et c'était le *butler* qui supervisait leur
travail.

Personne n'avait habité le manoir depuis la mort
du propriétaire en 1969. L'avocat new-yorkais
chargé de la succession s'était dépêché de se débarrasser de cette encombrante bâtisse perdue au nord
d'un pays étranger en la revendant au dixième de sa
valeur à des investisseurs témiscamiens. Ces
nouveaux propriétaires avaient depuis veillé au bon
entretien des lieux, avec l'intention d'exploiter les
vieux bâtiments comme un centre de retraite et de
villégiature. C'était viser trop haut : transformer les
lieux aurait coûté très cher et la maigre industrie
touristique du Témiscamingue ne le justifiait pas.

Les propriétaires s'étaient succédé, tous attirés
par l'apparente aubaine d'un «véritable château»
pour une bouchée de pain, et tous déçus par les pos-
sibilités d'exploitation plus que restreintes. L'actuel
propriétaire, concessionnaire d'automobiles Honda
à New-Liskeard, conjointement avec la Société
d'histoire du Témiscamingue, effectuait des démarches pour que le site soit classé monument
historique. Mais dans ce domaine comme dans tous
les autres, nos gouvernants manquaient d'argent et,
depuis des années, hésitaient à se reconnaître
officiellement pareille obligation.

Même si je n'étais jamais entré à l'intérieur du manoir, ce n'était pas la première fois que je profitais d'un des balcons pour me reposer et manger un morceau lors d'une de mes randonnées en solitaire. Je n'étais ni le premier ni le dernier habitant de Ville-Marie à venir se coller le nez aux fenêtres. On arrivait à distinguer une partie de la cuisine, du large corridor, d'une montée d'escalier garnie de toiles et de photos encadrées et d'un petit studio-bibliothèque. Le grand salon, avec sa large baie vitrée donnant sur le lac, se livrait sans réserve aux curieux. On admirait à loisir le plancher d'érable ciré, le plafond à moulures de plâtre, les murs lambrissés de riches boiseries victoriennes et l'énorme foyer rococo. Je ne pouvais m'empêcher de l'appeler la «salle de bal», même si je doutais que quiconque y eût jamais dansé.

Magnifique, quoiqu'un peu trop sombre, un peu trop anglais à mon goût.

Les pieds ballants au bout du balcon, j'ai bu mon café. Le soleil a glissé au-dessus des conifères, réchauffant l'air qui avait gardé un fond de fraîcheur. Je me suis remis debout, prêt à repartir, la poitrine soulevée par un curieux sentiment, indéfinissable, comme le découragement qui nous engourdit jusqu'aux os quand on sent devant soi une tâche trop difficile ou immense pour être menée à bien. J'ai remis le canot à l'eau. La rame me semblait lourde. Je me sentais vidé, sans énergie. Ce n'était pourtant pas d'avoir pagayé jusqu'ici – les autres étés, je pouvais passer la journée sur le lac.

Peut-être aurais-je dû mieux déjeuner ce matin-là. Peut-être aussi que le terrible hiver m'avait laissé un peu plus meurtri que je ne voulais bien le reconnaître.

Car j'avais survécu à l'hiver. Wilfrid aussi. Elle ne l'a pas dit ouvertement, mais je sais que la psychiatre croit que c'est moi qui lui ai coupé la queue ; même que ça l'a contrariée que je refuse de reconnaître ma culpabilité. Je suis prêt à admettre que ce n'est pas Éric Massicotte que j'ai vu sur mon balcon cette nuit de tempête ; c'est vrai qu'il faisait noir, que j'étais mort de fatigue. Je suis prêt à accepter les jolies explications psycho-pathologiques du D<sup>r</sup> Denoncourt, je suis prêt à admettre que je suis fou, fou comme un balai, fou comme la marde, mais il y a une chose dont je suis sûr : ce n'est pas moi qui ai blessé Wilfrid.

La scanographie n'avait rien révélé de dramatique. Pas plus que l'électroencéphalogramme. Bien sûr, la blessure avait laissé du tissu cicatriciel dans le cortex ; il était donc possible que cela puisse causer des crises d'épilepsie occasionnelles. Cela étant dit, ni le neurologue ni le D<sup>r</sup> Denoncourt n'avaient constaté de séquelles majeures ; au contraire, ils étaient même étonnés de ma bonne forme. Seules les migraines, quand j'étais très fatigué, prenaient encore naissance sur le côté de la tête, me donnant l'impression que la tige de métal y était encore, chauffée au rouge, et qu'elle me triturait la cervelle. Aucun analgésique n'en venait à bout. Le seul remède efficace consistait à me coucher dans le noir le plus absolu et à cesser de penser. La douleur finissait par s'estomper et je me retrouvais généralement dans mon état normal quelques heures plus tard.

Ce n'est pas ce genre de douleur que j'ai ressentie en quittant le manoir ce matin-là, c'était une douleur à l'âme plutôt qu'une douleur physique, une espèce de nostalgie inexplicable, qui a cependant disparu sitôt passé la pointe au Vin. Sans doute que ce n'était pas dans les malheurs du passé que je devais en chercher la cause, mais au contraire dans la disparition de ces malheurs, comme cette peur agréable qu'on éprouve quand un grand bonheur change notre vie, peur face à la disparition d'un mode de vie, et peur plus diffuse, plus lointaine mais néanmoins réelle, que tout ce bonheur ne nous soit pas destiné, qu'il s'agisse d'un malentendu. C'était la peur que des hommes en complet noir arrivent un matin à ma porte pour m'annoncer : «Nous sommes désolés, mais il y a eu erreur sur la personne, ce bonheur ne vous était pas destiné. Veuillez nous le remettre dans l'état où vous l'avez reçu.»

C'était un peu pour ça que j'avais peur de cette journée, de ce premier samedi de mai si chaud. Après tant de mois de malheur, deux nouvelles agréables… c'était presque trop. La soirée précédente, j'avais reçu un appel téléphonique. Après plusieurs semaines d'hésitation de la part des responsables de la ville, j'étais accepté comme surnuméraire pour l'équipe des pompiers volontaires. Mais ça, c'était la petite nouvelle. La grande, c'était que Josée emménageait chez moi.

J'ai passé le reste de l'avant-midi à faire un peu de ménage. Il y avait une éternité que je n'étais pas entré dans mon «bureau», la plus petite des trois chambres du second étage, la seule pièce de la maison qui avait été interdite aux enfants (ce qui ne les avait pas empêchés d'y venir fouiller quand j'avais le dos tourné).

L'air tiède sentait la naphtaline et le vieux papier. J'ai ouvert la fenêtre pour aérer un peu. Assis à mon bureau, baigné dans la clarté fraîche du soleil, c'est avec un sentiment d'irréalité que je me suis replongé dans cette pile de paperasse poussiéreuse : livres,

lettres, copies de registres civils, documents historiques. Avais-je vraiment eu l'intention un jour
d'écrire un livre d'histoire? «Ton fameux livre,
disait Nadia, j'y croirai quand je l'aurai vu.» Je
n'avais pas assisté à une seule réunion de la société
d'histoire depuis la mort des enfants; ça me semblait faire partie d'une autre vie, de la vie d'un
autre.

J'ai commencé à mettre un peu d'ordre dans le
courrier empilé. J'ai ouvert des lettres qui n'avaient
même pas été décachetées. Lorsque j'ai soulevé le
couvercle de la machine à écrire, un nuage de
poussière a scintillé dans la lumière jaune du soleil.
Depuis des mois, une lettre inachevée patientait
dans le chariot :

*Ville-Marie, le 7 décembre 1992*
*M. Edgard Dubé, éditeur*
*17, rue de la Mairie*
*Charlesbourg, Qué.*

*Monsieur,*
*Cette lettre est pour vous dire que j'aimerais*
*obtenir une copie du deuxième tome de votre*
*ouvrage sur les artisans de la région de Rivière-*
*du-Loup. Je possède déjà le premier tome et*

Un sentiment un peu nostalgique venait de
descendre sur moi. Me remettre à mes travaux
d'histoire, ce serait reprendre la routine telle que je
l'avais laissée. Sans Nadia et les enfants, j'aurais
plus de temps libre, ce serait plus facile de voya-
ger, je pourrais enfin réaliser ce vieux rêve : aller à
des congrès d'histoire à Québec ou à Montréal,
aller respirer un peu l'air des universités...

*Sans Nadia et les enfants...* La pensée était venue comme ça, presque allant de soi. La douleur était toujours là, mais ce n'était plus ce tourbillon rugissant qui me laissait faible et étourdi comme un enfant battu, c'était une douleur sourde comme celle d'une vieille entorse. L'acceptation. Le Dr Denoncourt m'avait dit que ça viendrait un jour. L'acceptation. Jusqu'à ce moment, cela ne m'avait pas semblé possible.

Sans toucher à la lettre, j'ai refermé le couvercle de la machine à écrire. Par la fenêtre, j'ai aperçu une camionnette qui reculait contre la porte d'entrée. Josée est sortie de la camionnette, suivie d'un petit costaud aux épaules rondes et brunes de soleil. Je suis descendu ouvrir la porte. Josée m'a embrassé. Ça faisait tout drôle de la voir en jean et t-shirt sale de poussière.

— T'as un drôle d'air, m'a-t-elle dit en souriant.

— Qu'est-ce que tu veux dire ?

— Je sais pas. T'as l'air... reposé. En tout cas, t'as intérêt à être reposé parce qu'il faut décharger les meubles. Marcel a besoin de son camion pour cet après-midi.

Marcel – son « ex » – m'a serré la main, le coin de la bouche soulevé en un sourire énigmatique. Nous avons déchargé les caisses et les meubles, puis Marcel s'est dépêché de s'enfuir, sans accepter une bière, un verre d'eau, rien.

— Occupe-toi pas de lui, a dit Josée avec un geste désinvolte. Marcel, c'est le genre un peu sauvage. (Elle m'a regardé avec un sourire en coin.) Faut croire que c'est mon genre, hein ?

Je l'ai enlacée.

— On dirait.

— Touche-moi pas, Seigneur ! J'suis pleine de poussière puis je suis toute en sueur !

Je me suis mis à lui enlever son t-shirt. Elle a protesté sur un ton scandalisé : quelqu'un pouvait arriver et nous voir par la fenêtre de la porte d'entrée. Sourd à ses supplications, j'ai commencé à lui enlever aussi son pantalon et quand je suis arrivé à sa culotte, elle riait tellement qu'elle était incapable de se défendre.

Nous avons fait l'amour entre les caisses. Ensuite, nous nous sommes douchés, lentement, en silence. En robe de chambre, Josée a préparé des sandwichs, que nous avons mangés assis l'un contre l'autre sur le divan, une bière à la main, les pieds sur les caisses de carton. Nous avons écouté du Chris de Burgh grâce au lecteur de disque compact de Josée. C'était la première fois que de la musique jouait dans la maison depuis que Nadia était partie avec la chaîne stéréo. J'ai serré Josée contre moi, je lui ai dit que j'étais bien, que ça avait été une bonne journée.

— C'est vrai que tu as l'air bien. C'est moi ou ta psy qui te fait du bien comme ça ?

— Les deux.

— Pas fin ! Il fallait répondre que c'était juste moi… Ça m'étonne pas, remarque. Marcel m'a dit que c'est une bonne psychiatre.

— Marcel ? Qu'est-ce qu'il connaît là-dedans ?

— Je t'avais pas dit ? Il est psychologue. Il travaille à la clinique de psychiatrie.

— … Es-tu en train de me dire que ton ancien *chum* a accès à mon dossier psychiatrique ?

Josée m'a caressé les cheveux.

— T'en fais pas. Le secret professionnel.

— Le secret professionnel ? Au Témiscamingue ? Ha !

— Ha ! toi-même. Marcel ne disait jamais rien, même pas à moi. Un mur, une tombe.

— Il est aussi bien…

— Inquiète-toi donc pas. Je suis là maintenant. Tout va bien aller.

Sans nous presser, nous avons déballé les caisses. Wilfrid, qui avait détalé pendant l'emménagement, est revenu renifler les caisses d'un museau soupçonneux, son moignon de queue dressé bien droit. Josée n'avait apporté à peu près que des livres et des vêtements. Je savais qu'elle lisait beaucoup, mais je n'avais pas imaginé qu'elle déménagerait toute sa bibliothèque. En ce qui concerne les meubles, elle en possédait moins que moi, mais peu importe, la maison ressemblerait un peu moins à un entrepôt désaffecté. J'ai transporté les caisses de livres dans mon bureau, il me restait un peu de place dans ma bibliothèque. Curieuse, Josée s'est mise à lire les titres des documents qui accumulaient la poussière sur ma table de travail – c'était la première fois que je la laissais entrer dans cette pièce.

— C'est pourquoi tous ces papiers ? C'est pas ton travail, non ?

— Non. C'est un projet. J'y travaille de temps en temps. Enfin… j'y travaillais.

— Un projet de quoi ?

Je n'ai pas répondu tout de suite, pris par un sentiment de gêne absurde et d'autant plus irritant : je lui en voulais d'avoir mis les yeux sur ce reliquat de mon ancienne vie. Mais elle insistait :

— Tu fais une recherche historique ?

— En fait, c'est un projet de livre.

— Sérieux ? T'es en train d'écrire un livre ?

— Un livre sur les Algonquins de la région.

— Tu m'avais pas dit que tu écrivais.

— C'est pas vraiment sérieux. Un vieux projet, plus ou moins relié à ma maîtrise, ça aboutira peut-être pas. De toute façon, la mode des Amérindiens, c'est fini.

Elle a éclaté d'un rire incrédule.

— Mais t'es fou? On en a jamais autant parlé, avec Grande-Baleine, Oka, le renouvellement de la Constitution... Ça parle de quoi, plus exactement?

— Ça parle de la façon dont les Blancs se sont arrangés pour acheter une partie des terres de la réserve Tête-de-Lac, malgré le refus des Algonquins.

— Qu'est-ce qui s'est passé?

— Une ancienne maîtresse d'école devrait savoir ça. C'est de là que tu viens, en plus. Tête-de-Lac, c'est Notre-Dame-du-Nord.

— Hé, niaise-moi pas. Je sais où se trouve la réserve Tête-de-Lac. Mais je sais pas ce qui s'est passé exactement.

— Bon, brièvement, la réserve du nord du lac Témiscamingue a été créée en 1849 par le gouvernement fédéral. Ça n'a pas pris de temps aux colons québécois du coin pour se rendre compte que la réserve, beaucoup plus grande en ce temps-là qu'aujourd'hui, comprenait de très bonnes terres agricoles. De temps en temps, les colons en achetaient des lots directement aux Algonquins, mais, dans les années 20, le curé de Nédelec a carrément entrepris des revendications auprès du gouvernement fédéral pour obtenir les terres des «sauvages», vu qu'ils étaient trop niaiseux pour les cultiver. Pendant vingt-cinq ans, les Algonquins ont refusé. En 1939, la municipalité a offert 30 000 dollars pour l'achat de 90 lots de la réserve. Le Conseil de bande a refusé la proposition soumise au vote. Mais voilà que la municipalité de Nédelec demande un second vote et, pour être sûre que le vent tourne du bon bord, envoie du monde soigner les Algonquins au whisky deux jours avant le vote.

Tu devines le résultat : le Conseil de bande tourne casaque et accepte à l'unanimité de vendre la majeure partie de ses terres à Nédelec. Ce qui leur reste, la réserve actuelle, c'est même pas dix pour cent de ce qu'ils possédaient en 1849.

À partir de ce moment, Josée s'est enthousiasmée pour le projet beaucoup plus que je ne l'étais moi-même. Plusieurs fois dans les jours qui suivraient, elle allait me répéter qu'elle croyait à mon projet et qu'il fallait que je le mène à terme. Sur le coup, je suis resté un peu perplexe ; je n'étais pas encore tout à fait habitué à sa franchise brutale, franchise teintée d'une confiance presque touchante envers le « succès garanti de mon livre sur les Indiens ».

Mais pour Josée, ce jour-là, il était surtout question de s'installer. Horrifiée par l'état de mon réfrigérateur et de mes armoires de cuisine, elle s'est attelée à la tâche de jeter tout ce qui n'était plus mangeable : le fromage bleu de moisissure, la farine humide, les biscuits envahis par les fourmis. Elle n'en revenait pas :

— Tu fais dur, Daniel Verrier ! Je commence à comprendre pourquoi tu voulais pas que je vienne chez toi. Comment est-ce que tu pouvais te faire à manger dans ce bordel-là ?

— Je mangeais au restaurant, quand je mangeais. C'est plate manger seul.

Le sourire taquin a disparu. Elle a posé les assiettes sales sur le comptoir et s'est réfugiée dans mes bras.

— Oui, c'est plate. Pour moi aussi l'hiver a été long. Ça va aller mieux maintenant. Dis-le-moi, dis-moi que ça va aller mieux.

J'ai serré Josée contre moi. Ça me faisait drôle de rassurer quelqu'un.

— Ça va aller mieux. Ça peut seulement aller mieux.

Nous avons fait l'épicerie. J'ai aidé à la préparation du souper, mis la nappe trouvée dans le fond d'une des caisses du déménagement. Nous avons soupé tard, partageant une bonne bouteille de bordeaux, sans nous presser. C'était bon, calme, doux. Dans le lit, nous nous sommes enlacés, le corps trop alourdi de fatigue et de vin pour faire l'amour. Nous avons d'abord ri de sottises sans importance, puis la conversation a dérivé sur nos enfances. C'est surtout Josée qui parlait, de ses parents, de ses frères et sœurs, avec qui elle s'était trop souvent disputée, et de l'amour doux-amer qui les unissait malgré tout. La conversation s'est étiolée. Josée s'est tournée plusieurs fois en marmonnant, cherchant la meilleure position dans ce lit pas encore familier – nous avions toujours couché chez elle. Je suis resté longtemps éveillé, attentif. Sa respiration est devenue profonde et régulière. J'ai écouté, longtemps, comme on écoute de la musique. Un frisson de confort a coulé le long de mon dos : c'était comme se glisser dans un pyjama de duvet après une longue marche d'hiver. J'ai tendu le bras, à la toucher mais pas tout à fait, juste pour sentir la tiédeur du lit. La respiration profonde s'est interrompue, elle a inspiré trois fois rapidement, puis elle s'est tournée sur le flanc. Le matelas a grincé, une bouffée d'air parfumé a embaumé la nuit.

Il y avait de nouveau une femme dans mon lit.

Elle serait là le lendemain, et la nuit suivante, et toutes les autres. La terreur était devenue toute petite, isolée dans un coin poussiéreux de mon âme. Elle ne pourrait plus me faire mal.

Je ne rencontrais maintenant Mylène Denoncourt qu'une fois par mois. Il avait continué de faire très chaud, elle avait troqué ses sobres ensembles veste et pantalon contre une robe fleurie qui la rajeunissait beaucoup. Je n'ai pas pu m'empêcher de la complimenter, ce qu'elle a accepté avec un sourire du coin des lèvres :

— Je te retourne le compliment. Tu as l'air en pleine forme.

Je me suis assis, un moment silencieux, une étrange chaleur au creux de la poitrine. C'était exact, je ne me rappelais pas m'être senti en aussi bonne forme depuis… une éternité ou deux. Je lui ai parlé des événements de la fin de semaine : l'emménagement de Josée, la confiance que m'avait accordée le directeur du service des incendies. Elle avait l'air réellement heureuse de ces nouvelles.

— Tu fais des progrès inespérés, Daniel. Je dois t'avouer que les résultats de ton scan ne m'avaient pas fait sauter de joie. Je me suis inquiétée pour rien ; en fait, je me suis surtout laissé effrayer par les scénarios catastrophiques du neurologue. Quelquefois, j'ai l'impression que tout cet appareillage ne fait qu'ajouter à la complexité du diagnostic, sans vraiment aider au traitement.

— C'est vous qui l'avez dit, doc.

— Rêves-tu encore beaucoup ?

— Oh *shit*! Oui, presque toutes les nuits… Mais on dirait… on dirait que ça diminue…

— C'est normal de rêver beaucoup. L'important, c'est que les hallucinations aient cessé.

— C'est vrai. J'ai même jamais revu Éric Massicotte.

Elle a souri, une lueur étrange dans le regard.

— Si tu l'avais revu, je m'inquiéterais beaucoup. Il est en cure fermée au Centre hospitalier de Rouyn-Noranda depuis plusieurs semaines.

— Je… Je savais pas.

— Eh oui. Tu as eu quelques mois difficiles, Daniel, mais il a suffi d'un peu de temps, de calme et d'écoute pour te remettre sur pied. Tous les désordres mentaux ne sont pas aussi faciles à traiter, malheureusement.

— C'est quoi son problème, exactement?

— Tu sais bien que je ne peux pas discuter du cas d'un autre patient. Je n'aurais même pas dû aborder le sujet. Ce que j'avais commencé à dire, c'est que, dans ton cas, la supervision thérapeutique n'est sans doute plus nécessaire. Tu es sûrement capable de poursuivre par toi-même le processus normal de guérison. Je propose que ceci soit notre dernière rencontre. Qu'en penses-tu?

— D'accord, si vous me promettez de pas trop vous ennuyer de moi.

Cette fois, elle a ri franchement.

— Je vais essayer!

Nous nous sommes serré la main.

— Merci, Mylène, ai-je dit en hésitant, car je l'appelais par son prénom pour la première fois.

— Bonne chance, Daniel.

J'ai marché jusqu'à la Commission scolaire avec l'impression que la poitrine allait m'exploser de soulagement. J'avais tellement hâte de retrouver Josée et de lui annoncer la bonne nouvelle que j'en tremblais. Elle était à la photocopie, en train d'agrafer d'un air ennuyé des piles de copies d'examen. Entre deux coups d'agrafeuse, elle m'a embrassé, un petit sourire aux lèvres.

— Je suis contente pour toi.

Cela m'avait pris quelque temps pour comprendre que les sentiments les plus profonds chez Josée passaient souvent par ce genre de phrase toute simple, presque laconique. Alors que je sortais à peine d'une relation avec Nadia-la-compliquée, chez qui la moindre remarque contenait des niveaux d'interprétation complexes et contradictoires, avec qui la moindre conversation trébuchait dans le non-dit, dans les choses-que-tu-aurais-dû-comprendre-sans-qu'on-soit-obligé-de-tout-t'expliquer, avec qui toute explication s'étranglait dans quelque nœud coulant d'incompréhension, Josée m'apparaissait comme une fille simple.

Et c'était ce dont j'avais besoin : une fille simple, une vie simple, banale, routinière. Je n'aurais pas assez d'une vie entière de routine pour laisser mes blessures se cicatriser.

— Es-tu venu travailler ou passes-tu le reste de la journée à la maison ? a demandé Josée.

Je n'ai pas tout de suite répondu, je me suis contenté de sourire. Elle s'est interrompue entre deux coups d'agrafeuse.

— Qu'est-ce que t'as à sourire comme un débile ?

— C'est la première fois que tu dis « à la maison ». Avant tu disais toujours « chez toi ».

Elle s'est remise à agrafer les copies d'examen avec une expression d'enfant pris en défaut.

— C'est au contact de ta psychiatre que tu deviens si smatte ?

— Peut-être. La sagesse aussi. Peut-être que si j'avais été aussi smatte avec Nadia ça aurait mieux marché.

La phrase était sortie d'elle-même, plus amère que je ne l'aurais voulu. Josée a soulevé une épaule.

— Parfois c'est ce que je me dis pour moi et Marcel. Combien de fois penses-tu que je me suis demandé si je devais retourner avec lui ? Maintenant qu'on est tous les deux plus sages, ça devrait marcher, non ? (Un autre haussement d'épaule.) En supposant que Marcel soit plus sage, lui. Mais je sais pas. On peut pas oublier les choses qui ont été dites, qui ont été faites.

Elle a soulevé une pile de copies et les a déposées sur un chariot à roulettes.

— Écoute, Daniel, m'a-t-elle dit sans vraiment me regarder. Peut-être que tes rencontres avec Mylène Denoncourt t'ont permis de changer d'idée. Tu commences à me connaître, tu sais que, si tu voulais reprendre avec Nadia, je me mettrais pas dans le chemin…

J'ai serré Josée contre moi.

— Oh mon Dieu, non, non ! Quelle idée de fou ! Nadia c'est fini, tout ça c'est fini, plus vite je vais oublier, mieux ce sera. C'est toi maintenant. C'est juste toi et moi.

Elle m'a enlacé sans un mot. Elle tremblait un peu. À ce moment, Raoul Trépanier est entré dans le local de la photocopie.

— *Whoa, whoa,* qu'est-ce qui se passe icitte ? Toi, Daniel, je digère déjà mal que tu prennes des journées de congé pendant la préparation des examens, mais s'il faut en plus que tu viennes nuire à mes autres employés, là je vais me choquer !

— Choquez-vous pas, Raoul. C'est ce que je suis venu dire à Josée : c'est fini les congés de maladie. À partir de maintenant, je vais travailler. Tous les jours.

Raoul m'a posé une main sur l'épaule.

— C'est vrai? *Good, good!* Bon *timing*, à part ça, parce qu'on commençait à avoir la langue à terre icitte.

\* \* \*

Le soir même, je me suis préparé pour mon premier entraînement de pompier depuis mon accident en 1978.

J'étais terriblement nerveux. Je ne me rappelais pas avoir été aussi nerveux quinze ans plus tôt. Pourtant, peu de choses avaient changé au poste de Ville-Marie. À l'époque, les pompiers volontaires étaient prévenus par téléphone, maintenant ils étaient équipés de téléavertisseurs. Le vénérable 156, un vieux bazou qui datait de la guerre, avait été remplacé en 1982 par le 459, un 500 gallons flambant neuf. Pour le reste, un incendie était encore un incendie. Non, le seul qui avait changé, c'était moi. En 1978, j'avais vingt-cinq ans et, à cet âge-là, on n'a peur de rien. Depuis, j'avais appris que tout pouvait arriver, j'avais appris la peur. Heureusement, cette peur ne m'empêchait pas de vouloir redevenir pompier volontaire; au contraire, elle me poussait à le faire. Pas besoin de chercher quelque explication psychiatrique et ésotérique : je voulais me prouver à moi-même que j'étais encore capable de quelque chose.

L'entraînement s'est bien déroulé. Plusieurs des gars présents avaient participé à la mémorable extinction de l'incendie de la vieille Commission scolaire. Bérubé, simple volontaire à l'époque, était maintenant le chef du service de Ville-Marie. Il y avait de nombreux jeunes, j'y ai même rencontré deux anciens étudiants du temps où j'enseignais à l'école secondaire. Ça ne me rajeunissait pas.

Mon absence avait été trop prolongée, je recommençais comme recrue, avec des tâches destinées aux recrues : le déploiement de la «piscine», le maniement des pompes. Bien entendu, j'avais ouvert ma grande gueule pour dire à tout le monde que je n'avais pas besoin d'explications, que je me souvenais de tout. Je me suis rendu compte rapidement que j'étais plus rouillé que je le pensais. À plusieurs reprises je me suis retrouvé embarrassé par un oubli stupide – il y avait longtemps que je n'avais pas ressenti l'effet de gouffre de mon amnésie.

Bérubé ne semblait pas trop s'en faire.

— C'est pour ça qu'on te met aux p'tites *jobs*, Verrier, pour te donner le temps de te remettre dans le bain. Inquiète-toi pas, je vais pas te garder longtemps en bas de l'échelle. La comprends-tu ? En *bas* de l'échelle !

Oui, c'était la plus vieille blague qu'un pompier puisse faire, et pourtant nous avons tous ri, un rire de «gang de gars», parce qu'au fond c'est bien ce que nous étions, une gang de gars à qui on donnait la permission, à chaque incendie, de rouler comme des fous sur la route et de montrer à tout le monde que nous n'étions pas du monde ordinaire, que nous étions de vrais hommes à qui rien ne fait peur. Ce qu'il faut aussi comprendre, c'est que, dans une petite ville comme Ville-Marie, il y a à peine dix alertes par année. Alors, quand le téléavertisseur sonnait, c'était comme si on montrait un bout de viande à des chiens affamés : nous nous jetions dessus de peur que les autres ne nous laissent pas notre part.

On riait donc beaucoup à ces entraînements; on riait beaucoup parce que le travail était sérieux. Il fallait apprendre à se servir de l'équipement, des camions, des outils, des tuyaux – comment les tirer, les transporter, les replier de façon qu'ils ne s'emmêlent pas. On apprenait comment le feu commence, comment il se transmet, comment il s'éteint. Il fallait étudier les techniques de construction des maisons, des portes, des fenêtres ; il fallait posséder des rudiments de ventilation. À force d'étudier et de pratiquer, on pouvait même finir par croire qu'on connaissait vraiment son sujet. Mais le jour où le pompier volontaire voit son premier incendie, il s'aperçoit que la réalité est toujours plus complexe et inattendue que ce qu'on lit dans les livres. Dans la réalité, il est parfois confronté à des situations où la vie des personnes est en jeu. Il ne peut pas dire : « Ah, je savais pas qu'il fallait pratiquer cette manœuvre-là aussi » ou « C'est pas grave, je me reprendrai à la prochaine pratique. » Bien sûr, nous étions des pompiers volontaires, ayant droit à l'erreur. Et puis après ? Quelle sorte de consolation est-ce qu'il pouvait nous apporter, notre beau « droit à l'erreur », si quelqu'un mourait par notre faute ?

C'était comme pour Marie-Émilie et Sébastien. Je ne pouvais pas savoir qu'il y aurait une nouvelle source près de la pointe. Personne n'aurait pu le savoir. Ce n'était pas ma faute. C'était mon droit à l'erreur.

Nous avions eu de la difficulté à nous endormir. Malgré une douche juste avant de nous mettre au lit, nous avions chaud. Le mince drap était encore de trop, mais si je l'enlevais je me sentais mal à l'aise, vulnérable.

Josée aussi s'était couchée nue, ce qu'elle ne faisait presque jamais. J'effleurais ses cuisses et ses hanches, c'était à la fois très agaçant et excitant, et je n'ai pas tardé à être en érection. Je me suis approché et me suis mis à la caresser. Elle s'est écartée, impatiente.

— J'essaie de dormir.

Je me suis recroquevillé dans mon coin, furieux contre la chaleur, contre le sommeil qui ne venait pas, contre les humeurs des femmes. Au bout d'un long silence, elle s'est tournée vers moi.

— Tu as vraiment envie ?

— Je ne sais pas ce que je veux. J'ai chaud, je suis tanné.

Elle s'est approchée.

— Aussi bien avoir chaud pour quelque chose.

Dans le noir nous avons fait l'amour, presque avec brutalité. Nous avons repris une douche et changé les draps moites. Il faisait encore trop chaud pour s'endormir, nous avons écouté le film de fin de soirée, à poil devant la télévision, en espérant quand même que le vieux Adéodat était couché. Vers une heure du matin, l'orage s'est enfin décidé à éclater. La pluie tombait dru, des éclairs éblouissants lacéraient le ciel, la maison vibrait sous les coups de tonnerre. Ça en était un peu effrayant.

L'orage a glissé vers l'intérieur des terres, abandonnant sur place une pluie légère et un air moins lourd. Bercé par le chuchotis de l'eau dans les gouttières, j'ai fini par m'endormir. Dans le rêve, j'étais de retour au cabinet de Mylène Denoncourt. Elle était nue, ce que je n'avais pas remarqué en entrant dans le bureau. À la fois excité et mal à l'aise, je me demandais «A-t-elle le droit de faire ça?» en songeant vaguement à toute la polémique sur les abus sexuels de certains thérapeutes. Mais elle souriait de son petit sourire, elle me disait d'approcher, que je n'aurais rien à me reprocher, qu'elle était consentante, que ce ne serait pas un viol. Je me retrouvais à l'école primaire de Cochrane, assis face à l'énorme bureau sombre de la sœur supérieure. J'attendais, misérable : je devais avoir fait encore un mauvais coup. Près du bureau se trouvait la chaise au siège hérissé de longs clous de quatre pouces où on assoyait les élèves les plus récalcitrants. J'avais toujours évité la chaise à clous, je n'avais jamais reçu que de simples coups de règle ou de martinet. Mais cette fois-ci une terreur désespérée me figeait sur ma chaise : ce que j'avais fait avait été vilain, très vilain. Cette fois-ci, la sœur supérieure me ferait asseoir sur les clous, c'était sûr. Des cris horribles, comme des cris de corneilles, parvenaient de l'autre côté d'une petite porte, presque invisible au fond de la pièce. J'allais ouvrir. Au centre de la cour de l'école, une demi-douzaine de sœurs s'acharnaient sur Éric Massicotte. Elles se précipitaient tour à tour sur lui, le mordant, le griffant, le frappant avec une règle de bois ou un martinet, pendant que les autres empêchaient Éric Massicotte de s'enfuir en sautillant en tous sens et en poussant des cris rauques, pendant que leurs voiles noirs battaient comme des ailes et soulevaient la poussière de la cour. La cloche de la fin de la récréation s'est mise à sonner.

C'était la sonnerie du téléavertisseur. Josée m'a secoué.

— Daniel, t'as un appel !

J'étais déjà debout dans la chambre, trébuchant dans les draps pour aller éteindre le téléavertisseur. Pendant que je m'habillais, le cœur battant, j'ai jeté un coup d'œil au réveil : six heures et demie.

Sans un mot, Josée m'a tendu une de mes chemises. J'ai fini de me boutonner en vitesse et j'ai décollé, juste le temps d'embrasser Josée. Inquiète, mais sans trop le montrer, elle m'a simplement recommandé d'être prudent. Je lui ai dit de ne pas s'en faire : ça devait être une niaiserie, comme d'habitude.

La vieille Colt de Josée a eu de la difficulté à démarrer – à cause de l'air humide du matin – si bien que j'ai été un des derniers à arriver au poste. Le 250 gallons partait déjà. Je me suis entassé avec les autres volontaires dans le 333, puis nous nous sommes habillés en route, du mieux que nous pouvions, les yeux dans la graisse de bine, les cheveux de travers.

— On a reçu un appel de la police de l'Ontario, a expliqué Léo Desormeaux. La patrouille sur le lac a vu de la fumée autour du manoir Bowman.

Le camion avait traversé Ville-Marie et s'était lancé sur le chemin de terre qui serpente au flanc de la pointe au Vin. Personne ne parlait, le grondement sourd des pneus sur le gravier n'était interrompu que par les messages radio que le chef Bérubé nous transmettait.

La fraîcheur laissée par l'orage n'était plus qu'un souvenir ; la journée s'annonçait chaude et lourde. Sous un ciel bas, les fermes de la pointe au Vin déroulaient des champs gorgés de pluie. Des bancs de brume s'accrochaient encore dans quelques replis de terrain. Un soleil diffus est apparu timidement entre deux nuages en forme de croissant.

Le chemin de la pointe était un cul-de-sac qui se terminait à la barrière interdisant l'accès au manoir. Passé la barrière, le chemin devenait encore plus étroit et pierreux, et les branches basses des arbres fouettaient le pare-brise de la camionnette. C'était à peine une piste, qui suivait sans doute l'ancien tracé déboisé en 1930 par l'équipe de l'entrepreneur chargé de construire le manoir. Bowman lui-même n'avait sans doute jamais emprunté ce chemin raboteux.

Pendant quelques centaines de mètres, la camionnette a quitté le chemin graveleux pour rouler directement sur le granit. C'était un vaste affleurement rocheux très plat ; le granit, rendu rouge vif par la pluie, était sillonné par les traces boueuses des camions qui nous avaient précédés. On ne voyait toujours pas le manoir, mais déjà une odeur nouvelle se superposait au riche parfum de la forêt : l'odeur grasse et âcre d'un incendie.

La piste pénétrait de nouveau dans la forêt, une forêt plus clairsemée, domestiquée. À travers les pins, j'ai aperçu un clignotement rouge vif. Notre camion a débouché dans le domaine proprement dit. Je ne distinguais pas très bien de l'intérieur du véhicule, mais on avait l'impression que c'était la forêt qui brûlait, pas le bâtiment. Encadré par les deux dépendances, chacune aussi grande qu'une bonne maison de campagne, le manoir semblait à peu près intact. Mais à l'arrière, *quelque chose* brûlait, dégageant une épaisse fumée rousse et grise qui nous pesait dessus comme un plafond plombé.

Pendant que nous sortions du 333, un des gars est venu nous expliquer que le mur arrière du manoir était en feu. Le chef Bérubé était déjà sur place, debout à côté de sa camionnette. Il a donné ses ordres. En compagnie d'une autre recrue – Gillain Bourque, un de mes anciens étudiants – j'ai vissé bout à bout le tuyau destiné à transporter l'eau du lac jusqu'au camion de 500 gallons qui venait juste d'arriver. D'avoir le lac à proximité nous aidait énormément : aucun risque de manquer d'eau. Aussitôt le 500 gallons raccordé, j'ai couru, toujours suivi du jeune Bourque, mettre en route une pompe indépendante à laquelle nous avons relié un petit tuyau d'un pouce, juste à temps pour le donner à l'équipe munie de bonbonnes qui entrait dans le manoir.

Flanqué de Bourque, je suis revenu près de Bérubé pour ma prochaine tâche. Il nous a fait signe de «prendre ça relax». Le manoir était inhabité, il n'y avait pas de curieux : la situation était maîtrisée. Nous avions été chanceux que la police ontarienne qui patrouillait sur le lac passe juste au bon moment, surtout pour un immeuble en bois. Pendant quelques minutes, nous avons contemplé en simples spectateurs le travail de nos camarades, puis les deux pompiers avec bonbonnes sont sortis du manoir et se sont approchés de Bérubé.

— Le plus gros est éteint. C'est juste le mur arrière qui brûlait, comme si le feu avait pris dans la cuisine.

Bérubé m'a fait un signe.

— Apporte les outils, Daniel, tu te rappelles comment ça marche. C'est la *job* de finition qui commence.

J'ai attrapé une des lourdes caisses à outils et je me suis approché du vieux manoir. Passé la façade presque intacte, un remugle épais m'a pris à la gorge, une odeur écœurante de cendre détrempée. C'est avec la poitrine serrée par la tristesse que j'ai longé le corridor assombri, pataugeant dans une eau couleur encre de chine et faisant attention à ne toucher à rien tellement tout était noir de cendre et de suie. À ma droite, le corridor donnait sur la salle de bal. Ici les dommages n'étaient pas trop graves ; deux vitres brisées, un peu de suie et le beau plancher noyé d'eau.

Ce n'est qu'une fois dans la cuisine que je me suis rendu compte de la véritable étendue des dégâts. À partir de là tout était noir : plafond, plancher, comptoir. Le feu semblait avoir débuté dans le garde-manger adossé à la cuisine. À travers le mur défoncé, on voyait que les flammes s'étaient propagées aux arbres de la face nord. Armé d'une tronçonneuse, un des gars abattait un cèdre réduit à l'état de chicot fumant pendant que deux autres continuaient d'arroser le sous-bois. Turcotte, l'assistant-chef, a montré le plancher couvert d'eau.

— La bâtisse est directement sur le granit, y'a probablement pas de sous-sol. Faudrait percer le plancher pour faire évacuer l'eau. Découpe un trou dans la cuisine, de toute façon le plancher est complètement fini.

J'ai mis en marche la scie à découper. L'eau noire a jailli pendant que la lame traversait le plancher. En quelques traits, j'avais découpé une section de plancher, que j'ai fini de défoncer avec un bon coup de pied. L'eau s'est engouffrée. J'ai pointé ma lampe de poche dans l'ouverture, un peu surpris de constater que la lumière n'éclairait pas directement le granit.

Gillain Bourque s'est approché.

— Qu'est-ce qu'il y a?

— On dirait de la brique.

— C'est le granit, a dit Turcotte d'un ton impatient.

— Regarde donc toi-même.

Turcotte et Bourque ont pointé à leur tour leurs lampes de poche dans le trou, éclairant bel et bien, là où l'eau sale avait nettoyé la poussière, un plancher de brique. Le chef Bérubé est venu lui aussi jeter un coup d'œil.

— Mmf… On serait peut-être mieux de descendre là-dedans pour s'assurer que l'eau peut sortir.

J'ai découpé une section plus grande, assez pour nous permettre de passer. Pendant que je rangeais la scie, Bourque s'est glissé entre les solives et s'est accroupi, éclairant de gauche à droite.

— Pis? a demandé Bérubé.

— C'est une cave. C'est grand. Ça fait le carré du bâtiment.

Bérubé s'est tourné vers moi.

— Tu te sens capable d'y aller?

Sans même répondre, je me suis laissé descendre entre les solives en faisant attention aux pointes de clous rouillés. Je me suis dépêché de m'écarter de la section découpée où l'eau du plancher continuait de nous couler dessus. Ce n'est qu'à ce moment que j'ai vraiment saisi les implications de la question de Bérubé. Une cave en train d'être inondée… Comme dans l'immeuble de la Commission scolaire, quinze ans plus tôt – la relation lui avait sauté aux yeux immédiatement. Je ne me rappelle pourtant pas avoir éprouvé la moindre angoisse à cet instant. C'est ce qui a suivi qui s'est inscrit pour toujours dans ma mémoire.

J'ai rejoint Bourque. Les faisceaux tremblants de nos lampes de poche éclairaient faiblement une grande cave au plafond bas, vide sauf pour quelques meubles et caisses complètement à l'autre bout. L'eau d'arrosage y dégouttait entre les planches du rez-de-chaussée, on aurait cru qu'il y pleuvait. Le sol de brique descendait en pente douce, suivant le profil de la plage de granit, si bien que l'autre bout de la cave était presque assez haut pour qu'on puisse se tenir debout. L'eau s'y accumulait, évidemment : il faudrait trouver un moyen de l'évacuer, soit en la pompant, soit en perçant un trou dans le mur des fondations. Le dos courbé, Bourque s'est avancé en pataugeant dans le ruisseau qui se déversait du trou de la cuisine. Je l'ai suivi. À l'autre bout de la cave, nous nous sommes arrêtés devant une large table grise de poussière, adossée au mur. Un filet d'eau avait partiellement nettoyé la table : c'était une dalle de pierre. Bourque m'a lancé un regard déconcerté.

— C'est quoi ça ?

Au-dessus de la table, sur des étagères de planches gonflées par la pourriture, était empilé tout un bric-à-brac poussiéreux : des poignards, des cornes de vaches, des sacs de cuir, des bougies, des poupées en toile et en paille, des pierres, des pièces de monnaie, des sculptures, le tout rouillé, éventré, pourri et dévoré par la vermine. Juste au-dessus, couchées dans un renfoncement des fondations, une vingtaine de bouteilles étaient allongées. J'ai approché ma lampe de poche. Les étiquettes étaient brunes de poussière, mais ça ressemblait à des bouteilles de vin. Les bouchons étaient intacts. Bourque a tendu la main pour essuyer la poussière, mais je l'ai retenu juste à temps par la manche.

— Hé ! Touche à rien !

Bourque m'a lancé un coup d'œil agacé.

— Qu'est-ce qui se passe?

J'étais trop déconcerté pour répondre : je venais de reconnaître ce que c'était. La table de pierre était visiblement un autel, les cornes de vaches servaient de calices pour boire le vin. Les outils, les poupées, les ossements, les poignards… Non, ça ne pouvait pas être un hasard. Ce que nous avions sous les yeux, c'étaient des accessoires de sorcellerie.

Bourque me regardait, le visage blafard.

— Qu'est-ce qui se passe, monsieur Verrier?

— Je… Je suis pas sûr. Touche à rien, surtout, ça pourrait être… Ça pourrait être important.

— Et ça? Qu'est-ce que c'est?

Il parlait des caisses. Un peu plus d'un mètre de long sur trente centimètres de haut. Il y en avait six, trois de chaque côté de l'autel, soulevées à mi-hauteur du mur par des tiges de fer goupillées dans la fondation en béton.

Le dos douloureux à force d'être penché, j'ai pataugé à la suite de Bourque jusqu'à la caisse la plus proche. Il y avait déjà eu un couvercle, mais les languettes de fer qui avaient retenu les planches s'étaient transformées en rouille depuis un bon bout de temps. Bourque a poussé une vieille planche large de 30 centimètres et a soulevé sa lampe de poche entre deux solives pour éclairer l'intérieur de la caisse. Au bout d'une fraction de seconde, il a reculé comme si une guêpe l'avait piqué à la figure.

— Ostie de crisse de tabarnaque!

Il m'a bousculé en manquant de me faire tomber dans l'eau.

— Attention, câlisse! Qu'est-ce qui se passe? Qu'est-ce que c'est?

— Ostie de ciboire, j'sacre mon camp d'icitte!

— Hé! Où c'est que tu vas comme ça?

Bourque s'enfuyait en ignorant mes appels et en se cognant le casque contre les solives du plancher.

— *Fuck off, man*, moi j'sacre mon camp. J'chus pas capable…

Par le trou de la cuisine, le faisceau lumineux d'une lampe de poche a balayé la cave.

— Qu'est-ce qui se passe en bas ? criait Bérubé.

Je me suis retourné vers la caisse. Avec l'impression de ne plus avoir le contrôle conscient de mes gestes, j'ai soulevé ma lampe de poche et je me suis approché. Un rayon tremblant de lumière jaune s'est insinué par l'ouverture. Sur le coup, je n'ai vu qu'un objet vaguement rond, de couleur ocre. Je n'ai pas vraiment sursauté en reconnaissant un crâne – la fuite de Bourque m'avait préparé au pire. J'ai poussé les autres planches, et découvert les côtes et les os des membres, minces comme des baguettes de tambour, à demi noyés dans l'épaisse couche de crasse et d'insectes morts qui couvrait le fond du cercueil. La première idée qui me soit venue à l'esprit, c'est qu'il s'agissait d'une malformation, tellement le crâne était disproportionné par rapport au reste. Si j'ai tout de suite sauté à cette conclusion, c'est peut-être parce que la première image qui nous vient à l'esprit lorsqu'on pense à un squelette est l'image d'un squelette d'adulte. Ou peut-être est-ce parce que la vérité m'apparaissait encore intolérable.

J'ai tendu les bras pour évaluer la taille de la dépouille : à peine un mètre. J'ai enfin compris que ce n'était pas un squelette d'adulte malformé, c'était un squelette d'enfant de cinq ou six ans.

Avec une froideur et un détachement qui me semblent maintenant irréels, je me suis approché de l'autre boîte. Ç'avait été un enfant plus vieux, trop grand pour le cercueil. Le squelette avait gardé la position couchée sur le côté, les jambes repliées.

Sur le mur, en face de moi, mon ombre oscillait.

— Daniel !

Je me suis tourné vers Bérubé, son visage blême et défait sous l'éclairage jaune de ma lampe de poche.

— Il faut appeler la police.

— Je sais. Bourque nous a expliqué.

J'ai montré les autres caisses, de l'autre côté de l'autel.

— Six caisses. Est-ce que ça veut dire qu'on va trouver six… six cadavres ?

Bérubé m'a pris par l'épaule.

— Je sais pas. Allez, viens-t'en.

— C'étaient des enfants.

— Oui, oui… Viens-t'en maintenant, il faut pas rester ici.

Anéanti, j'ai suivi Bérubé, sous la pluie d'eau sale, jusqu'à l'ouverture du plancher, jusqu'à l'air libre.

La découverte du charnier du manoir Bowman a ébranlé le Québec tout entier, l'onde de choc se propageant jusqu'aux États-Unis. Dès le lendemain, Ville-Marie a été prise d'assaut par les journalistes venus de Rouyn-Noranda, de Montréal, de Toronto.

Même la chaîne d'information américaine CNN a envoyé une équipe de reportage. J'avais reçu la consigne stricte de n'accorder aucune entrevue – j'avais fait cette découverte dans l'exercice de mes fonctions et je devais respecter les règles de confidentialité rigoureuses qui étaient rattachées à ma tâche. Les policiers avaient réussi par miracle à empêcher toute rumeur au sujet des éléments de sorcellerie, mais je me doutais bien que l'information finirait par filtrer : il y avait trop de gens au courant.

— Ça va ? m'a demandé Josée en entrant dans la chambre, emmitouflée dans une robe de chambre en ratine rose, une tasse de café à la main.

Je me suis assis dans mon lit. La bouche pâteuse, j'ai vaguement répondu oui.

— Tu veux que je te fasse à déjeuner ?

— Quelle heure est-il ?

— Dix heures et demie. Je t'ai laissé dormir, tu avais l'air fatigué hier soir.

— C'est vrai que j'ai dormi comme une bûche d'érable.

Josée a pouffé d'un rire incrédule.

— Une bûche d'érable? D'où est-ce que ça sort cette expression-là?

— Une expression de ma mère. Je sais pas d'où ça vient. Les bûches d'érable brûlent plus longtemps, je suppose qu'elles dorment plus longtemps aussi.

Je lui ai fait signe de s'asseoir à côté de moi. Elle a obéi, sans un mot. Je l'ai enlacée, au risque de renverser du café sur les draps. Je suis resté comme ça, longtemps, le nez dans son cou, respirant son parfum.

— Tu piques, a-t-elle fini par dire, sans essayer de me repousser.

— Mmm… Pourquoi est-ce qu'avec toi les choses sont si simples?

Josée s'est reculée pour me lancer un regard en coin.

— Est-ce que c'est un compliment?

— Je veux dire… Tout est tellement compliqué ces temps-ci. Ya seulement avec toi que la situation est pas difficile à comprendre… De t'avoir avec moi à la maison, ça m'aide à me… Ce que je veux dire… Ah, je devrais pas essayer de faire des grandes phrases, j'arrive juste à me mêler.

— Si c'est pour me dire que tu m'aimes, ça prend pas une grande phrase.

J'ai ri, mal à l'aise.

— Non, t'as raison.

Josée a bu une gorgée de café, sans cesser de me regarder.

— Pis?

— Pis quoi?

Elle a penché la tête, les yeux implorants.

— Alors tu me le dis, que tu m'aimes?

Je me suis laissé retomber sur le matelas, soudain pris de panique, comme si ma gorge refusait de laisser passer le moindre mot. Au bout de plusieurs secondes d'un silence inconfortable, Josée s'est levée, le corps raidi. Je lui ai fait signe de ne pas partir, je voulais m'excuser, lui expliquer, je ne savais pas trop quoi…

— Non. Dis rien.

Sur le pas de la porte, elle s'est retournée, le regard luisant.

— Moi non plus je t'ai jamais dit que je t'aimais.

— Il faut… Il faut se laisser un peu de temps.

— Pourquoi est-ce qu'on n'est pas capables de se dire qu'on s'aime ? On couche ensemble depuis plusieurs mois. On est bien tous les deux. En tout cas, *moi* je suis bien avec toi.

— Moi aussi. J'ai jamais été aussi bien avec quelqu'un.

Les larmes lui coulaient sur les joues.

— C'est quoi notre problème ? Qu'est-ce qui se passe ?

— Josée, je… Sais-tu combien de fois j'ai dit à Nadia que je l'aimais sans réellement le penser ? Les premières fois, ça me semblait pas si grave. Un péché véniel, je me disais. Mais c'est vite devenu une habitude, surtout les dernières années. Seize ans de vie de couple, ça en fait des péchés véniels, ça. Qu'est-ce qui était écrit dans le petit catéchisme ? Combien ça prend de péchés véniels pour faire un péché mortel ? Trois ? Cinq ?

Josée a souri à travers ses larmes.

— Niaiseux. C'est pas comme ça que ça marche. On peut pas additionner les péchés véniels pour faire des péchés mortels.

— Ce que j'essaie de te dire, c'est que je veux pas recommencer ça. Les mensonges. Je veux pas te dire que je t'aime si je le sens pas de toutes mes forces, si ça me brûle pas en dedans. Quand ça se produira, inquiète-toi pas, tu seras la première à le savoir.

Elle a hoché bravement la tête, un sourire tremblant sur les lèvres.

— D'accord, Daniel. C'est un *deal*. Même chose pour moi. Quand je serai prête.

La sonnette de la porte d'entrée nous a fait sursauter tous les deux.

— Va répondre, a dit Josée en s'essuyant les joues du revers de la main.

En camisole et en pantalon de pyjama, je suis allé à la porte. Si c'étaient des Témoins de Jéhovah, ils allaient se faire recevoir…

Avant même d'ouvrir, j'ai reconnu l'uniforme beige de la Sûreté du Québec. C'était Nadeau, accompagné par deux hommes en civil – juste à voir leur tête, j'ai deviné qu'il s'agissait également de policiers.

— Désolé de te déranger si tôt, Daniel. Je te présente les sergents Morin et Saint-Paul, de l'escouade des crimes contre la personne. Ils viennent de Montréal – l'affaire du manoir, c'est trop gros pour Rouyn-Noranda. C'est le sergent Morin qui dirige l'enquête.

Je les ai fait entrer. Nous nous sommes entassés dans l'étroit corridor.

Je leur ai demandé ce qu'ils voulaient : j'avais fait ma déposition le soir même de la découverte des cadavres. C'est le sergent Morin qui m'a répondu.

— Nous sommes ici pour solliciter votre collaboration, monsieur Verrier.

— Ma collaboration ? Dans quel sens ?

— Le sergent Nadeau nous a dit que vous étiez historien, que vous vous y connaissiez en sorcellerie, que vous saviez lire et parler l'amérindien.

— *Woah*, minute… Ça fait beaucoup de choses. Premièrement, je suis seulement un historien amateur. C'est vrai que je m'y connais un peu en sorcellerie. Ça me faisait triper dans le temps… dans le temps où le monde disait encore tripper. Quant aux langues amérindiennes, je sais juste lire et parler un petit peu d'algonquin, je suis sûrement pas un *spécialiste* des Amérindiens.

Les deux enquêteurs ont eu l'air déçus.

— Je comprends pas que vous soyez venus me voir. Vous avez pas de spécialistes dans ce domaine, à Montréal ?

Le sergent Morin a eu un geste agacé.

— Nos experts en affaires amérindiennes sont occupés à Châteauguay et à Oka.

— Pourquoi vous demandez pas aux Indiens de Notre-Dame-du-Nord ?

L'enquêteur s'est permis un rictus acide.

— La collaboration entre les Amérindiens et la SQ, ces temps-ci…

— On préférerait que ça soit pas un Algonquin, a expliqué Nadeau. Tu comprendras quand tu verras. Écoute, Daniel, ce qui se passe, c'est que si on est obligés d'attendre un spécialiste de Montréal, ça va nous faire perdre du temps. On te le demande à toi plutôt qu'à quelqu'un d'autre parce que t'es déjà un témoin de la scène. C'est pas le genre de spectacle qu'on veut montrer à n'importe qui, tu comprends ? On te demande ton aide en tant que citoyen : si tu peux pas, tu peux pas. On peut pas t'obliger à collaborer au-delà de ton témoignage.

— C'est pas garanti que je vais être capable de vous aider.

— Pas plus grave, on fera alors venir un spécialiste de Montréal.

Josée est apparue, habillée et coiffée. Sans un mot, elle m'a pris la main. J'ai demandé aux policiers ce qu'ils attendaient de moi.

— On va retourner au manoir, a expliqué Morin sur un ton dur.

— Les corps ont été enlevés, s'est dépêché d'expliquer Nadeau. On veut seulement ton opinion sur les objets, les lieux.

Je me suis efforcé d'avoir l'air désinvolte.

— C'est bon. Quand vous voulez.

Dans la chambre, je me suis habillé en vitesse. Josée me regardait. Je m'attendais un peu à ce qu'elle proteste. Mais non, elle s'est contentée de m'embrasser sans dire un mot.

Je me suis assis en compagnie des trois policiers dans une voiture banalisée, en route vers la pointe au Vin. Personne ne parlait. Une voiture de la SQ nous a croisés. Nadeau a répondu au salut du conducteur, distraitement. Il nous a fallu ralentir : une demi-douzaine de voitures étaient arrêtées le long de la petite route menant au manoir, bloquées par un barrage.

Appuyé contre le capot, un policier parlementait avec ceux qui voulaient passer. En frôlant le fossé, nous avons dépassé les voitures. Lorsqu'elle nous a vus approcher, une jeune femme munie d'un micro a fait signe à un cameraman de la suivre, puis s'est plantée devant la voiture. Le sergent Saint-Paul, qui conduisait, a écrasé le frein.

— Maudite folle !

Le policier qui gardait la barrière s'est approché de la journaliste, pas content. Ils se sont disputés quelques secondes, celle-ci argumentant que ce chemin était public, l'autre lui ordonnant de s'écarter. Il a bien fallu qu'elle obéisse. Nous avons avancé sous l'œil rond de la caméra de télévision.

Arrivé sur le terrain du manoir, Saint-Paul a arrêté la voiture juste devant le bâtiment principal. Nadeau a ouvert sa porte et m'a fait signe de le suivre. Dehors il faisait chaud et humide, l'air sentait le lac, les feuilles mortes, la fumée et l'huile diesel. Nadeau s'est tourné vers moi, comme pris de remords.

— Écoute, Daniel, t'es pas obligé d'accepter.

J'ai haussé les épaules.

— On est arrivés maintenant.

J'ai franchi le pas de la porte du manoir. Nadeau et les deux enquêteurs m'ont suivi. À l'intérieur, le rétablissement de l'électricité et un certain effort de nettoyage avaient redonné un peu de noblesse au pauvre vieux bâtiment. Le plancher de la salle de bal était propre, et deux hommes en salopette passaient la vadrouille dans l'escalier menant à l'étage.

La cuisine offrait un spectacle moins plaisant. Le mur arrière à moitié défoncé avait été couvert d'une feuille de plastique couverte d'étiquettes *Sûreté du Québec – Défense de passer.*

Le trou dans le plancher avait été agrandi et un escalier en planches d'épinette descendait dans le sous-sol.

Sans un mot, Morin et Saint-Paul sont descendus en baissant la tête. J'ai posé la main sur la rampe de l'escalier, le cœur battant si fort que j'en ressentais les pulsations jusque dans les yeux. Avec l'impression de vivre un cauchemar éveillé, je suis descendu, suivi par Nadeau.

Sous l'éclairage fourni par deux rampes fluorescentes, la cave était beaucoup moins lugubre qu'à ma première visite. L'eau sale de l'incendie avait été pompée, lavant par le fait même la poussière et révélant un plancher de vieilles briques rouges mal jointes. Et, surtout, les six cercueils avaient disparu ;

il ne restait sur le mur que des marques de moisissure là où, pendant des années, le bois avait touché au béton.

Le sergent Morin s'est arrêté au centre de la cave et a pointé le doigt vers le plafond, où j'ai deviné une ancienne ouverture maintenant condamnée. Il a expliqué qu'elle donnait dans un des grands placards de la chambre des maîtres. Le plancher avait été complètement refait une vingtaine d'années plus tôt; toute trace de l'ancien escalier avait ainsi disparu.

Morin s'est ensuite arrêté devant la large table de granit maintenant nettoyée, sur laquelle les policiers avaient étalé les accessoires entrevus lors de ma première descente : les poignards, les cornes de vaches, les sacs de cuir, les ossements sculptés. Il m'a demandé ce que j'en pensais.

J'ai failli éclater de rire, un rire qui aurait sûrement sonné hystérique et faux.

— Ce sont des accessoires de sorcellerie. La table de pierre, c'est un autel. Les cornes de vaches servaient de calices pour boire le vin. Ou le sang, si le sorcier était prêt à...

Ma voix s'est brisée. J'ai continué à examiner les objets, sans toucher. Les poignards étaient particulièrement intéressants. Malgré la crasse, je devinais qu'un de ceux-ci possédait un manche blanc et l'autre un manche noir. «Athalme» : c'était le nom traditionnel donné au poignard à manche noir. Le poignard à manche blanc avait aussi un nom, qui m'échappait pour le moment. En fouillant plus tard dans mes livres, je me suis rappelé qu'il s'agissait de «Biolline», le couteau qui sert à tailler d'autres objets magiques, à fabriquer des outils ou à tracer des lettres ou des symboles dans le bois, l'os ou la cire.

Les sacs de cuir contenaient des pierres, des clous, des pièces de monnaie, des dés. Ces sacs – appelés sacs de charmes ou sacs de conjuration – devaient normalement contenir un nombre impair d'objets, mais il était évident que les objets périssables comme les herbes, les pattes de lièvre et les rognures d'ongles étaient depuis longtemps tombés en poussière ou avaient été dévorés par la vermine. Il y avait des chandeliers vides et encrassés de poussière : les bougies aussi s'étaient désagrégées avec l'âge.

— Qu'en pensez-vous ? a répété le sergent Morin.

— Je suis pas vraiment un expert mais, tout ça… les clous, les bougies, les sacs de charmes… c'est pas de la sorcellerie algonquine. C'est de la sorcellerie blanche, de la sorcellerie européenne. De toute façon, la sorcellerie algonquine n'était pas si secrète. Les cérémonies étaient publiques ; leurs sorciers, les Jongleurs, se contentaient d'invoquer le mauvais esprit pour l'apaiser et enrayer les maux qui frappaient la tribu : les maladies, l'absence de gibier, ce genre d'affaire-là… C'était jamais bien méchant, plutôt un prétexte pour faire le *party*. Qu'est-ce qui vous fait supposer que les Algonquins ont quelque chose à voir avec… avec ça ? (J'ai hésité.) À cause des ossements ? C'étaient des enfants algonquins ?

Morin a doucement hoché la tête.

— On ne sait pas. Il n'y avait pas sur les cadavres de traces de vêtements qui auraient pu aider à les identifier. Les spécialistes de notre laboratoire de médecine légale n'ont pas encore eu le temps de les examiner.

— Alors, je comprends pas. Bowman était américain. C'est quoi le rapport avec les Amérindiens ?

— Nous avons trouvé un livre qui semble avoir été écrit en algonquin. Nous l'avons apporté au poste. Sauriez-vous le lire ?

— Je saurais reconnaître l'algonquin. De là à tout comprendre… De quoi il a l'air, ce livre-là ?

— C'est un petit livre, une centaine de pages, avec une couverture de cuir.

— Plutôt un carnet, a précisé Saint-Paul. Écrit à la main.

— Ah… C'est peut-être le *Livre des Ombres*.

— Le quoi ? s'est exclamé Nadeau.

— *Le Livre des Ombres*. C'est là-dedans que le sorcier note tout ce qu'il a appris de la sorcellerie. Les rituels, les malédictions, les incantations, tout ça. C'est bizarre que vous l'ayez trouvé.

— Pourquoi ?

— Normalement, il aurait dû être détruit à la mort du sorcier.

Ils sont restés silencieux un long moment. Morin gardait le même air impassible depuis que nous nous étions rencontrés à la maison, mais les visages de Saint-Paul et de Nadeau avaient pris une pâleur de cire sous l'éclairage cru des fluorescents.

— Sortons d'ici, a dit Morin.

J'ai suivi les trois policiers dehors. La lumière et la chaleur de ce beau jour de mai contrastait tellement avec l'atmosphère confinée de la cave que j'ai eu l'impression que j'allais m'effondrer de soulagement.

Pendant ces longues minutes passées dans le sous-sol, j'avais lutté pour garder la tête froide ; mais maintenant que j'étais en plein air, j'avais l'intérieur des mains engourdies et les oreilles sifflantes.

— Ça va ? m'a demandé Nadeau.

Je me suis appuyé à l'aile avant de la voiture, le temps que le sol arrête de bouger sous mes pieds.

— Ça va aller.

— Voulez-vous que nous vous ramenions chez vous ? a demandé Morin.

— Non, ça va, je vous dis… Je suis parti sans déjeuner, j'aurais pas dû… Où avez-vous emporté les… les cadavres ?

— À la morgue du Centre de santé, en attendant de les transporter à Montréal pour l'expertise. Je ne peux pas vous autoriser à les voir.

J'ai hoché la tête.

— *Shit*, c'est bien la dernière chose que je veux faire ! Non, je voulais juste savoir : est-ce que ce sont… c'étaient seulement des garçons ?

— Comme je vous le disais, l'expertise officielle n'a pas encore eu lieu. Mais selon un des médecins de Ville-Marie, il y aurait eu aussi des filles. Pourquoi ?

— Je sais pas. Je pensais à Gilles de Rais. Un Français du temps de Jeanne d'Arc, qui avait la réputation de s'adonner à la magie noire et de tuer des jeunes garçons. Il aurait confessé en avoir tué plus de huit cents.

— Pas besoin d'aller aussi loin, a dit Nadeau en essuyant les gouttes de sueur qui lui coulaient sur le front. Rien qu'aux États-Unis, des centaines d'enfants se font enlever pour des rituels sataniques !

Morin a paru agacé par la remarque de Nadeau.

— Ne vous laissez pas trop influencer par ces histoires de journaux jaunes, sergent. Les médias des États-Unis exagèrent beaucoup ces histoires de satanisme. Chaque fois qu'un adolescent tue ses parents, on se dépêche d'invoquer l'influence de la musique *heavy metal* et du satanisme.

— Vous croyez pas à ça, vous ?

— Je crois que la mésentente et la violence familiale sont des facteurs beaucoup plus importants.

J'ai rappelé aux policiers qu'il ne fallait pas, de toute façon, confondre sorcellerie et satanisme, une erreur fréquente dans les médias et l'imagination populaire.

Le mot « sorcier » est souvent utilisé pour décrire deux types d'individus très différents. Les satanistes sont des chrétiens renégats, qui se rebellent contre l'église en adorant Satan plutôt que le Christ. Ils acceptent la dualité du mal et du bien, et en ce sens ils adhèrent à la vision chrétienne du monde. Les adeptes de l'ancienne sorcellerie, par contre, ne reconnaissent pas cette dualité. Les vieilles religions de la terre voient le bien et le mal comme deux faces de la même médaille, indivisible. Leurs déités ne sont ni bonnes ni mauvaises ; comme les saisons, elles se modifient avec le temps, passant par des phases de naissance, de vie et de mort.

Nadeau, la face rouge, a tendu la main vers le manoir.

— Sorcellerie ou satanisme, vous allez pas me dire que c'est normal ce qu'on a trouvé là !

— Je ne dis pas que c'est normal, a répondu Morin sur un ton cassant, je dis que ça n'a rien à voir avec le satanisme. L'auteur de ces crimes est un meurtrier en série, tout simplement.

— *Était* un meurtrier en série. Bowman est mort depuis longtemps.

— Nous n'avons pas la preuve qu'il est l'auteur des crimes.

Nadeau a secoué la tête, exaspéré, mais sans oser contredire directement l'enquêteur.

— Vous vouliez pas me montrer le livre ? ai-je demandé, histoire de détourner la conversation.

Nous avons rebroussé chemin jusqu'au poste de la SQ. Je n'allais pas souvent au poste de police, mais j'aurais juré que l'intense activité qui y régnait ce matin-là n'était pas habituelle. Le téléphone sonnait sans arrêt, les policiers déambulaient, la mine grave, les yeux rouges du manque de sommeil. Dans un bureau, une équipe de télévision interviewait le maire et le chef de la police.

J'ai suivi Nadeau, Morin et Saint-Paul jusqu'à une salle de conférence où avaient été alignées une partie des pièces à conviction.

Au bout de la longue table, un homme et une femme en civil étudiaient et classaient des photos – du coin de l'œil j'ai vu qu'il s'agissait de photos des ossements – pendant qu'une secrétaire notait leurs monologues à l'aide d'un ordinateur portable. Après avoir salué son personnel d'un hochement de tête, Morin a extrait d'un casier un sac de plastique marqué au crayon feutre bleu, sac qui contenait un petit livre relié de cuir noir.

Après avoir enfilé une paire de minces gants de coton, Morin a doucement sorti le livre et l'a posé sur la table. En me tendant une paire de gants, il m'a dit :

— Allez-y doucement. Nous avons pris des photos, mais elles ne sont pas encore développées.

J'ai enfilé les gants et je me suis assis, caressant le cuir délicatement texturé : était-ce une illustration ou s'agissait-il du relief naturel du cuir ?

Le livre portait les marques d'un travail artisanal ; je me suis rappelé que le *Livre des Ombres* devait avoir été fabriqué de la main même de son propriétaire si celui-ci voulait que la magie prenne toute sa force. Je tenais donc un objet fabriqué par Bowman lui-même – les réserves de Morin sur l'identité du meurtrier n'étaient que des réserves légales ; pour ma part, me rappelant toutes les légendes qui avaient couru sur le mystérieux Américain, sa réclusion, son goût du secret, je ne doutais pas que c'était bel et bien lui le meurtrier.

Comme je m'étonnais du bon état du livre, Morin m'a expliqué qu'il avait été découvert dans une boîte hermétiquement fermée, à l'abri des souris et de la moisissure.

J'ai soulevé la page couverture. Comme l'avait dit l'inspecteur Saint-Paul, c'était en fait un carnet ou un journal.

Les minces feuilles de papier jaune et craquant étaient couvertes d'une écriture en pattes de mouches qui aurait été pénible à déchiffrer même si ça avait été du français.

J'ai tourné les pages en espérant trouver des passages aux caractères un peu plus gros.

Je suis tombé sur un court paragraphe en lettres carrées, au milieu de la troisième page : *Ondjita sa gote kicpin ineniwak ancinabe ni nitawiton kekon inenimak anicinabe.*

C'était bel et bien de l'algonquin.

— Qu'est-ce que ça veut dire ? a demandé Morin.

— Je suis pas sûr de bien comprendre. Quelque chose comme : « Je peux battre celui à qui je pense » ou « En pensant à celui que je veux battre – ou contrer – je… » Je suis pas sûr, je vous l'ai dit, je suis pas un expert. Si au moins c'était mieux écrit, j'arrive même pas à distinguer les lettres.

— Nous pouvons peut-être en faire une transcription au propre.

— La transcription doit être faite par quelqu'un qui connaît la langue. Avez-vous déjà lu des vieilles cartes postales ? Dans le temps les gens écrivaient avec des pattes de mouches incroyables. Impossible de distinguer les « o » des « s ». Les « m », les « n », les « u », les « r », c'est tout pareil, c'est seulement dans le contexte qu'on arrive à distinguer chaque lettre. C'est la même chose ici. Regardez cette page. C'est quoi ce mot-là ? Kluk ? Pluk ? Et ici ? On n'arrive même pas à voir si c'est un mot ou deux.

— Qu'est-ce que vous proposez ? a demandé Morin, qui avait l'air de s'impatienter.

— Il vous faudrait trouver quelqu'un qui soit habitué à lire l'algonquin. Vous devriez aller sur la réserve indienne, à Notre-Dame-du-Nord. Je peux pas vous indiquer une personne en particulier : je connaissais bien le vieux Edmund Chief, mais il est mort l'année passée.

— Ils sont en train de construire une école algonquine, a dit Nadeau. Ça va bien leur prendre des professeurs qui sachent la langue.

Morin et Saint-Paul se sont lancé un coup d'œil.

— Depuis Oka, je n'ai pas besoin de vous expliquer que la SQ n'est pas la bienvenue sur les territoires autochtones, a expliqué Morin avec une grimace. Il faudra absolument passer par les policiers de la réserve.

— Pensez-vous vraiment que c'est si important de comprendre ce qu'il y a d'écrit là-dedans ? a demandé Nadeau.

— Je ne sais pas si c'est important ou non. Ce que je sais, c'est que je peux pas me permettre de mettre un homme à plein temps là-dessus. Vous, monsieur Verrier, accepteriez-vous d'accompagner un agent autochtone, si jamais nous trouvions quelqu'un qui sache lire l'algonquin ?

J'ai haussé les épaules.

— Sûr, pourquoi pas ?

— Merci. Je crois que ce sera tout pour aujourd'hui, monsieur Verrier. Un de nos agents va vous ramener chez vous.

Je lui ai dit que ce n'était pas nécessaire. Je préférais marcher. Il faisait beau et j'avais besoin de m'aérer un peu les esprits. J'ai marché jusqu'au quai. La brise du matin s'était essoufflée d'elle-même. Le lac était un grand miroir d'un bleu argenté, si parfait qu'on en confondait l'envers et l'endroit, à croire qu'on aurait pu plonger et se retrouver dans un autre monde, un monde inversé, comme Alice. Les explications de Mylène Denoncourt me sont revenues en mémoire, celles au sujet de la réalité, de ce que chacun croit être sa réalité. S'il y avait réellement un monde sous le lac, s'il y avait des habitants d'une Ville-Marie inversée, ils devaient, de la même façon que nous, contempler le lac et nous voir comme un simple reflet sans profondeur, comme des êtres insubstantiels qui disparaissaient dès que le moindre courant d'air brouillait la surface de l'eau. Je me suis dit que non, que ce n'était pas parce que l'image était brouillée que tout devait obligatoirement disparaître de l'autre côté. On ne pouvait plus voir, c'est tout. Est-ce que le monde extérieur disparaît quand les fenêtres de la maison sont givrées par le froid ?

Parfois j'avais l'impression que c'était *moi* qui étais passé dans la Ville-Marie du fond du lac, une Ville-Marie déformée, une Ville-Marie où un bébé se mettait à parler comme un adulte, une Ville-Marie où l'on découvrait des cadavres d'enfants assassinés dans les sous-sols, une Ville-Marie où Sébastien et Marie-Émilie…

Peut-être que Sébastien et Marie-Émilie y étaient encore vivants, dans cette autre Ville-Marie, peut-être que Nadia n'était jamais partie, qu'ils habitaient encore avec mon autre moi, toujours ensemble, heureux.

Je n'ai jamais parlé de ces réflexions avec Mylène Denoncourt. Je n'avais pas besoin d'une psychiatre pour savoir que c'est trop facile de réécrire le passé à sa convenance.

Je me suis remis en route vers la maison. Il était midi passé, Josée devait m'attendre pour dîner.

## 12

Les soirs suivants, j'ai essayé de trouver dans mes livres et ma documentation ce qui pouvait nous aider à donner un sens à la découverte du manoir Bowman – en supposant qu'il y en eût un, de sens, qu'il ne se fût pas agi tout simplement des tristes actes d'un maniaque sexuel.

J'ai retrouvé dans ma bibliothèque *La Sorcellerie au Canada français du XVII<sup>e</sup> au XIX<sup>e</sup> siècles*, de Robert-Lionel Séguin. En le feuilletant rapidement, je me suis rappelé que l'auteur s'était borné à traiter des événements qui concernaient les colons de la Nouvelle-France, lesquels avaient transposé sur le nouveau continent leurs coutumes et croyances – dont certaines reliées à la sorcellerie. La plupart du temps, elles n'étaient que la répétition de ce qui se passait en Europe à la même époque, en moins hystérique parce que le climat de superstition au Canada n'a jamais été aussi rigoureux qu'en France ou en Nouvelle-Angleterre. Le livre mentionne à peine la sorcellerie autochtone ; seul l'avant-propos souligne que :

*Chez l'autochtone, ces pratiques occultes prennent cependant un caractère préventif. C'est qu'il vit dans une constante appréhension du malheur. Aussi charge-t-il jongleurs et sorciers de le préserver des maladies, de favoriser le triomphe de ses armes et d'assurer l'abondance de la chasse. Ces charlatans des bois sont encore devins et guérisseurs. Leurs incantations éloignent les mauvais esprits, alors que*

*leurs philtres magiques, tirés de la pharmacopée*
*primitive, sont autant d'élixirs qui assurent santé et*
*longévité à tous les membres de la tribu.*

Je n'avais rien d'autre à la maison sur ce sujet,
sinon une photocopie des remarques faites par
Charles de Bellefeuille lors de sa mission au Témiscamingue, en 1836, et je savais que je n'y trouverais
rien sur la sorcellerie algonquine, sinon quelques
observations générales sur les Jongleurs et toutes
leurs «pratiques superstitieuses». Il fallait de toute
façon se méfier des observations de ces pères
Jésuites qui étaient arrivés au Témiscamingue
convaincus de la supériorité de leur religion et de
leur mode de vie. C'étaient des missionnaires, pas
des anthropologues; ils ne prenaient pas du tout en
considération le fait que la culture algonquine
reposait sur plusieurs siècles d'existence. S'ils
s'informaient du mode de vie des Algonquins,
c'était pour passer rapidement à l'action et les
convertir à leur religion avec le maximum d'effi-
cacité. Ils étaient d'un optimisme carrément agaçant
en ce qui concernait les chances d'implanter le
catholicisme chez les Algonquins, comme en
témoigne ce passage :

*Ils [les Algonquins] écoutent l'instruction avec*
*la plus grande attention (...) sitôt que Mr de Belle-*
*feuille leur présente quelques unes (sic) des vérités*
*de la Religion, telle que l'immortalité de l'âme, la*
*punition des coupables, la récompense des justes,*
*le péché originel (etc.) on voit un mouvement*
*d'admiration, d'approbation, comme des gens qui*
*viennent de faire la découverte des mystères, ils ne*
*peuvent y refuser leur assentiment, tant ils leur*
*paraissent conformes à la raison.*

Ce genre de réflexion me laissait toujours perplexe; je n'arrivais pas à déterminer si c'était avec

honnêteté et sincérité que l'auteur avait rapporté les faits ou s'il avait cherché plutôt à édifier et à bien paraître. Pour ma part, je ne pensais pas que les Algonquins eussent accepté réellement de changer leurs croyances à la suite d'une mission d'une dizaine de jours. De ce point de vue, l'influence de la Hudson Bay Company sur le mode de vie des Amérindiens a été incomparablement plus grand.

Dans mon dos, j'ai entendu le plancher craquer. Deux bras nus m'ont enlacé et une tête s'est posée sur mon épaule nue – il faisait chaud et je lisais habillé seulement de mon pantalon de pyjama.

— Eh bien, a murmuré Josée tout près de mon oreille, tu prends ta recherche au sérieux.

J'ai tourné la tête pour lui embrasser le bout du nez.

— As-tu trouvé ce que tu cherchais?

— Non.

— As-tu vraiment l'intention d'aller à la réserve?

— Si les policiers me le demandent, oui, pourquoi pas? Ça pourrait me permettre de rétablir des contacts pour l'écriture de mon livre.

Josée m'a serré un peu plus fort, puis sa main a glissé doucement dans mon pyjama.

— Tu viens te coucher?

J'ai souri.

— Pourquoi me demandes-tu ça?

Elle s'est mise à me caresser entre les jambes.

— Devine.

Je ne m'attendais pas à ce qu'elle ferait ensuite. Elle m'a embrassé le long de l'épaule, glissant vers le mamelon puis plus bas, jusqu'à mon sexe qui se dressait maintenant hors de mon pyjama. Dégageant d'un geste nonchalant les cheveux qui lui retombaient dans le visage, elle a commencé à me sucer, les yeux mi-clos, en me lançant de temps en temps un regard en coin, histoire de voir si ça me plaisait.

Je ne savais pas trop si je trouvais ça agréable ou non. C'était la première fois que je me faisais faire une pipe. Mes premières expériences d'adolescent s'étaient déroulées de façon trop précipitée, dans des circonstances trop inconfortables pour se livrer à ce genre de fantaisies. Quant à Nadia… Elle ne me l'avait jamais proposé, et je n'avais jamais demandé. Longtemps je m'étais simplement convaincu qu'elle n'aimerait pas ça, que ce n'était pas son genre; ce n'est que bien plus tard, forcé par mes rencontres avec le D$^r$ Denoncourt à recenser par taille et espèce les bibites qui me grignotaient la cervelle, que j'avais compris à quel point je faisais de la projection, qu'au fond c'était moi qui trouvais ça un peu sale, un peu écœurant. Jamais je ne l'aurais avoué, surtout à l'époque, car je m'imaginais avoir été purifié, par sept ans de cégep et d'université athées et marxisants, de ces notions de péché véniel, actuel, mortel, charnel; jamais je n'aurais pu reconnaître dans mon dégoût le spectre du Petit Catéchisme, ce damné Petit Catéchisme qu'on m'avait forcé au fond de la gorge pendant toute mon enfance. J'avais eu beau le vomir, j'en avais gardé un arrière-goût bilieux.

Soudain, une migraine terrible s'est mise à battre sur tout le côté de ma tête, comme si la tige d'acier me perçait de nouveau le crâne. J'ai voulu dire à Josée d'arrêter, mais c'était déjà fait : la bitte me pendait, toute ramollie. Josée me regardait, piteuse, peut-être même gênée. Avec un geste touchant de sollicitude, elle a caché ma chose humide et ridée dans mon pyjama – j'en aurais ri si je n'avais pas eu aussi mal.

— Excuse-moi, je… je pensais que tu aimerais ça.

Je n'arrivais pas à lui dire que ce n'était pas sa faute, je restais là à grimacer de douleur. L'espace d'une seconde, je me suis vu à travers ses yeux, rouge, suant à grosses gouttes, mon visage se tordant comme celui des possédés dans les films d'horreur *cheap*.

— Daniel ? Ça va pas ?

— Non, c'est rien, c'est rien…

— Ben voyons… T'as pas l'air bien du tout.

— Non, c'est la tête. J'ai mal à la tête.

Josée me regardait, blême.

— C'est pas normal. Faudrait que tu ailles à l'urgence.

— Non, non, fous-moi la paix, crisse !

Tout ce que je voulais, c'était me concentrer sur la pointe de feu qui pénétrait dans mon crâne, me concentrer pour l'isoler et l'éloigner. Mais Josée était là qui s'énervait – en dedans de moi, je voulais fondre en larmes devant son air désemparé, mais la douleur était plus forte et me donnait envie de la frapper, de l'étrangler, n'importe quoi pour la faire taire.

Quinze minutes plus tard, allongé sur le divan du salon, une débarbouillette humide sur le front, j'ai senti la pulsation diminuer, se retirer doucement, comme une plante sur laquelle on aurait tiré avec mille précautions pour ne pas briser les racines. Juste à côté, Josée lisait, ou essayait de lire, assise avec raideur sur une des chaises droites. Je me suis assis. Josée avait déjà déposé son livre, le visage blême.

— Ça va mieux ?

Je lui ai dit que ça allait mieux. Elle m'a caressé doucement le visage.

— T'es sûr que tu veux pas aller à l'urgence ?

J'ai dit non – à peine un murmure tellement l'épisode m'avait laissé sans force.

— T'es pas raisonnable. Ça m'inquiète cette histoire-là. Et si c'est une artère qui s'est brisée ?

— Je te l'ai déjà dit. C'est pas la première fois que ça m'arrive.

— C'est la première fois devant moi.

— J'existais avant de te connaître, figure-toi !

Elle fixait le plancher, comme si elle n'arrivait même plus à supporter de me regarder.

— Écoute, Daniel… Si ça s'était produit n'importe quand, je m'énerverais moins, mais c'est quand même pas un hasard si j'étais en train de… La pression sanguine augmente quand on est excité…

— Et qui t'a dit que ça m'excitait de me faire sucer ? Je t'avais rien demandé, crisse de tabarnaque !

Je ne comprenais pas moi-même ce qui me prenait. C'était comme si un démon fou répondait par ma bouche. Josée m'a regardé avec des yeux grands comme ça. J'ai cru qu'elle allait se mettre à pleurer. Mais non. Elle s'est levée toute droite et s'est dirigée vers le téléphone.

— Qu'est-ce que tu fais ?

Elle a décroché.

— J'appelle l'ambulance. C'est ce que j'aurais dû faire tout de suite !

— Je t'ai dit que je voulais pas !

Elle ne m'écoutait plus : d'une voix un peu tremblante, elle a donné l'adresse en expliquant que son *chum* avait eu une attaque.

Elle a reposé le combiné et elle m'a regardé approcher, les yeux brillants, en me suppliant de m'asseoir et de ne plus bouger.

— Je t'ai dit que je voulais pas, ai-je répété plus bas, incrédule face à son obstination.

— Daniel, tu comprends donc pas que j'ai peur pour toi… J'ai peur que ça soit grave, c'est pas

normal, c'est pas normal la façon dont tu réagis !
Je te reconnais plus !

Je me suis assis, incapable de dire un mot, avec
l'impression d'avoir le menton durci, les lèvres
gelées, les dents soudées ensemble. Moi non plus, je
ne me reconnaissais plus. J'ai revécu le même
cirque qu'en 1978. L'ambulance, la civière, la salle
d'urgence, les paroles rassurantes, la prise de pression, l'auscultation, la lumière dans l'œil, l'examen
neurologique qui n'en finit plus : palpation des mus-
cles de la mâchoire, évaluation du réflexe cornéen,
sensibilité à l'aiguille, à la chaleur, épreuve de
Romberg, relever les sourcils, découvrir les dents,
gonfler les joues, dire son nom, le nom de ses parents, le jour et l'année, qui est le premier ministre
du Québec, etc. Puis on m'a laissé tranquille. Plus
tard – difficile de dire quand exactement, on perd la
notion du temps lorsque, pour tout paysage, on
contemple une rampe lumineuse et un plafond blanc
– le visage ensommeillé de Mylène Denoncourt a
glissé dans mon champ de vision. Elle a souri.
C'était le sourire professionnel.

— Bonsoir, Daniel.

— Bonsoir, doc. Je suis désolé de vous déranger
à cette heure de la nuit.

Pendant une fraction de seconde, le vrai sourire
est apparu.

— Je n'étais pas encore couchée. Parlons plutôt
de toi, de cette douleur que tu as ressentie.

— C'est rien. C'est ma copine qui s'est effrayée
et qui a appelé l'ambulance. J'ai eu un peu mal à la
tête. C'est pas la première fois.

— Ton amie a semblé dire que tu souffrais beaucoup, que tu avais failli t'effondrer. Elle a également
dit que tu as eu un changement d'humeur brusque et
inexpliqué.

— Elle a exagéré un petit peu.

Son expression s'est faite plus sévère.

— Il ne faudrait pas que tu exagères dans l'autre sens, Daniel. Les symptômes que tu as ressentis peuvent être le signe d'un accident cérébro-vasculaire – la rupture d'un vaisseau sanguin dans le cerveau. Mais je te rassure tout de suite, l'examen neurologique est à peu près normal. En fait, c'est la seule raison qui m'empêche de te transférer à Rouyn-Noranda pour une scanographie d'urgence. N'empêche, je préférerais quand même que tu passes la nuit en observation, ce serait plus prudent.

J'ai haussé les épaules.

— Comme vous voulez. C'est le gouvernement qui paye.

— Exactement, a-t-elle répondu sur un ton froid.

Encore pâle, Josée est entrée dans la chambre d'observation. Elle m'a embrassé. Je lui ai dit que j'allais mieux, pour la rassurer.

— Veux-tu que je reste ?

— Mais non. Va te coucher.

— Je sais pas si je vais réussir à dormir.

— Écoute… Je voudrais m'excuser. C'est pas ta faute, c'est l'hôpital. J'aime pas ça ici.

Elle m'a serré la main puis elle a quitté la chambre, à contrecœur. Distrait par les voix du personnel infirmier, les bébés qui braillaient, au loin, et la lumière glauque filtrant par la porte entrouverte, j'ai mis une bonne heure avant de succomber à un mauvais sommeil.

J'ai refait le rêve de la cabane sur le lac, en compagnie de Nadia, de Florent et de Stéphanie, de Patrick Bourbeau, de Léo Desormeaux et de la folle à Lucie Massicotte, qui riait de son rire idiot et essayait de flirter. On glissait la main sous sa robe et elle s'échappait en riant. Suivait une partie confuse, d'une violence inracontable, puis j'étais seul tout à coup, fuyant dans une nuit chaude, chaude et très noire, poursuivi par quelque chose qui me terrifiait. «C'est le monstre du lac», disait Marie-Émilie. Je courais sur la glace incroyablement transparente du lac et je regardais en tous sens, mais je ne trouvais ni Marie-Émilie ni Sébastien. Je hurlais leur nom, je hurlais, je hurlais, puis je me figeais de terreur. Parmi les jouets de plastique, mes deux enfants flottaient, sous la glace, sous mes pieds. Je me jetais à genoux, frappant la glace à grands coups de poing. Marie-Émilie me regardait, son petit visage désapprobateur. Elle me prévenait de ne pas casser la glace, sinon le monstre du lac allait sortir. Un feulement de chat blessé éclatait derrière moi. J'essayais de me retourner, mais j'étais paralysé. Lentement, lentement je réussissais à tourner la tête. Derrière moi, la mince glace s'était fendue. Dans l'eau glacée se débattait Éric Massicotte. Il s'approchait en cassant la glace sur son passage, un sourire démoniaque sur son visage ensanglanté, et hurlait sur un ton éraillé : «Le lac attend, le lac attend.»

Je me suis réveillé dans la salle d'observation de l'urgence, mouillé de sueur, espérant ne pas avoir ameuté tout l'hôpital. Mais non : pendant que je reprenais mon souffle, je guettais les murmures et les soupirs du Centre de santé. Si j'avais crié, on n'avait rien entendu. Je suis resté éveillé longtemps, les yeux grands ouverts. Pas question que je me rendorme tout de suite après un cauchemar aussi vif et désagréable. J'essayais d'en analyser un peu le symbolisme, mais c'était un brouillon d'éléments tellement disparates que je me demandais s'il y avait réellement quelque chose à en tirer. Que je retrouve Éric Massicotte dans mes cauchemars

n'était pas étonnant, mais qu'est-ce que sa mère
venait faire là-dedans ? Dans le rêve, ce n'était pas
la vieille folle aux cheveux crêpés qui se cachait
toute la journée dans sa vieille bicoque ; elle avait
encore l'air jeune, dans la vingtaine. Je me suis
retourné dans mon lit : personne n'est maître de ses
rêves, mais celui-là m'avait laissé tremblant. Après
de longues minutes à contempler le rai de lumière
grise qui filtrait par la porte entrouverte, j'ai fini par
me rendormir, sans rêve cette fois-ci. Ou du moins,
si j'ai rêvé, je ne me le rappelle plus, Dieu soit
béni.

# 13

Le lendemain matin, après un deuxième examen neurologique, Mylène Denoncourt m'a donné mon congé.

— Désolée de tout ce tracas. Tant mieux si c'était une fausse alerte.

— Pour autant que vous n'envoyez pas l'ambulance chaque fois que j'ai mal à la tête !

J'avais voulu faire une farce : elle me regardait, tout à fait sérieuse.

— J'ai entendu dire que tu collaborais avec les policiers qui enquêtent sur ce qui s'est passé au manoir Bowman.

— C'est vrai, mais je suis pas sûr que je peux vous en parler tant que l'enquête dure.

Elle a semblé un peu vexée :

— Je suis médecin, je suis tenue au secret professionnel.

— Oh, insultez-vous pas. C'est juste que par expérience je sais que, dans une petite ville, les secrets restent pas secrets longtemps.

Pendant une fraction de seconde, une étincelle a brillé au fond de ses yeux et j'ai pensé qu'elle allait me répondre quelque chose de bête, mais sa maîtrise a repris le dessus. Elle a souri, un peu narquoise, et peut-être un peu triste aussi.

— Tout ce que je voulais te rappeler, c'est que tu es parfaitement libre de refuser ta collaboration aux policiers si certaines de leurs demandes te mettent mal à l'aise.

— Ne vous en faites pas, docteur. C'est bien ce que j'avais compris.

Josée était dans la salle d'attente, les yeux cernés, le visage tiré. Elle n'avait pas dû dormir de la nuit. Nous nous sommes embrassés.

— Qu'est-ce qu'on fait? Est-ce qu'on va travailler ou tu préfères qu'on retourne à la maison?

J'ai regardé ma montre : il n'était même pas encore dix heures du matin.

Nous sommes allés au travail, où nous avons trouvé un Raoul Trépanier un peu excédé par toutes nos absences. D'un ton un peu moins jovial que d'habitude, il nous a fait remarquer qu'il aimait qu'on le prévienne quand on s'absentait, pour lui donner le temps d'appeler des employés surnuméraires.

— Désolé, *boss*. J'ai passé la nuit à l'urgence.

— Qu'est-ce qui est arrivé?

— Rien. Une fausse alerte.

— Bon. Oui, en tout cas… (Il avait l'air penaud tout à coup.) Es-tu venu travailler, là? Je sympathise ben avec tes problèmes, Daniel, mais l'ouvrage arrête pas pendant ce temps-là…

— Je le sais ben…

— Bon… À part ça, t'as reçu un appel du sergent Morin. Ya juste dix minutes. Je lui ai dit de t'appeler chez toi – je pensais que tu étais là. Si tu veux le rappeler, il est au bureau de la SQ. Alice a pris le numéro.

— Pas nécessaire. Je le connais par cœur.

Raoul a sorti un papier chiffonné de la poche de son veston.

— Bon. Faut que j'y aille. Hé, Daniel?

— Oui?

— Tu attends ton heure de dîner pour tes appels personnels, hein?

Piqué au vif, j'ai ravalé une réponse sarcastique. Je me suis contenté de hocher la tête.

À midi pile, j'ai appelé au poste de la Sûreté du Québec : heureusement, Morin n'était pas parti dîner.

— Bonjour, monsieur Verrier. Nous avons contacté un M. Hank Wabie, de la réserve indienne qui serait prêt à examiner le carnet.

— Hank Wabie ? Le prof ?

— Oui. Je crois que c'est un professeur. Je ne lui ai pas parlé directement, c'est la police de la réserve qui l'a contacté. Accepteriez-vous d'aller lui porter le carnet ?

— Quand ?

— Dès que vous pourrez.

— Il faudra que ce soit le soir ou la fin de semaine. Si je manque encore une journée de travail, mon boss va m'étrangler.

— Ce soir, alors ?

— Comme vous voulez.

— Un de nos agents va aller vous chercher et vous emmener à Notre-Dame-du-Nord. À bientôt donc.

— C'est ça, à bientôt.

* * *

À la fin de la journée, Josée est entrée dans mon bureau et s'est assise sur le coin de la table en me regardant d'un air attentif.

— Ça va ?

— Ça va.

— Pas de mal de tête ?

— Pas de mal de tête.

— Qu'est-ce que tu fais ? Tu restes encore ? Des heures supplémentaires ?

— Non. Écœuré. De toute façon, ce soir j'ai un rendez-vous à Notre-Dame-du-Nord.

Je lui ai résumé la conversation que j'avais eue à l'heure du dîner. Je voyais dans ses yeux qu'elle voulait me poser mille questions, mais je lui avais déjà expliqué que je préférais ne pas colporter tout ce que me disait Morin. Ce n'était pas seulement une question de confidentialité, c'était aussi un peu pour ne pas l'effrayer. L'histoire était bien assez horrible en elle-même; mais je craignais avant tout qu'elle ait peur des conséquences que cette histoire pourrait avoir sur moi. *Surtout* sur moi. Je ne voulais pas qu'elle me dise que la dernière chose à laquelle je devais être mêlé, c'était une histoire de cadavres d'enfants, je ne voulais pas qu'elle me le dise parce qu'elle aurait eu raison et, comme tout le monde, je déteste me faire dire que j'ai tort quand je suis le premier à le savoir.

Mais elle n'a rien dit, n'a pas protesté, n'a pas supplié. Les questions sont restées dans ses yeux.

— Allez, habille-toi pour qu'on ait le temps de souper.

* * *

Je finissais le dessert quand le bruit d'une voiture qui s'arrêtait dans notre entrée de gravier s'est fait entendre. C'était Nadeau lui-même qui allait m'emmener à la réserve. Je suis monté dans la voiture. Nous avons traversé Ville-Marie en direction du nord, silencieux pendant un bon moment.

— Pis? Ça va bien, la p'tite Lauzon et toi? a fini par demander Nadeau entre deux messages radio.

— Oui. Ça va bien.

— Tant mieux, tant mieux…

Le silence est retombé. Ce n'est qu'une fois passé Guigues que Nadeau s'est tourné vers moi, comme si une idée soudaine lui traversait l'esprit.

— Hé, tu gardes ça pour toi tant qu'on n'aura pas fait de communiqué de presse : l'auteur du carnet, c'est Bowman. Morin a reçu des documents de New York avec son écriture. C'est la même que dans le carnet, c'est lui le meurtrier. En tout cas, *un* des meurtriers. Pas que j'avais des doutes, mais... En tout cas, on peut toujours essayer de le traduire, c'te maudit carnet, peut-être que ça va nous expliquer ses raisons. (Il a haussé les épaules.) Pour ce que ça va donner... Probablement juste des folies, c'est toujours comme ça avec les meurtriers. Du gros délire, du capotage de paranoïaque. C'est ça que j'ai dit à Morin. Ayoye! Le vieux était pas content que je me mêle de ses affaires! Y m'a dit : «Ça, sergent Nadeau, c'est à moi de le décider!»

Il a continué, sur le ton de la confidence.

— Entre toi pis moi, je vois pas pourquoi on se ferait chier avec toute cette histoire-là. Les enfants sont morts depuis longtemps, même Bowman est mort. C'est sûr que c'est pas une raison pour pas faire d'enquête, mais les *boss* de Montréal vont pas permettre qu'on passe des mois là-dessus. En ce moment, on fait une enquête sur les cas de disparitions d'enfants dans la région depuis les trente dernières années, voir si on peut faire des recoupements avec les cadavres. Une chose est sûre : certains des enfants étaient des Blancs. On sait ça à cause de leurs dents. Mais il y avait peut-être aussi des Indiens. Il semble que le laboratoire de Montréal pourrait faire des analyses d'ADN sur les ossements, mais ça peut prendre des semaines... T'imagines le bordel si on découvre qu'il y avait des

enfants indiens mêlés à ça, t'imagines si les journaux apprenaient ça?

— Est-ce que vous leur avez dit?

— Aux Indiens? Es-tu malade? Des plans pour
qu'ils aillent encore brailler à la télévision, pour
qu'ils nous demandent encore de l'argent!

— Ceux du Nord sont pas si tannants que ça.

Nadeau a fait «Bah!», l'air écœuré.

Il nous restait encore une bonne heure de clarté
quand nous sommes arrivés à Notre-Dame-du-
Nord. Le policier de la réserve nous attendait,
appuyé au capot de sa voiture blanche, juste en face
de la brasserie où je m'étais arrêté en pleine
tempête de neige, quelques mois plus tôt. Nadeau
nous a présentés, c'était le caporal André King.
Nadeau lui a remis le *Livre des Ombres*, toujours
enveloppé dans son sac de plastique. Le caporal
King a examiné le livre, l'air pas trop convaincu.

— Votre gars de Montréal, Morin, il a dit que ce
serait des photos.

Nadeau a haussé les épaules.

— Bon à rien les photos. L'écriture est trop
pâle. Faites-y attention, c'est fragile.

— D'accord, *boss*.

André King parlait bien français, c'était sans
doute la raison pour laquelle on l'avait affecté à
cette tâche. Sans plus de cérémonie, il m'a fait signe
de monter dans sa voiture. Nous avons traversé la
réserve jusqu'au bout d'une ruelle où des chiens se
poursuivaient entre les *bungalows* préfabriqués. Le
professeur Hank Wabie, un peu vieilli depuis la
dernière fois que je l'avais vu, fumait une cigarette
sur son balcon de planche brute pour profiter des
derniers rayons du soleil. À ses pieds, un énorme
chien trop abâtardi pour avoir une couleur définis-
sable grugeait un os en nous surveillant du coin de

l'œil, reproduisant d'une manière plutôt comique l'expression de son maître. Impassible, comme seul un Amérindien sait être impassible, Wabie nous a vaguement salués à notre descente de voiture.

— *Hello Hank*, a fait André King.

— *So you're the guys with the book?*

— *Yeah.*

Toujours fumant, Wabie a hoché un peu la tête en me reconnaissant.

— *I know you.*

— *I'm Daniel Verrier. I work at the* Commission scolaire. *I was a teacher at Latulipe...*

Il a hoché la tête : maintenant il me reconnaissait. Il nous a fait entrer. Un désordre assez extraordinaire régnait dans la maison – il s'est excusé, sa femme était à l'hôpital de New-Liskeard, elle venait tout juste d'être opérée. Devant nos souhaits de prompt rétablissement, il s'est contenté de faire la grimace.

— *Bah! She likes the hospital. Everybody takes care of her, and she doesn't have to see my face in the morning. I hope the doctor won't send her back too soon.*

Il nous a fait asseoir autour d'une petite table en formica et nous a offert une tasse d'un épais thé noir. Avec des gestes précis, il a sorti une paire de lunettes de sa poche, les a glissées sur son nez, puis il a pris le petit carnet que le caporal King avait sorti du sac de plastique. Pendant une ou deux minutes, Wabie a tourné délicatement les fragiles feuilles de papier jauni, son visage étant l'expression même de la concentration. Il a fini par pousser un gloussement méprisant.

— *What's the matter?*

— *The matter is that I can read the words, son, but don't ask me what it means.*

Il m'a traduit quelques passages : « Ayant fait fuir
les démons du passé, nous les retrouvons au fond de
nous », ou « La rupture des mondes libère le mal », ou
encore « Il se hante lui-même de l'intérieur comme
un vieux foyer », et ainsi de suite, un mélange
indigeste d'incantations volontairement obscures
farci de références ésotériques et d'effets poétiques.
Hank Wabie m'a lancé un regard noir. Qui avait écrit
ce charabia ? J'ai regardé le caporal King :

— Vous lui avez pas expliqué ?

Le policier a fait doucement « non » de la tête.

— La seule chose que Nadeau m'a demandée,
c'est de vous amener ici, vous et le livre.

J'ai soupiré : les Algonquins, parfois… J'ai
expliqué en deux mots au professeur Wabie d'où
venait ce livre et ce qu'on y cherchait. Au fur et à
mesure que je parlais, le visage de Wabie se fer-
mait. Il a posé le carnet sur la table, comme s'il
avait peur d'attraper quelque maladie.

— Je suis mauvaise personne pour le travail. Si
tu chercher personne qui connaît le *witchcraft*, c'est
M^{me} Baudard. Elle est intéressante à ces choses. Et
elle parler français, ça sera plus facile de parler
avec.

André King s'est tourné vers moi.

— Elle habite juste à côté. On peut y aller.

— Là ? Maintenant ?

Il a haussé une épaule.

— Maintenant ou plus tard… *I don't care…*

J'ai remis le carnet dans le sac en remerciant le
professeur Wabie de son aide. Il a fait un geste de
la main, l'air de dire que ce n'était rien. J'avais
l'impression qu'il avait hâte de nous voir partir,
tout simplement.

Dehors, un soleil agonisant descendait sur l'horizon déchiqueté des épinettes. Une fois dans l'auto

de patrouille, j'ai demandé à André King si cette
M^me Baudard était une Algonquine.

— *Of course.* Son nom de fille est Polson. Elle a
marié un Baudard, un métis. Il est mort ça fait longtemps. Mais tu vas voir par toi-même, on est déjà
arrivés.

Nous nous trouvions dans une des parties plus
anciennes de la réserve, passé les tristes aligne-
ments de *bungalows* préfabriqués. Nous nous
sommes arrêtés dans la cour d'une grande maison
de bois.

Dans la lumière rasante du soir, deux carcasses
de motoneiges montaient la garde de chaque côté
de la porte d'entrée, plaquant leur ombre bleue sur
les murs noircis par le temps et les intempéries. La
porte s'est entrouverte, laissant passer une petite
bonne femme aux épais cheveux noirs striés de
blanc qui tombaient en mèches rebelles autour de
son visage ratatiné comme une pomme cuite. Mais
ses yeux… Ils brillaient comme des diamants noirs
et nous scrutaient tour à tour, King et moi ; des
yeux où la curiosité laissait une bonne place à la
méfiance. Comme la plupart des Algonquins – et,
pour être juste, la plupart des Blancs – elle semblait
ne pas apprécier qu'une voiture de police s'arrête à
sa porte.

Dès que je lui eus expliqué que c'était Hank
Wabie qui nous avait donné son nom, son attitude
s'est considérablement adoucie. Elle nous a fait
entrer dans une grande cuisine familiale au plancher
de bois adouci par l'usure, où un énorme poêle à
bois trônait contre le mur du fond. Elle nous a fait
asseoir au bout d'une table assez longue pour recevoir douze personnes. Malgré le temps doux à l'extérieur, j'entendais les bûches qui crépitaient dans le
poêle. Il faisait chaud, l'air sentait bon le café, la

sciure et le feu de foyer, j'avais l'impression d'être dans une cabane à sucre en dehors de la saison touristique.

La vieille Baudard m'a écouté attentivement pendant que je lui expliquais ce que nous voulions d'elle, d'où venait le carnet et ce que nous espérions y trouver. Son œil noir s'est agrandi quand j'ai mentionné le mot «sorcellerie» et elle a lancé un regard au caporal King. Il a lentement hoché la tête pour confirmer mes paroles. Elle a reporté son attention sur moi, cette fois tout à fait curieuse.

— Excusez-moi, je n'ai pas prêté attention à votre nom.

— Verrier. Daniel Verrier.

— Êtes-vous un policier?

Elle parlait un excellent français, roulant les «r» et prononçant les «o» très ouvert, avec cet accent un peu précieux que l'on trouve encore chez les sœurs et les vieilles bourgeoises. Je lui ai dit que je n'étais pas un policier, que j'avais offert ma collaboration parce que je m'y connaissais un peu en histoire algonquine.

— Et parce que la police de la ville a peur de se montrer la face ici! a ajouté le caporal King en éclatant d'un rire un peu trop satisfait.

La vieille Baudard a posé la main sur le carnet, sans l'ouvrir, caressant la reliure comme si elle espérait en percevoir le contenu dans le grain même du cuir. Sans me regarder, elle m'a demandé si j'étais le Daniel Verrier qui avait perdu ses deux enfants sous la glace. Je lui ai dit que c'était moi. Elle a hoché la tête, comme si cela répondait à une de ses questions.

— Je ne savais pas que vous étiez historien.

— Historien amateur, très amateur. Ça date du temps où j'étais professeur. J'ai même un projet…

enfin, c'est plus ou moins un projet, d'écrire un livre d'histoire sur la naissance de la réserve Tête-de-Lac.

Je me suis soudain senti mal à l'aise, un peu ridicule, un peu présomptueux de lui parler d'un projet que je ne mènerais sans doute jamais à terme.

Je m'attendais même à ce que la vieille Algonquine esquisse un sourire condescendant face à ce Blanc qui prétendait s'approprier l'histoire de son peuple. Elle a souri, c'est vrai, mais c'était un sourire fataliste, fatigué, un peu triste. Elle s'est levée pour aller chercher une paire de lunettes dans sa chambre en expliquant qu'elle lisait surtout au lit. Elle est revenue aussitôt, l'air un peu bizarre, un peu comique avec ses larges lunettes style années 70 tenant de justesse sur son bout de nez ratatiné.

Combien de temps sommes-nous restés, le caporal André King et moi, à la regarder lire le carnet, page par page, emmitouflée dans sa couverture de laine piquetée de brindilles d'écorce, immobile comme un mannequin dans une reconstitution historique, sauf pour cette lueur dans son regard et ces hochements de tête de plus en plus navrés. Au bout d'une trentaine de pages, peut-être la moitié du carnet, elle a posé celui-ci sur la table et elle a enlevé ses lunettes, les yeux fermés, son visage modelé d'ombres sous la lumière jaune de la faible ampoule électrique.

— Celui qui a écrit ce carnet est un très méchant homme, a-t-elle réussi à dire sur un ton éraillé. Nous devrions le brûler.

— Vous comprenez ce qui est écrit ?

Elle a soupiré.

— Je suis sans doute une des rares personnes encore vivantes qui puisse le comprendre mais... oui. Oui, je le comprends.

— Pourquoi «une des rares personnes»? C'est pas de l'algonquin?

— Oui et non. C'est une traduction de la langue secrète des Midewiwin.

— Les Midewiwin?

— Une confrérie de sorciers ojibways qui étendait son influence partout au nord et à l'est de ses territoires. Je ne comprends pas comment cet homme a pu connaître ces secrets. Il n'a pas pu les connaître par lui-même. Seul un sorcier de notre race, un Midewiwin renégat, a pu lui révéler les secrets du lac. Un sorcier renégat, puissant et pervers.

— Les objets que nous avons trouvés dans le manoir Bowman ressemblaient plutôt à des accessoires de sorcellerie européenne.

Elle a dû croire que je cherchais à la contredire – alors que j'exprimais simplement ma surprise – parce qu'elle m'a regardé droit dans les yeux, un doigt tremblant pointé sur le carnet.

— Les accessoires n'ont qu'une importance secondaire, monsieur Verrier, ce ne sont que des moyens par lesquels l'esprit communique avec le monde des ombres. Ils ont moins d'importance que la volonté, la curiosité et surtout la témérité du sorcier lui-même. Je n'ai pas encore fini de lire cet abominable carnet – je ne sais pas si je vais continuer – et déjà je constate que le sorcier qui en est l'auteur s'est servi de sa magie européenne comme... (Elle a hésité, à la recherche du mot juste.) comme *encadrement*, de façon à rendre nos pratiques ancestrales encore plus efficaces.

— Est-ce que... Est-ce qu'on y dit qui a tué les six enfants?

Elle a baissé le visage.

— Il en a tué beaucoup plus que six.

King et moi, nous nous sommes regardés. Dans le visage impassible du policier, le regard noir scintillait.

— Les corps que vous avez trouvés, poursuivait la vieille Baudard, ce n'était que… que des essais, des expériences…

— Des essais ?

Elle hochait la tête, sans répondre.

— Des essais pour faire quoi ?

— Je ne sais pas. Ce n'est pas expliqué dans ce que j'ai lu.

— Pouvez-vous le terminer ? C'est important.

Elle n'arrêtait pas de secouer la tête.

— Pas ce soir. Je suis fatiguée. Les yeux me font mal.

André King m'a fait un signe, l'air de dire : « Il est tard. » Il avait raison, évidemment. Nous avons remercié la vieille Algonquine et nous nous sommes levés.

— Je finirai de le lire demain, a-t-elle dit sans se lever, sans même regarder dans notre direction. Mais emportez-le avec vous.

— Pardon ?

— Le carnet. Je ne veux pas dormir avec cette… cette chose sous mon toit.

— C'est un élément de preuve, nous ne pouvions pas vous le laisser de toute façon.

— Alors, c'est tant mieux pour tout le monde, a-t-elle murmuré.

Ce n'est qu'à ce moment que j'ai compris pourquoi elle refusait de se lever ou même de regarder dans notre direction. Elle pleurait.

Nous sommes sortis, King et moi. La nuit était tombée sur la réserve et nous nous sommes dépêchés de nous enfermer dans la voiture de patrouille pour fuir les maringouins. King m'a ramené à

Ville-Marie. En silence, j'ai contemplé la route qui défilait, zébrée par le tracé fugace des insectes de nuit dans la lumière des phares. Le policier de la réserve est venu me conduire directement chez moi. Je suis descendu mais, avant de refermer la porte, je lui ai posé la question qui m'avait brûlé les lèvres pendant tout le trajet du retour. Je lui ai demandé ce qu'il pensait des révélations de la vieille Baudard.

King a éclaté d'un rire sans joie, bref comme un jappement.

— *Oh boy !* Ce que je pense ? Je pense que c'est une vieille folle.

Un sentiment subit de déception, lourd comme une catalogne mouillée, m'a fait courber les épaules. Le rire du policier avait fait éclater la bulle de magie qui m'embrouillait l'esprit depuis mon départ de la maison de la vieille Baudard – c'était la sensation dure et gênante du retour à la réalité. King avait raison, bien entendu : la vieille m'avait mené en bateau, volontairement ou non. Elle avait pu lire ce qu'elle avait bien voulu dans ce maudit carnet, extrapolant ce qu'elle ne comprenait pas, en supposant qu'il y avait bien quelque chose à y comprendre, qu'il ne s'agissait pas, comme l'avait dit Nadeau, de « gros délire, de capotage de paranoïaque ». La voix pincée et un peu chevrotante de la vieille me résonnait encore dans la tête : « Je suis sans doute une des rares personnes encore vivantes qui puisse le comprendre… » ou « Il en a tué beaucoup plus que six. » Pauvre vieille… Abandonnée et misérable, tournant en rond dans sa trop grande maison, elle avait eu l'occasion de se sentir importante et elle en avait profité…

Sur le visage de King, à peine visible dans la lueur verte du tableau de bord, un sourire incertain a flotté quelques fractions de seconde, comme s'il devinait mes pensées.

— *Then again*... Peut-être c'est mieux qu'elle soit folle, M<sup>me</sup> Baudard...

— Dans quel sens ?

— Fallait être fou aussi pour tuer les enfants, non ? Peut-être que seule une folle peut comprendre un fou...

Il est parti sur ces paroles énigmatiques, m'abandonnant dans la fraîcheur de la nuit. Josée se tenait sur le perron, l'air d'un ange dans sa longue robe de nuit, avec son chignon défait, ses longs cheveux brillants comme des fils d'or sous la lumière crue de l'ampoule nue. Elle m'a regardé approcher, les bras croisés sur sa poitrine. Elle m'a enlacé.

— Pis ?

Je lui ai dit que je ne savais pas, que je ne savais plus.

— T'as l'air fatigué.

Je lui ai dit que oui, j'étais fatigué, très fatigué.

— Je t'attendais pour me coucher. Viens.

Je lui ai dit merci, un mot un peu ridicule à ce moment-là, mais Josée n'a pas souri, elle comprenait ce que je voulais exprimer. Je l'ai suivie dans la maison. Nous nous sommes couchés, serrés l'un contre l'autre comme si nous avions soudain peur d'être séparés. Malgré la fatigue qui avait coulé du plomb dans chacun de mes membres, le corps tiède de Josée contre le mien a fait son effet. Nous nous sommes embrassés, longtemps. Elle a soulevé sa robe de chambre et m'a ceinturé la taille de ses jambes.

Nous avons fait l'amour, presque immobiles, presque en silence sauf pour les murmures rauques de Josée, qui se répétaient, comme une litanie hypnotique, chaque fois que je poussais, chaque fois que j'essayais de me perdre corps et âme dans son doux refuge de chair :

— Reste. Reste. Reste en dedans. Reste dans moi. Reste avec moi. Pour toujours. Avec moi. Dans moi. Toujours. Oui. Reste.

— Je t'aime, Josée.

Elle s'est tue un moment, se contentant de me serrer un peu plus fort, de respirer un peu plus fort, de pousser un peu plus fort. J'ai répété que je l'aimais, dix fois, cent fois, au rythme de ma passion, avec l'impression, pour la première fois de ma vie, d'être sincère.

## 14

Le lendemain, il y avait un million de choses à faire au bureau, et le travail aurait sans doute avancé un peu plus vite si le téléphone avait arrêté de sonner, impatient comme un bébé qui veut son boire.

— Allô !

— Ici le sergent Morin. Je vous appelais au sujet d'hier soir.

C'était bien Morin : droit au but, sans s'embarrasser de trente-six politesses.

— J'ai pas vraiment le temps de vous parler maintenant, sergent. Est-ce que je peux vous rappeler à l'heure du dîner ?

— Ça va prendre juste une minute, si vous permettez. J'ai reçu des instructions de Montréal. Mes patrons n'aiment pas l'idée d'obtenir l'aide d'un civil. Je vous remercie de votre collaboration, mais je ne peux plus faire appel à vous. De toute façon, j'ai discuté avec le caporal King, celui qui vous a accompagné à la réserve. Ce carnet est une fausse piste.

Je n'ai pas pu m'empêcher de protester.

— Une fausse piste ? Vous y allez fort. Le témoignage de M^me Baudard…

Morin a émis un petit rire pâle et découragé, inattendu de sa part.

— Le témoignage de M^me Baudard, en effet… Allons, monsieur Verrier, je ne vais pas prendre le risque de me couvrir de ridicule en mentionnant dans mon rapport que derrière ces assassinats se cache une sombre histoire de sorcellerie algonquine. En tout cas, pas avec pour seule preuve la traduction d'une vieille Amérindienne. Qui nous dit qu'elle a vraiment compris ce qui est écrit dans ce carnet? Elle en a peut-être inventé la moitié. Ou même tout, pourquoi pas?

Sur mon téléphone, un voyant clignotait depuis quelques secondes.

— Écoutez, sergent, j'ai un autre appel. Est-ce que je peux… Est-ce que je peux vous rappeler à l'heure du dîner?

— Je serai déjà en route vers Montréal. Je vous l'ai dit, l'enquête sur le terrain est terminée.

J'étais pris de court. Je voulais protester, mais je ne savais pas par où commencer. Pendant ce temps-là, le voyant continuait de clignoter sur mon téléphone. J'ai demandé à Morin d'attendre une seconde. Avec un soupir, il m'a dit de me dépêcher.

J'ai appuyé sur le bouton de l'autre ligne.

— Oui?

— Daniel Verrier? Bonjour, je ne sais pas si vous me replacez, je suis Marcel Drouin, l'ancien mari de Josée.

— Je… Oui. Oui, je vous reconnais.

— J'aurais aimé… (Il s'est interrompu, l'air embarrassé.) J'aurais aimé vous parler quelques minutes, j'espère que je vous dérange pas.

— Pour être franc, c'est pas trop commode en ce moment, je suis sur une autre ligne avec la police. Est-ce que je peux vous rappeler?

— Ah… Oui… Je suis à la clinique de psychiatrie, vous connaissez le numéro?

J'ai souri, presque un rictus.

— Oui, je m'en souviens. Je vous rappelle tout de suite.

— D'accord. Désolé de vous avoir dérangé.

— C'est rien. Je vous rappelle.

— Au revoir.

— Au revoir... (J'ai repris la première ligne.)
Sergent Morin?

— Oui.

— Vous avez dit que vous partiez? Aujourd'hui?
Maintenant?

— Faut bien partir un jour. Mes patrons du Bureau d'enquêtes criminelles s'impatientent. Je ne
sais pas si vous êtes au courant, mais ça coûte cher,
une équipe de quatre enquêteurs payés en heures
supplémentaires.

Tout mon être vibrait de protestation, sans que
je puisse formuler un argument pour le convaincre
de changer d'idée.

— Mais... Le carnet... Vous attendez même pas
d'en avoir une traduction complète?

— Ne vous en faites pas, monsieur Verrier, j'em-
porte le carnet avec moi comme élément de preuve.
Nos spécialistes vont sûrement réussir à trouver un
traducteur. Un traducteur fiable, s'entend.

— Je vois. (Je suis resté silencieux un long moment.) Ça fait que... C'est comme ça que ça finit?

— Comment vouliez-vous que ça finisse? C'est
quelque chose qui s'est passé il y a longtemps. On
ne peut plus rien faire pour les enfants, même Bowman est mort. Son majordome aussi – en supposant
qu'il ait été complice. C'est une histoire trop vieille,
monsieur Verrier, ce n'est plus du ressort de la
police, c'est du ressort des historiens.

«Justement, je *suis* un historien», ai-je voulu
répondre. Mais Morin poursuivait en expliquant
qu'il était désolé mais qu'il avait beaucoup d'autres
choses à faire. Après m'avoir encore remercié pour
ma collaboration, il a raccroché.

Lentement, en fonctionnant par à-coups comme un vieux moteur mal réglé, je me suis replongé dans mon travail, incapable d'empêcher mes pensées de dériver dans tous les sens. Je songeais à mon enfance, à Nadia, à ma chute dans la cage d'ascenseur ; l'image lugubre des squelettes d'enfants entrevus à la lueur d'une lampe de poche dansait dans mon esprit, image qui me ramenait, encore et toujours, à Marie-Émilie et à Sébastien, souvenir de plus en plus diffus et abstrait, comme une vieille douleur, ou comme le souvenir d'une vieille douleur qu'on refuse d'oublier tellement cette douleur fait partie intégrante de notre identité.

À l'heure du dîner, pendant que je marchais au côté de Josée, je me suis mis à pleurer. J'avais cru que je réussirais à me rendre à la maison, que je lui éviterais la gêne de me voir pleurer en pleine rue, mais le barrage qui contenait mes émotions avait cédé. J'ai pleuré comme je n'avais pas pleuré depuis le départ de Nadia, le corps secoué de sanglots. J'essayais de continuer à marcher, mais j'avais beau m'essuyer les yeux jusqu'à me les arracher, je ne voyais plus rien. Je me suis arrêté, Josée me serrant contre elle, perplexe, un peu effrayée.

— Qu'est-ce que t'as ? Qu'est-ce qui se passe ?

Elle s'est tue lorsqu'elle a vu que je ne pouvais pas répondre tout de suite. Un peu calmé et réussissant à distinguer le trottoir à travers un brouillard de larmes, je me suis remis en marche. Finalement, j'ai rassuré Josée. Ce n'étaient pas des pleurs de douleur mais des pleurs de libération. Libération de l'enquête, libération de ma psychiatre, libération des souvenirs, libération des douleurs.

— On se libère pas par l'oubli, on se libère quand… quand on accepte la douleur comme

faisant partie de soi-même. Comprends-tu, Josée…
Comprends-tu ce que j'essaie de dire ?

Elle a essuyé les larmes qui roulaient comme
des petites billes sur son fard à joues.

— Je crois. Je crois que je comprends.

— C'est fini. C'est fini toutes ces histoires.
Maintenant c'est toi et moi, d'accord ?

Elle m'a serré, à me faire mal. Elle disait : « Oui,
oui. » Moi aussi je l'ai serrée, de toutes mes forces.

— Je permettrai plus qu'on essaie de me détruire, as-tu compris, Josée ? C'est fini ce temps-là.
J'ai mérité d'être heureux, *je l'ai mérité.*

À la maison nous avons dîné en silence, épuisés
par les émotions comme des algues échouées à
marée basse. C'est seulement au café que je me suis
rappelé le téléphone de Marcel Drouin. J'allais dire
à Josée que son « ex » m'avait appelé, puis un doute
m'a fait taire. Je me suis dit que si Marcel m'avait
rejoint au bureau, c'était sans doute qu'il ne voulait
pas que Josée soit au courant de son appel. Au
moment même où je me représentais ce scénario,
je me trouvais ridicule : Marcel m'avait appelé à
mon bureau parce que cela convenait à son horaire ;
ça ne voulait pas dire qu'il voulait que ça reste
secret. Peut-être qu'il m'appelait sur l'ordre de
Mylène Denoncourt. Ou peut-être que ça n'avait
rien à voir ni avec la psychiatrie ni avec Josée. Peut-
être qu'il voulait me vendre du bois ou me donner
des tomates de son jardin et que j'étais un crisse de
téteux de me casser la tête avec des suppositions
au lieu de l'appeler.

Profitant de ce que Josée allait aux toilettes, j'ai
téléphoné à la clinique de psychiatrie. Le téléphone
a sonné seulement deux coups puis on a décroché
avec raideur.

— Clinique de psychiatrie…

— Est-ce que je pourrais parler à Marcel Drouin ?

— Marcel est parti dîner. Je peux vous aider?

— Ah... Non... Dites-lui juste que Daniel Verrier a appelé.

— Monsieur Verrier, hein? Attendez une seconde... (J'entendais mon interlocutrice discuter avec un autre employé.) Monsieur Verrier? Marcel a laissé un message, d'oublier son appel de ce matin, que c'était une erreur.

— Une erreur?

— C'est ce qu'il a écrit sur le bloc de messages. Voulez-vous que je lui dise de vous rappeler quand même?

— Non... Je suppose que non...

J'ai raccroché sans même penser à dire merci. Josée revenait de la salle de bains, poudrée à neuf.

— Qui appelais-tu?

— C'est rien. Une erreur bizarre, un malentendu.

J'ai essayé de me rappeler exactement les paroles de Marcel, je n'en gardais qu'une impression d'embarras. Peut-être qu'il était vexé que je ne le rappelle pas tout de suite. J'ai décidé d'arrêter de m'en faire avec ça: c'était sûrement quelque chose de pas très important.

Josée s'est blottie dans mes bras, comme une petite fille qui a besoin de réconfort.

— Je t'aime, Daniel.

— Moi aussi.

— Tout va aller bien maintenant.

— Oui. J'étais sérieux quand j'ai dit que je permettrais pas que quoi que ce soit gâche notre bonheur.

Elle a soupiré.

— Tu te souviens qu'on n'osait pas se dire qu'on s'aimait? C'est parce que j'avais peur, Daniel. Déjà je t'aimais en ce temps-là.

— Peut-être que t'as bien fait d'attendre. Je me haïssais trop, je t'aurais pas crue si t'avais dit que tu m'aimais, j'aurais pensé que tu voulais rire de moi. Même maintenant, je me demande souvent ce que tu me trouves…

— Arrête ça. Si tu savais…

— C'est ça mon problème, j'ai jamais rien su, j'ai jamais rien compris. Quand t'as même pas dix ans et que ton père se fait tuer, tu découvres de bonne heure que le monde a pas été créé pour ton bon plaisir, que la vie est absurde, qu'elle a pas de sens. J'ai compris ça plus vite que d'autres, on dirait. Quand on est adolescent, on est censé faire des projets d'avenir – pour moi l'avenir, c'était pas le *flower power*, c'était la pollution et la guerre atomique. C'est peut-être pour ça que j'ai été un adolescent en colère, puis un homme en colère.

— C'est fini, Daniel. Il y en aura pas de guerre atomique. Le futur est pas encore fait, faut pas se casser la tête avec. Avec le passé non plus. Le passé peut pas revenir, le passé peut pas te faire de mal, sauf dans ta tête.

— Je sais. C'est ce que je me dis moi aussi.

J'ai regardé l'heure. Le travail reprenait dans dix minutes. J'ai donné une claque sur les fesses de Josée.

— Allez, fille, assez placoté… Faut y aller.

Main dans la main, nous avons marché jusqu'au bureau. Le mois de mai se terminait, l'air sentait la poussière chaude de l'été, les bourgeons luisaient au soleil comme des milliers de petites pochettes surprises vert ciré. Seul le lac Témiscamingue semblait ne pas s'être tout à fait remis de la fonte des neiges. L'eau était calme, encore grise du souvenir de l'hiver, et le vent léger qui parvenait du large transportait encore une odeur de vase et d'humidité qui faisait frissonner.

# TROISIÈME PARTIE

# LES PROFONDEURS DU LAC

*Cher Daniel,*

*Je t'écris pour te donner des nouvelles étant donné qu'on ne s'est pas parlé depuis que je suis partie.*

*Je t'écris pour te dire que j'habite toujours à Montréal et qu'ici je travaille pour une femme qui fait de la peinture sur soie. Je suis payée au salaire minimum mais ça me suffit pour l'instant pour payer l'appartement où je reste avec une étudiante. Si on fait des bonnes affaires au prochain Salon des métiers d'art, elle va m'augmenter. On espère toutes les deux que ça marchera bien.*

*Je voulais te dire que je suis allée à Béarn il y a deux semaines chez ma sœur Sylvie. C'est un peu pour ça que je t'écris, pour te dire que je t'ai vu marcher à Ville-Marie. Tu étais avec une femme, j'ai pas osé aller te parler parce que ça me gênait trop. Sylvie me dit que c'est une des filles Lauzon de Notre-Dame-du-Nord et que c'est une maîtresse d'école elle aussi. Elle avait l'air fine, je suis contente que tu te sois trouvé quelqu'un. Moi, j'ai sorti un peu avec quelqu'un que j'ai rencontré ici à Montréal, mais ça n'a pas marché longtemps. J'étais encore trop triste et je pense qu'il s'est tanné. Je vais attendre d'être un peu mieux avant d'essayer de sortir avec quelqu'un d'autre. Sylvie m'a dit aussi que c'est toi qui avais trouvé les enfants morts dans le sous-sol du manoir à*

*Bowman. J'ai lu tous les journaux qui parlaient de ça, mais les journaux disaient juste que c'était un pompier, ils disaient pas que c'était toi. Tu n'es pas chanceux avec les enfants, pauvre Daniel.*

*Je t'écris surtout pour te dire que je ne suis plus fâchée contre toi pour ce qui s'est passé cet hiver, j'espère que toi non plus tu n'es plus fâché contre moi. Même si je sais qu'on ne pourra plus jamais vivre ensemble, je voudrais qu'on réussisse à se rappeler les choses qui ont été « le fun » ensemble, pas juste l'accident.*

*Je ne sais pas quand je vais retourner au Témiscamingue. Sûrement pas cet été, je vais avoir trop de travail avec la peinture sur soie. C'est pas mal tout ce que je voulais te dire. Je te souhaite que ça aille bien avec ta nouvelle blonde.*

*Je pense souvent à toi et aux enfants.*

*Nadia*

*P.S. Si tu as encore Wilfrid, tu peux le flatter de ma part.*

La lettre avait été écrite avec un stylo feutre bon marché sur deux feuilles de papier ligné. Je me suis aperçu que je pleurais seulement quand une grosse goutte est tombée au bas de la page, diluant la signature en une tache d'encre bleu foncé...

\* \* \*

Les semaines de la fin de mai et du début de juin auraient sans doute été des semaines parfaitement calmes et heureuses si je n'avais pas souffert d'une recrudescence de mes cauchemars. Les monstres qui se cachaient toujours dans les tréfonds de mon esprit profitaient de la nuit pour accomplir leurs basses besognes.

Les mêmes thèmes revenaient toujours, avec une variété dans les détails et les péripéties. Le lac Témiscamingue était omniprésent, parfois j'y flottais dans une embarcation, parfois je marchais sur la glace, d'autres fois je nageais dans les eaux noires du fond. Un thème récurrent, c'était la fuite des poissons, comme dans le rêve du soir où j'avais laissé tomber le bébé de Florent et de Stéphanie sur la table du salon. Les poissons fuyaient le nuage noir, ou la forme noire : je n'arrivais jamais à distinguer avec certitude. Le manoir Bowman revenait souvent dans ces cauchemars. Parfois l'incendie du manoir se confondait avec l'incendie de la vieille Commission scolaire, je tombais dans un puits sans fond et je me retrouvais dans le sous-sol secret du manoir, assistant à une messe noire présidée par Bowman lui-même, assisté de son majordome. J'étais parfois accompagné de la vieille Baudard, vêtue de sa couverture piquetée de brindilles, qui m'expliquait avec son élocution de sœur défroquée que nous assistions à une cérémonie secrète de sorcellerie typique des Midewiwin.

« Plus les pouvoirs des Midewiwin ojibways devenaient connus, expliquait la vieille Baudard dans le rêve, plus leur influence sur les autres tribus augmentait. Assoiffées de secrets qui permettraient une amélioration de leur vie difficile, les tribus voisines envoyaient leurs apprentis shamans se faire instruire par les Midewiwin, ce qui favorisait une extension de la culture ojibway chez les Algonquins, sans guerre ni invasion, simplement par diffusion grâce aux hommes-médecine. »

Sous l'éclairage fluctuant des torches fichées dans les murs de béton, les corps nus et blêmes de trois enfants étaient allongés sur l'autel de granit. Ils ne bougeaient pas, les yeux clos, morts ou drogués. Psalmodiant des incantations lues dans le carnet tenu par son majordome, Bowman perçait le flanc des enfants de la pointe d'Athalme, le poignard sacrificiel, le poignard à manche noir. Un sang foncé coulait, en lentes pulsations, au rythme des faibles battements du cœur. Je savais que ce n'était qu'un rêve, mais je n'arrivais pas à me réveiller. Englué dans le cauchemar, j'attendais que le sang ait fini de couler du flanc des trois enfants, que leurs cœurs aient cessé de battre. Bowman aussi semblait attendre, le visage tourné vers sa gauche, dans la direction du lac. Mais rien ne semblait vouloir se passer. Le sorcier regardait de nouveau les corps des trois enfants. J'avais l'impression qu'il allait s'effondrer de fatigue ou de déception. Il jetait le poignard sur le sol, furieux, blasphémant, tremblant de tous ses membres.

« Il n'a pas compris », expliquait la vieille Baudard.

« Qu'est-ce qu'il n'a pas compris ? »

« Ça ne marchera pas. »

« Pourquoi ? Qu'est-ce qu'il voulait faire ? »

Mais la vieille Baudard hochait lentement la tête. « Il n'a rien compris. Il perd son temps. Pauvres enfants, pauvres enfants… »

D'autres rêves étaient moins articulés ; des tourbillons de violence confuse dans lesquels surnageaient des images de Nadia et de ces obsessionnels personnages secondaires qui semblaient ne plus vouloir quitter mes rêves, la mère et le fils Massicotte. Un des cauchemars les plus atroces se passait dans ma propre maison. Josée me secouait pour me réveiller, m'avertissant que mon chat semblait malade. J'entendais des bruits bizarres qui venaient de la chambre des enfants, comme un bébé qui pleure. Je me levais et je me dirigeais vers la chambre où je tombais sur Wilfrid en train de s'accoupler férocement avec une affreuse chatte brune au visage griffé et ensanglanté. Furieux et dégoûté, je donnais des coups de pied aux chats pour qu'ils se séparent, mais Stéphanie, la femme de Florent, m'attrapait par le bras et me criait d'arrêter. Je me rendais compte que ce que j'avais pris pour une chatte était un bébé emmitouflé dans une peau de chat fraîchement évidée, encore sanguinolente. Stéphanie soulevait le bébé assommé par mes coups de pied et caressait sa tête molle et inerte. « Il va rester débile, reprochait Stéphanie en pleurant, c'est de ta faute, pourquoi as-tu fait ça ? » J'essayais de me disculper, d'expliquer que je ne savais pas que c'était un bébé. Je me tournais vers Josée, la suppliant d'expliquer à Stéphanie que ce n'était pas ma faute, que nous avions tous les deux cru qu'il s'agissait d'un chat. Mais Josée était en train de laver la vaisselle et me regardait avec une expression lointaine sur le visage : « Je peux pas t'aider avec ces histoires-là, Daniel, tu le sais ben. C'était avant mon temps. »

Le souvenir de ce rêve me fait frissonner encore aujourd'hui : la terrible indifférence de Josée me répondant qu'elle ne pouvait rien pour moi. Si même Josée ne pouvait pas m'aider, alors personne ne le pouvait. J'étais seul au monde, seul responsable des blessures du bébé couvert de la peau de chat, il n'y avait rien que je puisse faire, c'était trop tard, personne ne pouvait m'aider.

Quand je réveillais Josée avec mes cris et mes gémissements, ce qui arrivait trop souvent, elle se blottissait contre moi et me murmurait quelques consolations endormies : je n'avais pas à avoir peur, elle était là, elle me protégerait. Elle se rendormait bien vite, tandis que je restais, seul, à contempler la noirceur de la chambre, les yeux brûlants de larmes retenues.

\* \* \*

Au Témiscamingue, l'hiver est si long qu'on pardonne à l'été son cortège de mouches noires et de maringouins. Les journées les plus longues du mois de juin approchaient et c'étaient des journées bien remplies. Josée avait décidé de laver la maison de la cave au grenier. Elle se levait à cinq heures et demie du matin pour faire deux heures de ménage avant de prendre sa douche et de se préparer pour le bureau, et le soir, après un rapide souper, elle reprenait pour la soirée. Un vrai engin. Et pas question que je l'aide.

— C'est psychologique, m'a-t-elle expliqué en s'essuyant la joue avec une guenille dégoulinante d'eau tiède. Chez nous, à la fin de chaque printemps, ma mère sacrait tous les hommes dehors et faisait le grand ménage. Quand j'ai été plus vieille, j'ai commencé à l'aider, mais c'était pas un travail pour mon père ou mes frères. C'était une affaire de femmes, pour que tout soit propre pour l'été. Tu comprends, pour moi, d'aussi loin que je me rappelle, c'est le grand ménage qui annonce que l'été, là, c'est plus des farces, c'est réellement commencé. Ça fait que fais de l'air puis mêle-toi-z'en pas.

Ce soir-là, ça tombait bien : j'avais une séance d'entraînement avec les pompiers volontaires. Ça faisait du bien de faire autre chose que de rester collé devant un écran d'ordinateur et de secouer la poussière de ma paperasse. Monter et démonter les tuyaux, vérifier les outils, le matériel roulant, l'entraînement proprement dit, les questions pièges du chef, la discussion de récapitulation à la fin de l'entraînement… ça changeait les idées. Tout ça s'est évidemment terminé devant un petit bock à l'*Hôtel Abitémis*, en compagnie de Léo Desormeaux, de Patrick Bourbeau et du chef Bérubé lui-même. En entrant dans la salle, j'ai reconnu Florent et Stéphanie, assis tous les deux au bar. J'ai fait signe à mes compagnons que je les rejoindrais, puis je me suis approché de mon vieux copain, refusant d'être mal à l'aise même si on ne s'était presque pas vus depuis la fameuse soirée.

— Qu'est-ce que vous faites là, vous autres?

Stéphanie, les joues un peu rouges, m'a embrassé.

— Bonjour, Daniel. Ça fait longtemps qu'on t'a pas vu.

— Ce qu'on fait ici? On prend une bière, a expliqué Florent en me serrant la main. C'est encore légal, non?

— *Toi*, tu prends une bière! a protesté Stéphanie, le timbre clair, visiblement un peu pompette. Moi, j'ai pris un *bloody ceasar* – ben en fait, laisse-moi t'expliquer, je me suis trompé et j'ai commandé un *bloody mary*, mais ce que je voulais c'était un *bloody ceasar*. Mais une fois que j'ai eu pris mon *bloody mary* – tu sais ce que c'est quand on a le goût de quelque chose et que le goût a pas été satisfait, ben c'est comme ça que je me sentais. Tout ça pour dire que c'est ma deuxième consommation…

— Et que ça paraît, a dit Florent.

— Et que ça *commence* à paraître… J'étais pas si pire jusqu'à maintenant…

— On revient du cinéma, a expliqué Florent. On a profité de ce qu'on avait une gardienne pour

Jean-Luc pour venir prendre une bière. Ça doit
bien faire – *wow*… – deux ans qu'on n'est pas venus ici.

— Plus que ça.

J'ai proposé qu'ils nous accompagnent à notre
table. Florent a paru sur le point de décliner mon
offre, mais Stéphanie, décidément de bonne
humeur, s'est dépêchée de sauter de son tabouret.

— *Let's go*, la soirée est jeune !

Florent a suivi en faisant semblant d'être
découragé.

— C'est ça les gens qui boivent jamais. Faut les
attacher après deux verres.

Nous nous sommes entassés autour d'une table,
de bonne humeur et bruyants. J'avais eu le malheur
de révéler à mes compagnons que Josée était restée
seule à la maison pour faire le ménage du printemps et, depuis ce moment-là, personne ne perdait
une occasion de me faire une farce à ce sujet.
Stéphanie n'en revenait pas :

— Pendant que tu t'amuses ici, ta blonde se casse
le dos à laver les plafonds ? Toute seule ? T'as pas
honte ?

J'avais beau lui expliquer que c'était Josée elle-
même qui m'avait mis dehors, tout le monde riait
ou faisait semblant d'être scandalisé. Seul Bérubé
m'a donné un coup de coude complice. Il s'est penché vers moi, plus sérieux.

— C'est une bonne fille, la petite Lauzon.

— Petite ? s'est esclaffé Léo Desormeaux. Elle
est plus grande que toé, chef !

Tout le monde a éclaté de rire : Bérubé était
plutôt du genre petit baquet. Stéphanie a proposé
une confrontation à la machine à boules. Florent ne
voulait pas, mais Léo et Patrick ne se sont pas fait
prier. Ils se sont dirigés vers l'appareil, une vieille

*Xénon* qui commençait à montrer son âge. Pendant qu'ils jouaient, Léo, un sourire carnassier sur les lèvres, s'amusait à distraire Stéphanie en la chatouillant, en lui bloquant le coude, en lui pinçant les côtes. Entre deux éclats de rire aigus, Stéphanie faisait semblant d'être offusquée. Nous aussi nous riions, tout comme Florent, mais je voyais qu'il ne quittait pas sa femme de vue, qu'il restait sur ses gardes.

Soudain, frappant en traître, la douleur sur le côté de ma tête est réapparue, une pulsation lourde et brûlante comme une éjaculation de plomb fondu.

— Hé, ça va pas ? a demandé Bérubé.

— Non, c'est rien…

— C'est pas rien. T'as la face grise comme un bardeau de cèdre.

Comme chaque fois que la douleur surgissait, j'avais envie de hurler qu'on me laisse en paix, qu'on arrête de me demander : «Ça va ?», «Qu'est-ce qui se passe ?», «Qu'est-ce que t'as ?» J'ai repris mon souffle et j'ai expliqué qu'ils n'avaient pas à s'en faire, que ça m'arrivait parfois, que c'était une des séquelles de mon accident. Florent ne disait rien, l'air désolé. Bérubé hochait la tête, compatissant.

— En tout cas, ça a pas l'air d'être le *fun*.

— Non. (J'ai réussi à hocher doucement la tête, la douleur a diminué un peu.) Non, c'est pas le *fun*.

— Ça t'arrive souvent ?

— Laissez-le tranquille cinq minutes, monsieur Bérubé.

J'ai souri à Florent, une tentative plus ou moins réussie.

— Merci, Florent, mais ça va aller. C'est presque passé déjà.

— Ça doit être l'ambiance de l'hôtel qui te fait pas, a dit Bérubé. La dernière fois aussi ça a mal fini.

— Qu'est-ce qui s'est passé?

— C'est cet hiver. On était venus prendre une bière après l'entraînement, comme ce soir. C'est cette fois-là qu'on avait rencontré Daniel qui se morfondait dans son coin, ça fait qu'on lui avait proposé de revenir dans le service. Pis là, v'là La Poche – tu sais, le débile à Massicotte – qui s'en vient nous achaler, pis nous compter toutes sortes de folies sur le lac.

— C'est à *moi* qu'il parlait, pas à vous autres.

Bérubé m'a lancé un regard, moitié surpris, moitié agacé par la manière impatiente avec laquelle je l'avais corrigé. Florent aussi a semblé perplexe et inquiet. J'ai fait un geste vague, comme si je m'excusais.

— Ah, peut-être que c'est surtout à toi qu'il s'adressait, a reconnu Bérubé, conciliant. En tout cas, ya fallu que le propriétaire le jette dehors. (Il s'est esclaffé, un rire de commisération.) Maudits Massicotte, on se demande lequel est le plus fou des deux, la mère ou le gars. Chaque fois qu'un homme la regarde d'un peu trop près, la vieille se met à capoter, prise de peur. Quand je dis la vieille, elle est pas si vieille que ça, c'est son allure à moitié déguenillée qui lui donne pas de chance. Je me souviens qu'elle venait jouer dans la cour de la petite école, quand j'étais jeune. Elle devait avoir juste trois ou quatre ans de plus que moi. Elle allait plus à l'école depuis longtemps – peut-être qu'elle y était allée un temps, mais elle avait abandonné parce qu'elle pouvait pas suivre. Elle avait toujours l'air d'être ailleurs, on comprenait pas la moitié de ce qu'elle disait. Je me souviens quand les Russes ont envoyé leur fameux Spoutnik en orbite, ça l'a impressionnée de façon pas croyable, je sais pas pourquoi, peut-être à cause du nom bizarre, ou peut-être parce qu'elle sentait que le monde avait un peu peur de c't'invention des communistes. Je la revois encore, assise dans la poussière de la cour d'école avec sa Barbie toute nue et sans cheveux, en train de nous raconter des histoires au sujet du « spoutnik 18 et du spoutnik 215 qui volent dans l'espace visible et invisible »… (Bérubé s'est secoué. Il a pris une gorgée de bière.) Demandez-moi pas comment ça se fait que je me rappelle de ça maintenant; faut croire que ça m'a impressionné… Le plus drôle, c'est que quand elle était un peu plus jeune, elle avait pas peur des hommes, la sacripante! Il paraît…

— Je pense que je vais y aller, a dit Florent sans même avoir terminé son bock de bière. La gardienne doit commencer à se demander ce qui se passe. Veux-tu que j'aille te reconduire, Daniel?

J'ai accepté. Je n'avais plus envie de boire.

Florent s'est approché de Stéphanie, de Léo et de Patrick, toujours autour de la machine à boules. Il a fait un signe de tête à Stéphanie vers la porte. Elle a protesté, encouragée par Léo et Patrick : la partie n'était pas terminée. Patrick protestait pour rire, mais Léo avait beaucoup bu et ses protestations ont pris un tour agressif.

— Tu peux passer une soirée sans ta femme, Florent. On est capables de s'occuper d'elle.

Il tenait Stéphanie par la taille pour l'empêcher de partir : il n'avait pas arrêté de la taponner depuis qu'ils avaient commencé la partie et il était clair qu'il était excité.

— La gardienne a de l'école demain matin, a dit Florent sur un ton raisonnable.

À la mention de la gardienne, le visage de Stéphanie s'est métamorphosé, comme si elle des-
saoulait d'un coup. Elle a hoché doucement la tête
et son regard s'est porté – une fraction de seconde
– sur la main de Léo qui lui serrait encore la taille.
Léo ne l'a pas libérée, ne comprenant pas ou ne
voulant pas comprendre qu'elle lui signifiait de la
lâcher. Elle a essayé de tourner ça à la blague.

— Faut que j'y aille, mon mari m'attend.

Elle a fait mine de se dégager, mais Léo la tenait
toujours.

— Aah, *come on*! On avait du *fun*!

— Sérieusement, Léo.

— Une dernière partie! J'irai te mener chez vous
après.

Stéphanie nous a regardés, elle n'avait pas l'air
de saisir ce qui se passait. Florent s'est avancé,
juste d'un pas.

— Lâche-la. Tout de suite.

Le sourire de Léo faisait mal à regarder.

— Qu'est-ce qui se passe, Florent? T'as peur
qu'on viole ta femme?

— Coudon, Léo, c'est quoi ton problème? s'est
exclamé Patrick, qui ne souriait plus lui non plus.

Léo a libéré Stéphanie, les mains en l'air avec
un air éberlué et innocent.

— *Whoa* les nerfs! On devient violents vite à
soir, les gars? Ça a l'air qu'on peut pus faire des
farces?

Stéphanie a ouvert la bouche pour répondre,
mais rien ne voulait sortir.

— Une farce, c'est une farce, a reconnu Patrick
sur un ton raisonnable. Là, Stéphanie te demandait
de la lâcher.

— Ben, je l'ai lâchée. C'est quoi le problème,
tabarnaque?

— Le problème, c'est qu'on a été obligés de te le dire dix fois.

— Non, c'est pas ça le problème, Ti-Pat ! a rétorqué Léo en regardant Patrick dans le blanc des yeux. Le problème, c'est que le monde sont rendus malades avec leurs histoires de harcèlement sexuel par-ci, pis de harcèlement sexuel par-là ! C'est rendu qu'ya pus moyen qu'un homme fasse un compliment à une femme sans se faire accuser de meurtre.

— Ah, laissez-donc faire ! a dit Stéphanie, écœurée et gênée par l'attention que les autres clients commençaient à porter à l'incident. On s'en va.

Nous nous sommes dirigés vers la sortie, mais Léo n'en avait pas fini avec nous. Il criait dans notre dos :

— Hé, Florent ! Pis toé aussi, Daniel. C'est pas à moé que vous allez faire accroire que vous êtes des saints, hein ? Hein ? Ah oui ! Peut-être Florent, maintenant que j'y pense, mais pas toé, Daniel, hein ? Na-na-na, on se comprend, hein, on se comprend…

J'ai voulu retourner lui demander de quoi il parlait, mais Florent me surveillait et m'a serré le bras : je n'aurais jamais cru qu'il pouvait y avoir autant de force dans ce mince poignet.

— Laisse-le faire ! Tu vois bien qu'il est saoul. Viens ! Viens, je vais te ramener chez toi.

Nous avons marché en silence jusqu'à l'auto. Du siège arrière, je distinguais le profil de Stéphanie dans le faible éclairage jaune de la vitrine du magasin de chaussures. Elle avait l'air aussi désemparée que lorsqu'elle s'était rendu compte que Léo ne voulait plus la lâcher. Nous avons roulé en silence, si ce n'est de la musique qui sortait faiblement de la radio, un murmure musical presque impossible à percevoir à travers les grincements de la vieille suspension.

— Pourquoi est-ce qu'il a fait ça? a demandé Stéphanie en regardant droit devant elle.

Florent n'a pas bougé. Stéphanie s'est tournée vers lui, le regard luisant.

— Es-tu fâché contre moi, Florent?

— Contre toi? a demandé Florent sur un ton incrédule. Pourquoi est-ce que je serais fâché contre toi? C'est Léo qui mériterait de se faire casser la gueule, t'as rien à voir là-dedans!

— Je… Je le laissais me pincer les fesses… Je voulais pas me fâcher… Je pensais que c'étaient des farces… Maudit, t'étais juste là à côté, Florent! Qu'est-ce qu'il s'imaginait, que j'irais coucher chez lui à la fin de la partie? C'est-tu ça que ça veut dire, que si on est pas bête avec un gars, ça veut dire qu'on accepte de se laisser achaler, c'est-tu ça que les hommes pensent?

— Léo, c'est pas «les hommes», a répondu Florent sur un ton fatigué. C'est un gars qui se contrôle pas quand il a bu.

— Si t'avais vu la violence qu'y avait dans ses yeux, je savais plus quoi faire, j'avais l'impression que j'allais tomber sans connaissance. C'est pas juste une question de boisson.

— C'est un gars violent. Je l'aime pas plus qu'il faut. Tu sais, je me tiens plus beaucoup avec lui.

— J'aurais pas dû vous demander de venir vous asseoir à notre table, ai-je dit à Florent.

Il a haussé les épaules.

— C'est pas ta faute.

Nous sommes arrivés à la maison. Malgré la noirceur et les maringouins, Josée était encore dehors, grimpée sur un escabeau pour laver les fenêtres. Ne reconnaissant pas la voiture, elle est descendue de son escabeau et s'est approchée, suivie d'un nuage de maringouins assoiffés de sang. Sur son visage éclairé à contre-jour, j'ai deviné un sourire.

— Ça t'a donc bien pris du temps. Tu t'es arrêté à la taverne, mon snoreau?

— Et toi, tu travailles encore? T'es pas arrêtable...

Elle a fait un signe de la tête vers l'auto.

— T'invites pas tes amis à prendre un café?

Avant même que je réponde, elle s'était penchée vers la fenêtre de la voiture.

— Vous venez pas prendre un café ou une tasse de tisane?

Florent a hoché la tête en écrasant un maringouin.

— Non merci.

— C'est comme vous voulez... Dis donc, toi, je te connais. T'es pas un des gars au vieux Hébert? Hector?

— Florent.

— Florent! C'est ça, je me rappelais que c'était un nom rare. Pis moi, tu me replaces pas? Josée Lauzon, j'ai habité l'appartement chez tes parents. Hé, les hommes, que ça a pas de mémoire! Je savais pas que t'étais un pompier volontaire toi aussi.

— Je le suis pas. J'ai rencontré Daniel à l'hôtel.

J'ai pris Josée par le bras.

— Laisse-les partir. On est en train de se faire manger tout ronds.

À ce moment, Josée s'est probablement aperçue que Stéphanie pleurait. Elle m'a lancé un regard soupçonneux.

— Vous avez pas l'air dans votre assiette. Y a un problème?

— C'est rien. Un gars a tanné la femme de Florent à l'hôtel.

— Qu'est-ce tu veux dire, tanner? (Josée s'est penchée à la fenêtre.) Est-ce qu'il t'a fait mal?

La main sur la bouche, Stéphanie hochait négativement la tête. Josée a contourné la voiture et lui a demandé, un ton plus bas, si ça allait.

— Ça va aller, a répondu Stéphanie entre deux sanglots. J'ai juste eu peur.

— C'était un gars saoul. On a tout vu, on est allés la dépêtrer.

Josée m'a lancé un regard qui signifiait que je ne comprenais rien à rien. Elle s'est penchée de nouveau vers la portière.

— Viens donc prendre une tasse de thé. Tu veux pas en parler un peu? T'es pas pour te coucher avec ça sur le cœur.

— Peut-être… (Stéphanie a reniflé.) Peut-être que t'as raison. Juste cinq minutes…

Pendant que Josée mettait l'eau à bouillir, j'ai fait visiter la maison à Florent et à Stéphanie. Celle-ci semblait avoir repris son sang-froid et Florent avait l'air rassuré, même s'il restait distrait. Nous avons pris le thé dans le salon. Nous n'avons finalement pas parlé de l'incident; la conversation a dérivé sur la queue de Wilfrid, qui s'était couché en ronronnant sur les genoux de Stéphanie, puis sur les parents de Florent, que Josée connaissait bien. Moi-même je ne disais pas grand-chose, je me laissais porter par la conversation des autres. J'avais la tête chaude et lourde, ce qui m'arrivait souvent après les crises de migraine. La tasse de thé posée sur un genou, l'esprit dans les nuages, j'étais en train de m'endormir quand je me suis rendu compte que Josée parlait de mon projet de livre sur les Algonquins.

J'ai fait semblant d'être fâché – ce qui n'était pas loin de la vérité.

— Je t'ai dit de pas raconter ça à tout le monde. Je sais même pas si je vais le finir, ce maudit livre.

— Il y a pas un gars, à Val-d'Or, qui a déjà écrit un livre sur les Algonquins ? a demandé Florent.

— Oui, et un dictionnaire aussi. Mon sujet est plus restreint, ça parlera seulement de la réserve de Notre-Dame-du-Nord.

— Vas-tu parler des assassinats du manoir Bowman ? Il paraît qu'il y avait des enfants amérindiens parmi les victimes.

Josée a protesté :

— Franchement, vous auriez pas un sujet de conversation plus gai que le manoir Bowman ? Hein, Stéphanie ?

Après quelques secondes d'un silence gêné, les filles nous ont quittés pour aller discuter mode dans la chambre.

Nous sommes restés, Florent et moi, à siroter notre thé. Il y avait une partie de baseball ce soir-là ; j'ai allumé la télévision, sans trop augmenter le volume. Nous avons distraitement regardé les Phillies se faire battre par les Expos. Le compte était de 12 à 3, la partie manquait totalement de suspense.

Profitant d'une publicité, Florent s'est penché vers moi, la voix basse, l'air préoccupé.

— Écoute, Daniel. Va falloir accrocher Léo et lui dire de se calmer les nerfs, tu penses pas ?

J'étais un peu surpris.

Moi aussi, je trouvais Léo Desormeaux de plus en plus con chaque fois que je le voyais, mais j'étais étonné que ce soit Florent-le-doux qui propose d'aller lui dire ses quatre vérités. L'incident avec Stéphanie l'avait fâché plus qu'il ne le laissait paraître.

— Faudrait pas… (Il hésitait, l'air embarrassé.)
Faudrait pas qu'il se mette à tout raconter à tout le
monde, hein?

Je n'ai pas répondu tout de suite : les Phillies
venaient de réussir un spectaculaire double jeu,
mais les Expos protestaient auprès de l'arbitre en
affirmant que leur joueur avait bel et bien touché le
marbre à temps.

Florent a posé la main sur mon bras.

— Daniel…

— Oui?

— As-tu compris ce que je t'ai dit?

— Au sujet de Léo? Oui, c'est sûr qu'il est em-
merdant des fois.

— Il s'agit pas juste de ce qui s'est passé ce
soir, comprends-tu?

Je me suis impatienté :

— De quoi tu parles?

— Ben voyons… Je parle des Massicotte,
évidemment.

Des relents de cauchemar ont surnagé dans ma
mémoire à la mention du nom «Massicotte». J'ai
poussé un long soupir. La migraine avait réapparu,
une douleur à fendre le crâne. Soudain, je voulais
que Florent me foute la paix avec son histoire de
Massicotte, qu'ils s'en aillent, lui et sa blonde, et
qu'ils me laissent aller me coucher.

— Qu'est-ce qu'ils ont, les Massicotte? je lui ai
demandé malgré tout.

Florent m'a regardé, la bouche entrouverte : il
avait l'air complètement déconcerté par ma question. Par la porte de la chambre, les rires des filles
ont augmenté d'intensité.

Elles sont revenues dans le salon et ont poussé
des exclamations de dépit en constatant que nous
écoutions le baseball. J'ai voulu protester et faire

remarquer à Josée qu'elle jouait à l'indignée devant Stéphanie, qu'elle aimait le baseball plus que moi, mais les paroles de Florent me rebondissaient dans l'esprit comme un écho, bouleversant toute tentative de raisonnement.

Stéphanie, maintenant de bonne humeur, a fait un signe à Florent : il était temps de partir, la gardienne allait s'inquiéter. Florent s'est levé, un sourire forcé sur le visage. Une fois la porte d'entrée ouverte à la fraîcheur et aux moustiques, Stéphanie nous a embrassés, Josée et moi.

— Je suis contente qu'on se soit rencontrées, Josée. Tu es gentille, je suis contente que Daniel se soit trouvé quelqu'un comme toi. (Elle s'est tournée vers moi, les joues roses d'émotion.) Tu sais, Daniel, je me suis toujours senti mal de ce qui s'est passé la dernière fois chez nous, je voulais te dire que je regrette d'avoir crié, que j'ai souvent voulu t'appeler pour m'excuser, que ça avait pas été un bien bel accueil.

— C'est pas grave, Stéphanie.

— Il faut que tu comprennes, j'ai eu tellement peur pour Jean-Luc.

— Je t'en ai jamais voulu. C'est oublié.

— Je vais vous réinviter tous les deux. Je te dois ça, Daniel.

— On vous téléphonera, a promis Florent.

Stéphanie nous a encore embrassés, puis nous avons réussi à fermer la porte. Josée s'est appuyée à moi. Wilfrid est venu se frotter contre ma jambe puis a bondi sur l'appui de la fenêtre pour regarder en notre compagnie la voiture qui reculait dans la rue. Après un ultime au revoir de la main, nous avons éteint la lumière du balcon. Josée m'a serré un peu plus fort.

— Ils sont gentils.

Je m'attendais à ce qu'elle me demande de lui expliquer ce qui s'était passé lors de ma dernière visite chez Florent et Stéphanie. J'aurais dû connaître mieux Josée depuis tout ce temps : si je ne lui expliquais pas de mon propre gré, elle n'allait pas me le demander.

— Ils m'ont invité pas longtemps après le départ de Nadia. Je suppose qu'ils trouvaient que je faisais pitié. Là, j'ai capoté et j'ai fait peur à Stéphanie. Il a fallu que je parte...

J'avais la gorge trop serrée pour continuer, autant par la douleur du souvenir que par la culpabilité de ne pas dire toute la vérité à Josée. Elle a posé la tête sur mon épaule.

— Pauvre toi. Ça a dû être difficile.

J'ai enfermé Josée dans mes bras, comme si je voulais l'engloutir, pour qu'elle reste toujours avec moi, qu'elle fasse partie de moi, qu'elle se fonde en moi, chair de ma chair ; et elle se laissait faire, se laissait anéantir, s'abandonnait, sans un mot, sans un murmure, livrée à ma force. Il ne restait que sa chaleur, sa douceur et son parfum. Wilfrid a sauté de l'appui de fenêtre et s'est mis à se frotter à nos jambes en ronronnant. Je n'ai pas pu m'empêcher de rire : le bonheur pur n'était-il pas fondamentalement ridicule ?

L'espace d'une seconde, j'avais réussi à oublier Florent.

Le lendemain, nous déjeunions lorsque Josée, la bouche pleine de son muffin aux carottes, s'est mise à secouer la tête en faisant «mmm! mmm!» En pointant le doigt vers le téléphone, elle a fini d'avaler.

— Voyons, je suis donc bien cruche... J'oubliais de te dire que t'avais reçu un appel hier soir.

— De qui?

— Une madame.

Elle a commencé à fouiller dans les paperasses qui encombraient le meuble du téléphone. Elle a fini par trouver une vieille enveloppe d'Hydro-Québec sur laquelle elle avait griffonné : *Mme Bédard, 723-9652.*

— Mme Bédard? 723, c'est Notre-Dame-du-Nord. Ça serait pas Baudard?

— Ça se peut. Elle parlait en roulant les «r».

C'était sûrement la vieille *squaw* de Baudard.

— Est-ce qu'elle a laissé un message?

— Non. Elle a juste dit qu'elle voulait parler «au jeune M. Verrier».

Il n'était que huit heures et quart. Les personnes âgées ne dorment pas beaucoup, mais je trouvais quand même gênant de l'appeler si tôt. Je me suis promis de l'appeler pendant ma pause café.

Nous nous sommes rendus au travail à pied, Josée et moi. Au bureau, c'était le bordel : un virus avait envahi le système informatique et perturbait tout.

Comme si je n'avais pas assez de travail à rattraper ! L'heure de la pause a passé, puis l'heure du dîner – un hamburger et une poutine avalés en vitesse dans un des casse-croûte en plein air –, sans que je pense à rappeler M<sup>me</sup> Baudard. Ce n'est qu'en fin d'après-midi, de retour à la maison, pendant que j'aidais Josée à mettre la table pour le souper, que l'enveloppe d'Hydro-Québec m'est tombée sous les yeux. Jurant entre mes dents, j'ai immédiatement décroché le téléphone.

Ça a sonné : trois, quatre, cinq coups... J'allais abandonner quand on a décroché. Une voix d'homme a dit *Yes* sur un ton morne. J'ai demandé si je pouvais parler à M<sup>me</sup> Baudard.

— *Is that Verrier ?* a demandé l'homme avec un accent qui ne m'était pas inconnu.

— Oui. *Yes. Who am I talking to ?*

— *Don't you recognize me, son ? I'm Hank Wabie.*

Un peu hésitant – je commençais à me demander si je ne m'étais pas trompé de numéro – je lui ai dit que je le reconnaissais. Il m'a dit que M<sup>me</sup> Baudard était juste à côté de lui et qu'elle avait quelque chose à me montrer. J'entendais la voix de la vieille Baudard qui lui demandait le téléphone, afin qu'elle puisse me parler en français.

— Monsieur Verrier ? (C'était la voix douce et précieusement articulée.) Êtes-vous toujours intéressé à connaître le contenu du *Livre des Ombres* ?

— *Le Livre*... Vous parlez bien du carnet trouvé au manoir Bowman ?

— C'est cela même. Écoutez bien, je ne crois pas que ce soit prudent de parler de ces choses au téléphone – je n'ai pas une ligne privée. Si vous aviez le temps, peut-être ce soir puisque M. Wabie est ici lui aussi, si vous aviez le temps de venir chez moi, je

pourrais vous faire part de mes découvertes...
Monsieur Verrier ? Êtes-vous toujours là ?

— Oui ! Oui, je... je vais souper et je viens tout
de suite après...

— Ne venez pas après neuf heures, je n'aime
pas parler de ces choses à la nuit tombée.

— Je serai chez vous dans une heure.

J'ai raccroché. Josée me regardait, les sourcils
froncés. Je lui ai demandé si je pouvais lui emprunter sa voiture pour aller à Notre-Dame-du-Nord.

— De nouveau le manoir Bowman ? Qu'est-ce
qui se passe encore ?

C'était la première fois que je la voyais mani-
fester ouvertement sa désapprobation : juste un
froncement de sourcils et un ton plus froid que
d'habitude. J'étais si peu habitué à ce genre de
réaction de sa part que l'effet a été paradoxalement
plus fort : tout de suite, j'ai bondi, sur la défensive.

— C'est toi qui veux que j'écrive mon livre sur
les Indiens, non ?

Elle a fait la moue, désarçonnée par ma réponse,
puis elle a haussé les épaules et s'est remise à couper des pommes en dés pour la salade de fruits.

— De toute façon, ça fait mon affaire que tu
partes, je vais terminer le ménage ce soir.

J'ai fini de mettre la table puis j'ai soupé en
vitesse. Avant que je sorte, Josée est venue m'embrasser.

— Sois prudent.

J'ai éclaté de rire.

— Si tu voyais la petite vieille, tu serais moins
inquiète. Elle risque ni de me battre ni de me
séduire !

— Sois prudent quand même.

Je l'ai embrassée de nouveau et j'ai pris la route
du nord. Il n'était pas encore sept heures quand j'ai

stationné la petite voiture dans la cour de la vieille
Baudard. Wabie m'attendait sur le perron. Sans un
mot, il m'a fait signe de le suivre à l'intérieur. J'ai
tout de suite reconnu l'odeur de sciure et de bon
café, même si, dans la lumière du soleil, la grande
salle familiale avait perdu un peu de son mystère.
M^{me} Baudard elle-même avait noué ses longs
cheveux en chignon et, avec ses larges lunettes et
sa sobre robe bleue, elle ressemblait plus à un professeur que Wabie, décidément folklorique avec sa
pipe et sa chemise à carreaux.

— Venez, a dit M^{me} Baudard en montrant le
bout de la longue table découpée en zones d'ombre
et de lumière. Assoyons-nous au soleil pour parler
de ces choses.

J'ai pris place. Elle nous a offert du café, que
nous avons accepté. Pendant qu'elle versait un épais
liquide noir dans une énorme tasse de grès, je me
suis intéressé aux feuilles de papier qui étaient
empilées sur le coin de la table. Intrigué, j'ai soulevé une des feuilles dans la lumière du soleil. Le
papier était cassant et lustré : c'était une photocopie
en couleurs de deux pages du *Livre des Ombres*;
l'écriture était pâle, encore plus pâle que sur
l'original, presque impossible à distinguer de la
texture grossière du vieux papier jauni. J'ai évalué
l'épaisseur de la pile de photocopies : le texte du
carnet de Bowman devait s'y trouver au complet.

— C'est une copie que la Sûreté du Québec avait
faite pour ses archives, a expliqué M^{me} Baudard en
déposant la tasse de café près de mon coude.

— Qui vous l'a donnée?

— King.

— André King? Le policier?

Je voulais demander par quels détours légaux un
policier de la réserve avait pu obtenir un document

de la Sûreté, mais j'ai aussitôt compris que la chose n'était justement pas passée par les canaux officiels. J'ai mentalement haussé les épaules : cela ne me regardait pas.

La vieille Baudard s'est assise au bout de la table, entre Hank Wabie et moi, ses doigts courts et amaigris glissant sur les photocopies.

— Certaines pages étaient presque impossibles à lire sur l'original, c'est donc dire que les copies ne sont pas toutes lisibles. Néanmoins, par recoupements, et après plusieurs lectures, j'ai réussi à reconstituer ce que recherchait le sorcier Bowman – car n'en doutez pas, monsieur Verrier, ce Bowman était un sorcier aussi puissant que cruel. J'ai réussi à deviner ce qu'il cherchait, et je crois aussi avoir compris la raison de ses échecs répétés… Et la raison de tous ces meurtres d'enfants. Pour vous expliquer tout cela, monsieur Verrier, il me faudra exposer au grand jour des secrets des anciens Algonquins, d'anciennes malédictions que le Peuple a oubliées, comme il a oublié sa langue et sa culture, des malédictions dont seuls les Midewiwin ont conservé le souvenir.

L'histoire qui a suivi est depuis ce temps gravée dans ma mémoire. Je ne me souviens pas des mots, je ne me rappelle pas toujours qui, de M$^{me}$ Baudard ou du professeur Wabie, a expliqué ceci ou narré cela. Mais je me souviens de l'histoire, racontée sur le ton de la confidence, et dont le récit s'est poursuivi bien après que le café eut refroidi dans nos tasses.

\* \* \*

C'était à la fois l'histoire du lac Témiscamingue et l'histoire des hommes qui avaient habité sur ses

berges. L'histoire commençait avec la matière elle-
même, avec la roche, avec le bouclier canadien,
composé des plus vieilles pierres du monde, à travers lesquelles la puissance tranquille des forces
géologiques a entremêlé, surtout dans la région du
Témiscamingue, des roches beaucoup plus jeunes,
créant un réseau de fissures et un système d'infil-
tration, d'érosion et de cimentation d'une fantastique complexité. Dans cette roche où se côtoient
l'ancien et le nouveau, une faille profonde d'une
moyenne de 150 mètres s'est formée et a donné
naissance au lac Témiscamingue.

Beaucoup plus tard, il y a peut-être 25 000 ans,
l'homme mettait le pied en Amérique du Nord par
le détroit de Béring laissé à sec par le retrait des
glaciers. Contrairement à certaines sociétés amérindiennes habitant des régions à la température plus
clémente, les Amérindiens qui ont peuplé le nord,
dépendants du gibier, ont été dans l'obligation de
continuer le nomadisme, un mode de vie très dur.
Les bandes algonquines qui habitaient la région
du lac Témiscamingue vivaient pour ainsi dire
constamment dans la crainte de la famine. Ils ne
cultivaient aucune plante, et il n'y avait que deux
espèces de céréales qu'ils pouvaient se procurer : le
riz sauvage, qui poussait dans de rares endroits, et le
maïs, acheté aux Iroquois qui le cultivaient.

Par conséquent, les provisions de viande et de
poisson étaient d'une importance suprême. L'accent
était mis sur la chasse et la pêche, ce qui exigeait
des techniques spéciales et surtout beaucoup de
mobilité, et qui a mené à l'invention de la raquette
et du canot d'écorce. Mais dans le nord du Québec
et de l'Ontario, le gibier est disséminé et change
avec les ans et les saisons. La survie était donc difficile, rattachée autant à la chance qu'à l'habileté des

chasseurs. La vie nomade imposait donc des contraintes sévères qui influaient sur la santé, le confort et la coopération sociale des Algonquins. Les wigwams offraient peu d'intimité et, surtout pendant les longs mois d'hiver, le partage de quartiers encombrés, sales et puants créait des tensions importantes entre tous les membres de la tribu; il en résultait souvent des bagarres et des disputes. De plus, les conditions de vie difficiles de la cellule sociale nomade impliquaient une limitation contrôlée et sévère du nombre de membres dans la cellule. Avec plus de bouches à nourrir et une disponibilité du gibier limitée, il y avait moins de nourriture pour tout le monde. Il existait donc un plafond naturel imposé au nombre de personnes dans la cellule familiale. Les dangers et la faible espérance de vie ne suffisaient pas à maintenir ce nombre au niveau souhaitable; aussi les Algonquins devaient-ils souvent recourir à l'infanticide. Certaines années particulièrement difficiles, quatre-vingt-dix pour cent des nouveau-nés étaient tués ou abandonnés dans la forêt.

Voyant cela, les chefs de la caste des sorciers ojibways, les Midewiwin – qui exerçaient déjà une influence spirituelle sur leurs voisins, les Algonquins – sont entrés en transes pour connaître la réaction du monde des esprits à ces infanticides, nécessaires et terribles. Au cours d'un de ces voyages dans le monde des esprits, ils ont découvert qu'au fond du lac Témiscamingue se cachait une très vieille créature, probablement déjà née lorsque les secousses primordiales avaient séparé les rives du long lac Témiscamingue. Les Midewiwin n'ont jamais donné de nom à la créature, se contentant de l'appeler «esprit du lac» ou, plus souvent, «monstre du lac». C'était une créature qui s'apparentait à la terrible Nuliajuk (ou Taka-nakpsaluk), le plus terrible des esprits esquimaux, qui observe les humains, prête à punir pour la moindre incartade, pour le moindre outrage. Pour l'assister dans sa rancune contre l'humanité, Nuliajuk s'était entourée d'une multitude de sycophantes, gardiens mineurs toujours prêts à l'aider dans l'élaboration de quelque cruelle vengeance contre les hommes, comme il est raconté dans le conte *La Mère des créatures de la mer* :

« Il y a très longtemps, des chasseurs esquimaux quittèrent le village de Qingmertoq, dans l'anse Sherman, afin de trouver de nouveaux territoires de chasse. Pour traverser les eaux, ils durent faire un convoi de kayaks attachés ensemble. Ils étaient très nombreux, il n'y avait pas beaucoup de place dans les kayaks, et ils étaient très pressés.

« Dans le village habitait une petite orpheline appelée Nuliajuk. Au moment du départ, elle sauta dans les kayaks avec les garçonnets et les fillettes, mais personne ne voulait d'elle, alors ils l'attrapè-rent et la jetèrent à l'eau. Comme elle s'accrochait au bord de l'embarcation, ils lui coupèrent les doigts. Pendant qu'elle coulait, ses doigts restèrent vivants à la surface et continuèrent de nager autour du radeau. C'est de ces doigts que naquirent les phoques. Mais Nuliajuk, elle, coula au fond de l'eau. Là elle devint un esprit, l'esprit de la mer, la mère des créatures marines, car les phoques étaient nés de ses doigts. Elle avait un grand pouvoir sur les hommes et les bêtes, et gardait une terrible rancune contre les hommes, qui l'avaient méprisée et jetée à la mer. Elle devint le plus terrible des esprits et elle contrôlait la destinée des hommes.

« Nuliajuk vit dans une maison au fond de l'océan. Elle vit comme une ermite et réagit vivement à la colère. Comme elle sait tout ce qui se passe dans le cœur des hommes et s'offusque au moindre péché, elle est presque toujours en colère. Dans sa maison, elle est entourée de nombreuses créatures terrifiantes. Dans l'entrée de la maison est assis *kataum inua*, gardien de l'entrée, chargé de maintenir un registre exact de tous les manquements à la loi de l'humanité. Tout ce qu'il voit et entend est rapporté à Nuliajuk. Sa tâche consiste également à faire peur à tous les shamans qui tenteraient de venir affronter Nuliajuk dans sa propre demeure.

«Plus loin dans le passage il y a un grand chien noir, et seul le plus vaillant et le plus brave des shamans peut tromper sa vigilance. Nuliajuk elle-même vit avec Isarrataitsoq – «Celle qui ne possède ni ailes ni bras» – une femme dont personne ne connaît l'origine. Elle partage son mari, un scorpion des mers, avec Nuliajuk.

«Un enfant vit également avec Nuliajuk. Il se nomme Ungak, «Celui qui crie», et il fut volé à une mère endormie pendant que son mari surveillait les trous d'aération des phoques. La légende relate les nombreuses tentatives des shamans pour amadouer et contrecarrer les mauvaises actions de l'esprit des mers; mais de Nuliajuk elle-même, on ne sait rien de plus.»

La nature exacte du monstre du lac Témiscamingue ou les circonstances de son voyage depuis la mer glacée ne sont pas claires. Peut-être est-ce Ungak, l'enfant qui crie. Peut-être avait-il profité d'une exceptionnelle montée des eaux pour nager jusqu'au lac et s'y retrouver prisonnier par la suite; peut-être y avait-il été banni par une vengeance de Nuliajuk. Si les Midewiwin en ont su la raison, ils ne l'ont jamais révélée à leurs descendants.

Les Midewiwin ont rapidement compris que si le monstre du lac ne s'était jamais mêlé de la vie des Algonquins, c'était parce qu'il s'était endormi d'ennui pendant les millénaires qui avaient précédé l'arrivée des hommes. Encore heureux qu'il se fût endormi, parce que le caractère du monstre, déjà terrible, s'était gâté pendant son long emprisonnement. Parfois il se retournait dans son sommeil, causant des vagues d'un mètre là où l'instant d'avant l'eau était parfaitement calme. Parfois il rêvait, et le moindre effleurement de la substance de ses rêves sur l'esprit d'un Algonquin induisait des mauvaises pensées : le chasseur frappait son fils, par impatience de sa maladresse; la mère renâclait contre la dureté de son travail domestique; la grand-mère insultait sa belle-fille; le grand-père se décourageait face à la vie dissolue des jeunes générations.

Le sommeil du monstre était-il permanent ou risquait-il de s'achever un jour? Bien des années avant l'arrivée des premiers Blancs dans la région du lac Témiscamingue, une grande réunion de shamans algonquins et ojibways avait eu lieu chez les Nipissings – particulièrement adeptes de la sorcellerie – afin de déterminer s'il y avait un risque. Ce fut une réunion extraordinaire, qui dura presque une lune. Aucun shaman qui assista à cette réunion n'en révéla la teneur, sauf en ce qui concerne la conclusion : le monstre du lac Témiscamingue avait été enfermé à jamais dans les profondeurs de l'eau par un sortilège puissant, un sortilège tracé avec des lettres de sang, un sortilège que seul un sorcier aussi grand que les Midewiwin réussirait à neutraliser.

\* \* \*

À ce moment, la voix douce de la vieille Baudard s'est altérée. Elle s'est mise à tousser, me faisant sortir brutalement de l'engourdissement hypnotique qui s'était emparé de moi. Je me suis frotté les yeux, aveuglé par le soleil qui avait poursuivi sa descente et transformé les toiles d'araignées dans les fenêtres en un réseau de fils de feu. Hank Wabie me regardait, adossé nonchalamment dans sa chaise, sans dire un mot. C'est lui qui avait raconté de mémoire la légende de Nuliajuk. Depuis, il avait laissé parler la vieille Baudard en fumant sa pipe et en observant mes réactions.

Elle s'est encore raclé la gorge, la main sur la bouche.

— Excusez-moi. Les médicaments que m'a prescrits le médecin me laissent la bouche sèche. Je vais faire chauffer le reste du café, en voulez-vous encore ?

— Non, merci.

Elle s'est levée et est allée mettre la carafe sur un petit réchaud électrique – maintenant que la chaleur de l'été était revenue, elle devait ne se servir de son poêle à bois que dans les grandes occasions.

— Voilà ce que cherchait Bowman, a-t-elle finalement conclu en faisant couler un filet de lait dans le fond de sa tasse. Comment défaire la conjuration protectrice des Midewiwin.

— Vous voulez dire… Il voulait réveiller le monstre du lac ?

Mon rire a résonné de façon désagréable dans la grande pièce baignée de lumière dorée.

— Ça vous fait rire ? a demandé la vieille en vérifiant la température du café, mi-indifférente, mi-méprisante.

L'image des côtes décharnées d'un cadavre d'enfant s'est imposée à ma mémoire et je me suis dit qu'elle avait raison, terriblement raison : il n'y avait pas de quoi rire.

— Mais qu'est-ce que les meurtres des enfants ont à voir avec le réveil du monstre ?

— C'est ce que nous n'avons pas tout de suite compris, Hank et moi…

D'une poche de sa robe, elle a sorti une boîte de pilules, qu'elle a ouverte avec difficulté pour en sortir deux capsules roses. Après les avoir glissées dans sa bouche, elle a bu une gorgée de café. L'opération semblait difficile et, pendant un moment, j'ai cru qu'elle s'étouffait. Je lui ai demandé si ça allait. Elle a levé la main et m'a fait signe de rester assis. Après avoir avalé une autre gorgée de café, elle m'a expliqué qu'à son âge les gestes qui semblent aller de soi quand nous sommes jeunes, comme d'avaler des pilules tout en buvant un liquide, deviennent alors compliqués. Elle a secoué la tête, un sourire fatigué sur son visage.

— Et on essaie de nous faire croire que c'est l'âge d'or. Tout un âge d'or ! Je préférerais qu'on nous appelle les vieux, comme avant. C'est ce que nous sommes après tout, vieux et malades.

— *If you're tired, we can go.*

Elle a repris sa place au bout de la table en hochant vigoureusement sa petite tête ridée.

— Non. Je vous ai demandé de venir ici, monsieur Verrier, pour vous révéler ce que je sais et ce que j'ai déduit de ma lecture du carnet, et je ne me tairai pas tant que je ne me serai pas débarrassée du fardeau de mes découvertes. Tout ce que je vous ai raconté jusqu'à maintenant, ce n'est pas dans le carnet que je l'ai appris mais parce que je suis une des dernières représentantes des Midewiwin encore vivante. Comprenez-vous cela, monsieur Verrier ?

Oui : je comprenais, ou du moins j'ai cru que je comprenais, ce qui n'est peut-être pas la même chose. Son regard noir, fixé sur les photocopies, a brillé de colère.

— L'esprit du lac n'est pas mort. Il n'est qu'endormi. Il peut encore être réveillé. C'est ce qu'un renégat de mon peuple a appris au sorcier Bowman. Mais il y a un prix à payer pour détruire ou contourner l'ancienne interdiction, un prix si terrible que les Midewiwin ont dû croire qu'aucun sorcier n'oserait le payer. Ce prix, c'est le sacrifice de trois de nos enfants.

Je me suis adossé à ma chaise. C'était donc ça que cherchait Bowman. Le rêve de la séance de sorcellerie me revenait en mémoire, un rêve qui ne devait pas être bien éloigné de ce qui s'était réellement passé. Il y avait donc une raison à la mort des enfants, la raison du délire, de la folie, mais une raison tout de même. «C'est toujours comme ça avec les meurtriers, avait dit le sergent Nadeau. Du gros délire, du capotage de paranoïaque…»

— Mais… Vous avez dit vous-même que votre peuple était obligé d'abandonner en forêt les bébés qui étaient trop nombreux… Il est mort beaucoup plus que trois enfants depuis que la… que la malédiction existe.

— C'est tout à fait différent, expliqua patiemment la vieille Baudard. Il s'agissait d'enfants nés trop tôt, qu'il fallait retourner à la nature, par nécessité. Il ne s'agissait pas de victimes *sacrificielles*. Vous savez parfaitement que le sacrifice humain n'existe pas chez notre peuple.

— D'accord, mais pourquoi est-ce qu'il y avait six cadavres ? Bowman s'y est repris à deux fois ?

— Plus que deux fois. Selon son carnet, il a effectué quatre séances sacrificielles. Ces six enfants, c'était avant qu'il ait compris qu'il fallait les offrir à l'esprit du lac.

— Offrir à l'esprit du lac… Vous voulez dire qu'il les noyait…

La vieille Baudard a hoché la tête, son visage plissé de douleur.

— Et tout ça pour rien… Pour rien… Il n'avait pas compris le sens de la malédiction.

— Je… Moi-même, je ne suis pas sûr d'avoir…

— Il n'avait pas compris qu'il ne pouvait pas prendre des enfants au hasard. Les enfants sacrifiés doivent être *les propres enfants du bourreau*. Trois frères ou sœurs, sacrifiés par leur père à l'esprit du lac ; voilà pourquoi les Midewiwin croyaient que jamais un sorcier ne tenterait de braver l'interdit. Toutes les tentatives de Bowman étaient vouées à l'échec : il était célibataire. A-t-il fini par le comprendre, ou bien a-t-il arrêté par peur qu'on le soupçonne d'être responsable de la disparition des enfants ? À moins qu'il ne se soit écœuré de sa propre ignominie…

— *Twelve kids*, a renchéri Wabie avec une grimace dégoûtée. *That son of a bitch killed twelve kids. I just can't believe that so many could disappear without arousing people.*

Sur un ton fatigué, M^me Baudard lui a fait remarquer que les sacrifices s'étaient étalés sur plusieurs années. Les enfants ne provenaient pas tous des environs immédiats – sinon il est évident que les gens de Ville-Marie auraient commencé à se poser des questions. Plus tard, en consultant les archives historiques de la région de Ville-Marie, je me suis d'ailleurs aperçu qu'il était possible de rendre compte de bien des disparitions. Le livre de la Société nationale des Québécois sur Ville-Marie rapporte la disparition d'un enfant de deux ans et quatre mois, en mai 1950, le jeudi de l'Ascension. Le bambin, qui habitait l'île du Collège, a été retrouvé noyé deux jours plus tard dans cinquante centimètres d'eau, près de la pointe du Vieux Fort. Les dates et les circonstances correspondraient. Il est également possible que certains enfants sacrifiés aient été de jeunes Amérindiens. Dans les années 50, est-ce que les Algonquins, les Ojibways ou les Cris auraient rapporté des disparitions d'enfants à la police des Blancs?

La vieille Baudard s'était tue, classant de ses mains parcheminées les photocopies du *Livre des Ombres*. Je lui ai demandé si elle avait l'intention de rapporter ses découvertes à la police.

Elle a haussé les épaules.

— Pourquoi? Ils ont des «experts» à Montréal. Qu'ils se débrouillent.

— *Anyway, they won't believe it…*

— Ne croiront pas quoi? Que Bowman a tué d'autres enfants? Ou qu'il y a un monstre dans le lac?

— *Both…*

Wabie continuait de fumer sa pipe avec son sourire en coin – plutôt un rictus – et soufflait des bouffées de fumée dorée dans la lumière du soleil couchant. Impossible de savoir s'il était sérieux ou pas. Jusque-là, j'avais tenu pour acquis que mes deux interlocuteurs ne prenaient pas au sérieux toutes ces légendes d'esprits et de monstres, qu'ils ne m'avaient raconté l'histoire que pour me faire saisir les motivations délirantes de Bowman. Mais en repassant toute cette conversation dans mon esprit, je me rendais compte que Wabie et la vieille Baudard n'avaient à aucun moment semblé faire la part des légendes, des suppositions et de la réalité. J'étais en train d'essayer de formuler une question qui ne paraîtrait pas trop insultante ou incrédule lorsque la vieille Baudard, avec des gestes précieux de personne âgée, a déposé les photocopies en une pile bien nette sur la table de bois bruni par l'usage, ses yeux noirs me fixant sans ciller.

— Toute cette histoire peut se résumer à une constatation : Bowman est mort sans avoir réussi à réveiller le monstre. Ce que la police découvrira ou ne découvrira pas m'importe peu, monsieur Verrier. Pour l'instant, ce qui m'intéresse, c'est vous.

— Moi ?

— Ne comprenez-vous pas quel est votre rôle dans cette histoire, monsieur Verrier ?

Je suis resté quelques secondes décontenancé, puis j'ai compris ce qu'elle voulait dire. Une bouffée d'émotions contradictoires m'a étourdi, et la migraine du côté de ma tête m'a rappelé sa présence. De ces émotions, la colère a rapidement surnagé, une colère aussi puissante que déraisonnable. S'il n'y avait eu que Wabie, ou toute autre personne devant moi, j'ai l'impression que je me serais levé d'un coup en l'abreuvant d'insultes. Mais la pauvre vieille avait l'air tellement frêle avec ses poignets minces comme des broches à tricoter que ma colère s'est enfuie aussi rapidement qu'elle était apparue. Je me suis frotté les yeux, puis j'ai hoché doucement la tête.

— Oui. Je comprends de quoi vous parlez. C'est à cause de mes enfants.

— C'étaient vos deux seuls enfants, n'est-ce pas ?

— Oui. Je… (J'avais la bouche sèche. J'aurais voulu une bière, mais je n'osais pas en demander.) Crisse, vous allez pas me dire que vous croyez réellement à tout ça ?

Elle s'est penchée vers moi, la main sur la pile de photocopies comme si elle prêtait serment.

— L'important, c'est que vous, vous y croyez, monsieur Verrier, et que vous preniez les précautions nécessaires.

— *Quelles* précautions? Même si toute cette histoire de malédiction était vraie, j'en ai plus, d'enfants! De toute façon… De toute façon vous avez dit qu'il fallait que les enfants soient ceux du *sorcier*! C'est pas moi le sorcier, c'est Bowman! Ça tient pas debout votre histoire!

— Il y a deux étapes à la levée de la conjuration. L'incantation, effectuée par Bowman, doit être suivie par un triple infanticide. Il n'est pas nécessaire que le bourreau soit le sorcier.

J'ai bondi.

— C'était pas un infanticide, c'était un accident!

— Ça revient au même! s'est impatientée la vieille sur un ton aigu. Vos enfants sont morts! De votre main! Par votre faute!

La franchise brutale de la vieille Amérindienne a soufflé ma fureur comme on souffle la flamme d'une bougie. Je me suis rassis, les mains engourdies, les jambes molles. D'une voix tremblante, je lui ai répété que même si toute cette folie était la réalité, il n'y avait plus de danger, je n'avais plus d'enfants.

— Maintenant, monsieur Verrier, il faut que vous m'écoutiez et que vous me prêtiez serment…

— Non, taisez-vous! C'est trop *fucké*, j'suis plus capable…

Sa main décharnée, osseuse et ridée comme une griffe d'oiseau, m'a serré l'avant-bras. Je ne voulais plus rien entendre et pourtant je ne pouvais plus partir, j'étais paralysé sur ma chaise, comme si la lumière sanglante du soir s'était coagulée autour de moi, m'empêchant de fuir, m'empêchant de bouger, de poser la main sur la bouche de la vieille

Algonquine, pour la faire taire. Mais elle continuait de parler, d'une voix rauque d'émotion.

— Écoutez-moi ! Il faut que vous juriez que si jamais vous avez un autre enfant, vous quitterez les rives du lac Témiscamingue et ne reviendrez plus jamais …

— Je… J'aurai jamais d'autre enfant…

— On m'a dit que vous aviez une nouvelle petite amie. Si elle devient enceinte, il faut que vous quittiez tous le Témiscamingue, jusqu'à ce vous – ou l'enfant – mouriez d'une autre cause. Jurez-le !

— J'aurai plus d'enfants. J'ai trop souffert.

— Jurez-le ! Vous ne devez pas permettre la noyade d'un troisième enfant dans le lac.

— Crisse de tabarnaque ! Vous vous imaginez… (Je voulais hurler, mais ma voix restait faible et enrouée. J'ai lancé un regard furieux à Wabie, mais il se contentait de m'observer, le visage presque invisible dans la pénombre, comme on observe un insecte tombé sur le dos, indifférent à ses tentatives pour se redresser, vaguement dégoûté par le spectacle de toutes ces pattes qui s'agitent.) Vous vous imaginez que si j'ai un autre enfant, la première chose que je vais faire c'est de le crisser dans le lac ? Vous vous imaginez que j'ai pas appris ! Vous vous imaginez que je vais pas… que je vais oublier, chaque fois que cet enfant-là va sortir de la maison, que par ma faute son frère et sa sœur sont morts, vous vous imaginez que je vais oublier ça *une seule seconde*? C'est pour ça que je veux plus jamais avoir d'enfants, je sais que ça va toujours être là, entre eux et moi, la douleur, la colère et le ressentiment. Je l'entends revenir de l'école le jour où ses copains, ou un prof, vont lui apprendre que j'ai tué mes deux premiers enfants. Je l'entends me demander : «Papa, vas-tu me noyer aussi ?»…

Wabie s'était levé.

— *You should calm down, sonny...*

— Je devrais sacrer mon camp, c'est ça que je devrais faire !

— *Come on...*

— Laissez-moi tranquille !

J'étais déjà à la porte quand, d'une voix stridente, la vieille Baudard m'a crié d'attendre. Je ne me suis pas retourné, je suis resté là, écoutant une dernière fois la voix rauque de la vieille.

— Le lac fera tout en son pouvoir pour vous tromper, monsieur Verrier. Ne sous-estimez pas la malveillance d'Ungak. Ce qu'il n'obtient pas par la force, il peut l'obtenir par la fourberie.

Je ne me souviens pas d'avoir quitté la réserve. Je ne me souviens que de la route qui défilait devant moi, du ciel violet au zénith, rose profond à l'ouest. Je me suis arrêté dans la cour du centre commercial pour me calmer un peu avant de rentrer à la maison. J'avais une envie terriblement physique de bière, mais j'ai lutté contre la tentation. J'étais dans un état qui ne me permettait pas de boire, pas même une bière, je l'avais appris à mes dépens. Non que j'aie eu peur de la réaction de Josée si je rentrais saoul – elle n'était pas du genre à me faire une colère. Non, je voulais rester sobre parce que je voulais garder la maîtrise de moi-même ; je savais que si je buvais je me dépêcherais de tout raconter à Josée. C'était fini les épanchements émotionnels, je m'étais juré de me maîtriser.

Le cœur un peu plus d'aplomb, j'ai remis le moteur en marche et j'ai roulé doucement jusqu'à la maison. Sur le balcon, un chat presque invisible m'a regardé me stationner, méfiant, ses yeux dilatés reflétant la lumière des phares. Une fois que j'eus mis le pied hors de la voiture, Wilfrid m'a

reconnu et s'est approché, son moignon de queue
pointé en l'air. Je l'ai pris dans mes bras, grosse
boule ronronnante de poil jaune, et je suis entré.
Josée écoutait un téléroman, emmitouflée dans sa
robe de chambre en ratine, une bouteille de bière à
la main. Elle m'a lancé un regard distrait.

— Eh ben… Vous en avez jasé un coup.

J'ai enlevé mes souliers sans même les délacer
et je suis allé m'asseoir à côté de Josée, Wilfrid
toujours dans les bras. Josée s'est appuyée dans le
coin du divan et a replié ses jambes, posant ses
pieds sur mes cuisses. Sa robe de chambre avait
glissé et découvert ses genoux, dont la peau prenait
une teinte surréaliste sous la lumière fluctuante de
la télévision.

— T'as l'air fatigué.

Je lui ai caressé le genou, lisse, ferme, tiède. Je
lui ai dit que oui, j'étais fatigué.

— Veux-tu une gorgée de bière ?

— Non, merci.

À l'écran, un médecin aux tempes grisonnantes,
vêtu d'un impeccable sarrau blanc, discutait avec
une jeune femme au physique de mannequin et
essayait de la convaincre de subir une opération
urgente. La jeune femme protestait, les larmes aux
yeux : elle devait s'envoler la semaine suivante
pour un contrat important en Europe, une entente
qui lui avait demandé des mois de travail. Le
médecin hochait la tête, compatissant, mais il insistait : plus la jeune femme attendrait, plus il y avait
de risques à l'opération. La scène se terminait sur
un gros plan du visage en pleurs de la jeune femme,
son maquillage intact sous les larmes. Une publicité
de Sport Val-d'Or suivait, criarde et vulgaire. D'un
geste satisfait de la télécommande, Josée a coupé le
son.

— Marcel a appelé juste après ton départ.

— Marcel ? Ton « ex » ?

— Oui. Mais c'est pas à moi qu'il voulait parler, c'est à toi. Typique de Marcel, il s'est même pas présenté, comme s'il s'imaginait que je le reconnaîtrais pas. Tu parles d'un niaiseux !

— Qu'est-ce qu'il voulait ?

— Il voulait te parler de quelque chose d'important.

— Concernant la clinique de psychiatrie ?

Josée a levé les mains au ciel.

— Je sais pas, je sais rien ! C'est Marcel ! Je te le dis, c'était impossible de vivre avec un gars comme ça. Pourquoi tu penses qu'on s'est séparés ?

— Est-ce qu'il voulait que je le rappelle ce soir ?

Haussement d'épaules.

— Il a laissé son numéro à la maison.

La seule idée de téléphoner me décourageait complètement : j'étais fatigué, j'avais mal au cœur, j'avais l'impression qu'on m'avait coulé du plomb autour du cou et des poignets. Tout ce que je voulais, c'était me coucher, mais j'avais la certitude que je ne réussirais pas à dormir avec la perspective que l'ancien mari de Josée puisse rappeler. Je me suis levé et me suis rendu au téléphone du corridor de l'entrée.

Au bout d'une sonnerie à peine, on a décroché. Une voix d'homme un peu endormie a dit : « Allô… »

— C'est Daniel Verrier. Est-ce que je vous ai réveillé ?

— C'est rien, je m'étais endormi devant la télévision. Écoutez, Daniel. (Il s'est interrompu, comme s'il bâillait.) Excusez-moi… Écoutez, Daniel, j'aurais aimé qu'on puisse se parler quelque part tranquilles.

— À quel sujet?

— C'est un peu compliqué. J'aurais aimé que ce soit pas en présence de Josée.

J'ai poussé un soupir d'impatience.

— Il est tard, Marcel, pis je suis fatigué. Si vous voulez vous réconcilier avec Josée, c'est avec elle qu'il faudra discuter.

Un long silence.

— Allô?

— Je suis toujours là. Écoutez bien, ça ne concerne pas directement Josée. Si je veux pas qu'elle entende, c'est parce que je veux pas lui faire peur pour rien. Le D$^r$ Denoncourt vous a pas appelé, hein?

— Non, elle a pas appelé, ai-je répondu sur mon ton le plus froid. Je commence à être tanné de cette conversation, Marcel. Si vous m'expliquez pas tout de suite ce que vous voulez, je raccroche.

J'ai attendu une réponse qui ne venait pas.

— Au revoir.

— Attendez! S'il vous plaît, Daniel, ne raccrochez pas... Je vous appelle... Je vous appelle pour vous prévenir d'un danger potentiel. Connaissez-vous Éric Massicotte, celui qu'on surnomme La Poche?

Là, c'est moi qui suis resté silencieux un moment.

— Je le connais. Qu'est-ce que vous voulez dire par «danger potentiel»?

— Vous savez qu'il a été interné à l'aile psychiatrique du Centre hospitalier de Rouyn-Noranda?

— C'est quoi le rapport?

— Est-ce que Josée peut vous entendre?

Depuis le début de la conversation, je regardais dans la direction du salon. Un segment d'écran de télévision m'a permis de constater que le téléroman avait repris. Tout ce que je distinguais de Josée, c'était le bout de son pied nu qui se balançait et Wilfrid qui essayait de lui attraper l'orteil.

— Non. Elle écoute la télévision.

— Connaissez-vous la raison de l'internement d'Éric Massicotte ?

— Non.

— Si je respectais le secret professionnel, j'aurais pas le droit de vous dire ça.

— J'avais compris.

— Massicotte est en pleine crise paranoïde. Une crise paranoïde dirigée contre vous, Daniel.

J'ai réussi à rire, un rire qui devait sonner creux et faux même au téléphone.

— C'est pas la première fois que je me fais achaler par ce maudit débile… On peut pas dire que vous m'apprenez quelque chose de bien nouveau !

— Il ne s'agit plus « d'achalage », Daniel. Au cours d'une rencontre clinique, il a juré de vous tuer…

J'ai réussi à garder un ton neutre.

— Est-ce que c'est pour me dire ça que vous avez essayé de m'appeler le mois passé ?

— Le mois passé, Éric Massicotte était en cure fermée, j'ai laissé tomber quand j'ai vu que vous ne rappeliez pas.

— Qu'est-ce qui vous a fait changer d'idée ?

— Massicotte s'est échappé du Centre hospitalier de Rouyn-Noranda la semaine passée. Il a disparu dans la nature. À notre dernière rencontre, il montrait encore beaucoup d'agressivité envers vous, Daniel, et le fait qu'il ne prenne plus ses médicaments ne va sûrement pas l'aider. J'ai demandé à l'équipe de Rouyn-Noranda de prévenir la police ; mais ils ne se sont pas encore décidés. J'ai averti le Dr Denoncourt, mais votre psychiatre non plus n'est pas convaincue que Massicotte est vraiment dangereux.

— Et vous, vous l'êtes ?

— Je suis son thérapeute depuis presque cinq ans. Je suis bien placé pour me rendre compte que son état s'est vraiment détérioré. Et puis, moi, je sais pourquoi il vous en veut.

— Ah bon ! C'est quoi cette raison-là ?

— Allons, Daniel… (Sa voix a baissé d'un ton, comme pour un reproche.) Florent Hébert est mon patient, je suis au courant – inquiétez-vous pas, j'ai rien écrit au dossier.

— Rien écrit au dossier ? Mais de *quoi* parlez-vous ?

Josée s'était levée de son fauteuil et s'approchait de moi, les sourcils froncés. Elle a soulevé le menton, l'air de demander : « Qu'est-ce qui se passe ? » Je lui ai fait signe de me laisser tranquille, mais elle m'a renvoyé un signe exaspéré et m'a enlevé le combiné des mains.

— Hé Marcel, c'est quoi le problème ?… Oui c'est moi, arrête de faire comme si tu me reconnaissais pas… Oui ben, si ya des affaires pas réglées à ton goût, c'est avec moi que ça se discute, OK là ?… Ben si ça a rapport avec Daniel, comment ça se fait que c'est pas Mylène Denoncourt qui appelle ?… Ah, raccroche-moi pas au nez mon…

Josée a déposé le combiné en me regardant avec des yeux ronds comme ça.

— L'ostie de sale ! Il m'a raccroché au nez !

Pendant un instant, j'ai cru qu'elle allait se mettre à pleurer, mais elle s'est contentée d'esquisser un geste de la main, comme pour écarter une mouche.

— Qu'est-ce qu'il te voulait ?

Je n'ai pas répondu, je ne savais pas ce que je devais lui répondre. S'il y avait un seul point sur lequel j'étais d'accord avec Marcel, c'était que je ne voulais pas effrayer Josée pour rien. Mais peut-être parce que j'étais fatigué, peut-être aussi un peu pour contredire Marcel, et surtout parce que je croyais Josée capable d'en prendre, je lui ai rapporté l'avertissement au sujet du jeune Massicotte. Elle m'a écouté tout au long, incrédule.

— J'en reviens pas ! C'est vraiment pas le genre de Marcel de se mêler des affaires des autres.

— Il dit peut-être la vérité : c'est parce qu'il est inquiet pour toi.

Josée est restée un moment silencieuse à se ronger l'ongle du pouce, lançant de temps à autre un regard de reproche vers le téléphone.

— Massicotte… Pourquoi est-ce qu'il t'en veut ?

— Je sais pas.

Je n'avais pas dit à Josée que Marcel croyait que je le savais, et que ça avait un lien avec Florent. Déjà que toute l'histoire n'avait pas de sens, la présence de Florent l'embrouillait encore plus. Qu'est-ce qu'il pouvait bien avoir à faire là-dedans, lui ?

— Vas-tu prévenir la police ?

— Si j'appelle la police, je vais être obligé de dire que Marcel a trahi le secret professionnel.

— Penses-tu vraiment que le jeune Massicotte peut être dangereux ?

— Je sais pas. Aux dernières nouvelles, il était encore à Rouyn. Si t'as peur, on peut charger la .22.

Elle a grimacé de dégoût.

— J'aime pas les fusils. Pourquoi on appelle pas la police ?

Je me suis adossé contre le mur du corridor : j'étais fatigué et la tension nerveuse me donnait mal à l'estomac.

— Écoute… Demain je vais appeler Mylène De-noncourt pour avoir le fin mot de l'histoire… Pour ce soir, j'aimerais juste une chose, me coucher, je suis en train de mourir debout.

Josée m'a enlacé et m'a serré fort. Je l'ai em-brassée, son haleine goûtait la bière, puis je l'ai gar-dée contre moi et lui ai assuré que tout allait bien se passer. Je tirerais ça au clair le lendemain et tout serait réglé.

— T'as raison, m'a dit Josée dans le creux de l'épaule. Essayons de penser à autre chose.

Nous sommes allés nous coucher. Profitant de ce que Josée était aux toilettes, j'ai sorti la .22 du placard sans faire de bruit. J'ai hésité : je ne devais pas la charger sans prévenir Josée. J'ai simplement placé la boîte de balles à côté de la carabine, de façon à pouvoir la charger même dans le noir, puis je suis retourné dans le lit. Josée est venue me rejoindre et s'est blottie dans mes bras, sans un mot. Elle a fini par s'endormir dans cette position, le souffle lent et profond, le battement régulier de son cœur contre ma poitrine, à peine perceptible, comme le frôlement d'une aile de papillon.

Le rêve que j'ai fait la nuit qui a suivi ma rencontre avec la vieille Baudard fait partie de ces rêves qui sont d'une clarté tellement frappante qu'il est difficile, des années plus tard, de les distinguer d'événements réels, surtout lorsque les événements en question laissent eux-mêmes un arrière-goût de rêve.

Nous étions au cinéma, Nadia et moi. Par moments, c'était un de ces cinémas où j'accompagnais souvent Nadia pendant nos études à Ottawa, à d'autres moments il s'agissait du petit cinéma de Ville-Marie, avec son aménagement intérieur art déco. Nous étions arrivés en retard à la représentation de *The Accused*, le film où Jodie Foster est victime d'un viol collectif. Dans la réalité je n'ai jamais vu le film – j'ai toujours fui les films ayant pour sujet le viol. Celui du rêve avait été reconstitué à l'aide des quelques séquences que j'avais vues dans les publicités et à la remise des Oscars. La scène du viol possédait la crudité d'un film porno, avec des gros plans sur le sexe des hommes qui pénétraient la victime. J'étais à la fois excité par la scène et honteux de mon excitation, sachant que le film était censé dénoncer le viol. Je me tournais vers Nadia, qui était devenue Josée, et je lui expliquais que c'était à cause de cette scène qu'un déséquilibré, amoureux fou de Jodie Foster, avait tiré sur Ronald Reagan. Mon opinion était qu'elle aurait dû y penser à deux fois avant de

tourner une scène aussi crue. Josée ne répondait
pas : elle avait l'air de trouver la scène dégoûtante.
Je lui demandais si elle voulait s'en aller, elle me
répondait qu'elle resterait si je restais. Le film se
poursuivait avec une discussion entre une enseignante et un policier. L'enseignante se plaignait du
fait qu'un homme louche, sur le bord du lac,
enseignait des obscénités terribles aux enfants. Le
policier lui demandait de répéter quelques-unes de
ces obscénités, mais l'enseignante se mettait à
pleurer, incapable de les prononcer. «Des obscénités terribles, terribles…», voilà tout ce qu'elle
réussissait à dire. La suite du rêve se déroulait sur le
quai de Ville-Marie, et je me retrouvais dans le
film ; Éric Massicotte s'approchait d'un homme
mystérieux assis au bord du quai, les pieds dans
l'eau et me tournant le dos ; il était vêtu comme un
obsédé sexuel de caricature, avec un grand par-
dessus noir et un chapeau qui cachait presque en-
tièrement ses cheveux graisseux. Je comprenais que
l'homme en question était l'esprit du lac, un murmure à peine audible expliquait que le monstre ne
pouvait pas encore quitter le lac parce qu'il n'y avait
eu que deux enfants sacrifiés, il ne pouvait qu'influencer de son souffle les passants qui s'approchaient suffisamment. L'homme s'était penché vers
Éric Massicotte et murmurait quelques paroles
basses et grondantes comme le ronronnement d'un
chat. L'autre écoutait, se tortillait sur place comme
un enfant qui a envie, son visage sale marqué d'une
expression de ferveur idiote.

Je me suis réveillé d'un coup, couvert de sueur
mais le cœur glacé. Wilfrid s'était couché contre
moi et ronronnait bruyamment tout en m'écrasant
la poitrine. Je l'ai poussé en dehors du lit et suis
resté dans la matrice noire de la chambre, inca-

pable de fuir les images du rêve, images que je ne voulais pas comprendre. Tout ce que je voulais, c'était retrouver le sommeil, et pendant un temps incalculable cela m'a semblé impossible.

Le lendemain, je me suis levé plus tôt que d'habitude, sans pouvoir dire si je m'étais rendormi ou non après le rêve avec Jodie Foster. Il faisait très chaud et collant : le bulletin de météo de sept heures annonçait de l'orage en après-midi. Wilfrid se frottait à mes jambes en miaulant. Je l'ai traité d'emmerdeur et l'ai menacé de lui faire passer la nuit dehors si jamais il revenait se coucher sur moi. Josée est apparue dans la cuisine, les cheveux aux quatre vents, les yeux rétrécis. Voyant que je ne lui donnais pas à manger, Wilfrid est allé lui tourner autour des jambes, miaulant comme s'il n'avait pas mangé depuis une semaine.

— J'ai rêvé toute la nuit, a dit Josée d'une voix encore pâteuse.

— Toi aussi ?

— J'ai rêvé à Marcel. J'étais de retour dans notre appartement de la rue Chartier. (Elle a frissonné.) C'était pas un beau rêve.

— Je sais pas ce que j'ai ces temps-ci, moi non plus j'arrête pas de rêver... Crisse, Wilfrid, la fermes-tu ta gueule ? On croirait que j'ai pas l'habitude de te nourrir, tabarnaque !

Wilfrid s'est assis près de la poubelle, boudeur mais silencieux.

— C'est à cause du téléphone d'hier, a dit Josée.

— Quoi ?

— Que j'ai rêvé à Marcel.

J'étais en train de remplir le bol de nourriture pour chat. Wilfrid était debout contre la poubelle et s'était remis à miauler de plus belle. Je lui ai donné son plat. Il a reniflé, a levé son museau en poussant un dernier petit miaulement, l'air de dire : « Juste ça ? » puis il a commencé à manger.

Pendant que Josée préparait le café, je m'étais assis à la table et je contemplais le lac à travers les minces bouleaux qui bordaient le terrain. Avec un certain étonnement, je me suis rendu compte que je n'avais presque pas fait de canot de l'été. Ce n'était certainement pas la bonne journée pour reprendre le temps perdu : l'air était chaud et le ciel presque blanc, une espèce de brume vaporeuse stagnait dans l'air. Par la moustiquaire, je sentais la chaleur lourde qui glissait en un courant d'air paresseux jusque dans la cuisine. L'orage pouvait éclater à tout moment, et malheur au canotier qui se ferait surprendre sur le lac quand le vent se lèverait. Qu'est-ce que le professeur Wabie avait dit la veille ? Que les brusques sautes d'humeur du lac étaient dues à Ungak qui se retournait dans son sommeil ?

— Allô ! T'es dans la lune ? a dit Josée en m'apportant mon café.

J'ai versé du lait et une cuillerée de sucre dans la tasse.

— Est-ce que je peux emprunter ton auto aujourd'hui ? J'irai pas travailler ce matin. J'ai des choses à régler.

— Ah !

Ma décision n'a pas semblé la surprendre tellement. Au bout de quelques secondes passées à boire notre café en silence, elle m'a demandé :

— Est-ce que ça a un lien avec l'appel que t'as reçu de Marcel hier ?

— Oui, d'une certaine façon. Mais c'est pas Marcel que je veux rencontrer. Ça devrait pas me prendre plus qu'une heure.

— Tu veux pas m'en dire plus ? a-t-elle demandé, l'air un peu peiné.

— Non.

— Tu sais que je suis pas du genre à t'achaler avec des questions.

— Je sais. Et je trouve ça parfait comme ça.

— C'est juste que… Si Marcel est mêlé à ça, ça veut dire que ça me concerne aussi, non ?

— Non, non… C'est des choses qui concernent mon… mon ancienne vie… On dirait qu'il y a des affaires pas réglées qui me rattrapent.

— Je voudrais bien t'aider, mais tu me dis rien…

J'ai pris Josée par la main.

— Je veux pas que tu m'aides, Josée, comprends-tu ? Je veux juste que tu sois là, c'est de ça que j'ai besoin, c'est de ça que je vais avoir besoin pendant un grand bout de temps, comprends-tu ? Tout ce que je sais, c'est que j'ai besoin de toi ici, j'ai besoin de toi pas juste dans le lit, pas juste pour baiser, mais pour prendre notre café le matin, pour écouter la télévision, pour marcher à la *job* ensemble…

Elle a essuyé une larme en riant.

— Maudit niaiseux… Pourquoi est-ce que ça nous a pris tant de temps à se dire qu'on s'aimait ? C'est ça, s'aimer. C'est vouloir être ensemble, c'est être bien dans les petites choses. Qu'est-ce que tu t'imaginais que c'était ? Comme au cinéma, tomber dans les bras l'un de l'autre avec de la musique de violon qui joue en arrière ?

Je me suis affaissé sur ma chaise.

— Je sais pas… C'est peut-être parce que j'ai jamais aimé personne, c'est pour ça que je m'en rends pas compte quand ça m'arrive.

— Voyons, Daniel. Ça se peut pas que tu aies jamais aimé quelqu'un. Tu peux pas avoir seulement des mauvais souvenirs de Nadia. Même moi, quand je me rappelle mes premières sorties avec Marcel, les jambes me faiblissent…

— T'as peut-être raison. Tout n'a pas été mauvais avec Nadia.

— Si moi je t'aime, elle devait bien t'aimer un peu elle aussi… a murmuré Josée en brossant les cheveux qui me tombaient sur le front.

— T'as peut-être raison…

Je l'ai regardée s'habiller, en vitesse parce qu'elle allait être en retard, puis nous nous sommes embrassés sur le pas de la porte, comme des jeunes mariés. Je l'ai suivie longtemps du regard, jusqu'à ce que la maison du vieil Adéodat la cache à ma vue ; je me rappelais cette première fois où je l'avais suivie jusqu'à la brasserie, l'observant dans son long manteau d'hiver mauve, à la fois amusé et un peu admiratif de la voir garder sa dignité de maîtresse d'école malgré le trottoir glacé qui se dérobait sous ses pas.

Je me suis habillé à mon tour, sans me presser. Je me suis demandé si ça valait la peine d'emporter un parapluie, mais j'ai jugé que je serais de retour au travail avant que l'orage éclate. Raoul ne m'en voudrait pas trop : il y avait longtemps que j'avais remis de l'ordre dans le boulot en retard accumulé pendant mon absence. Au moment de sortir de la maison, Wilfrid m'a filé entre les jambes et j'ai failli me casser la gueule. Dans un accès de colère aussitôt regretté, je lui ai balancé un coup de pied en le traitant de «con de chat». Heureusement, il filait trop vite et je n'ai fait que lui fouetter l'air là où il aurait dû avoir une queue. Il a continué sa course jusqu'à l'orée du boisé et, avec un dernier regard vers moi, a disparu dans les buissons.

— Arrange-toi pas pour te faire frapper !

J'ai cru entendre un miaulement en retour, mais peut-être s'agissait-il seulement de mon imagination.

* * *

Florent travaillait au service d'ingénierie de Ville-Marie. J'ai garé la voiture dans le stationnement du vieil hôtel de ville. J'ai regardé le ciel pour décider si je laissais les vitres de l'auto baissées. Pas encore de signe d'orage, le ciel était d'un gris très clair, scintillant, et à l'est le soleil du matin apparaissait comme une tache diffuse et éblouissante, douloureuse pour les yeux. J'ai laissé les vitres baissées, il n'était pas encore neuf heures et il faisait déjà chaud à mourir.

C'était plus confortable dans l'hôtel de ville climatisé. J'ai retrouvé mon chemin jusqu'au bureau de Florent, mais il y avait eu des rénovations depuis ma dernière visite : je suis arrivé dans une pièce occupée par deux jeunes femmes. Elles m'ont expliqué que le service de l'ingénierie avait été déménagé au deuxième étage.

J'ai monté l'escalier d'acier peint en gris et me suis retrouvé devant les bureaux de l'ingénierie. J'ai frappé doucement. Une voix féminine m'a dit d'entrer.

Une jeune femme coiffée de façon excentrique était assise derrière un petit bureau encombré. Je lui ai demandé si Florent Hébert était là.

— Avez-vous un rendez-vous ? a-t-elle demandé en hésitant, comme si elle n'était pas convaincue que ce fût la bonne question à poser dans ce genre de circonstance.

La porte qui donnait sur l'autre bureau s'est ouverte, laissant paraître Florent.

Tout sourire, un peu étonné de me voir, il m'a fait signe d'approcher.

— Entre, Daniel, entre… Si je m'attendais à te voir ici ce matin…

Il m'a montré une chaise face à son bureau, puis il s'est lui-même assis derrière ses piles de documents, de plans et de formulaires de réquisition.

— Qu'est-ce que je peux faire pour toi? Hé, veux-tu un café?

— Non, merci.

— Un Coke? Un *ginger ale*? J'ai les clés de la machine dans mes poches, j'ai juste à me servir.

— Non, Florent. Je veux pas te prendre trop de ton temps, j'ai juste deux ou trois questions à te poser.

Florent a arrêté de sourire en voyant mon sérieux. Il a tendu la main vers la porte, me demandant si je préférais qu'elle soit fermée. J'ai fait signe que oui. Il s'est levé et a fermé doucement la porte, puis il est retourné s'asseoir dans son fauteuil.

— Je t'écoute.

— Savais-tu que La Poche... qu'Éric Massicotte avait été interné à l'hôpital de Rouyn?

— Oui... J'en avais entendu parler.

— Sais-tu pourquoi?

Florent a fait un sourire un peu incrédule, un peu embarrassé.

— Parce qu'il est complètement capoté! Pour les détails, non... non, je sais pas...

— Paraîtrait qu'il veut me tuer.

Le visage de Florent n'a absolument pas bougé; il continuait de me fixer, un sourire ridicule sur le visage, comme s'il n'avait rien entendu et qu'il attendait toujours ma réponse.

— Et puis maintenant il s'est évadé de l'hôpital de Rouyn. Ça fait presque une semaine. Personne ne sait où il est.

Florent ne bougeait toujours pas, mais le sourire avait disparu et son teint pâle était devenu carrément blanc.

— Penses-tu qu'il est vraiment dangereux ?

— Comment te sentirais-tu s'il y avait un fou en liberté qui voulait te tuer ?

Florent a hoché la tête sans répondre.

— Écoute, Florent, il y a une chose qu'il faut que je te dise, quelque chose que j'ai dit à personne, quelque chose que j'ai réussi à cacher même à ma psychiatre. Tu te rappelles l'accident où je me suis rentré une tige de métal dans la tête ?

— Évidemment.

— J'en ai perdu des bouts, Florent, beaucoup plus que je te l'ai dit. Surtout les choses qui se sont passées dans les cinq ans avant l'accident. Crisse, Florent, quand j'ai vu arriver Nadia au Civic, juste après l'opération, je me rappelais même pas qu'elle était enceinte !

— Tes médecins s'en sont pas rendu compte ?

— Ils savaient que j'avais un peu perdu la mémoire, surtout les premières semaines, mais chaque fois que c'était possible, je m'arrangeais pour leur faire croire que je me souvenais de tout.

— Mais pourquoi ? Pourquoi t'as fait ça ?

— Essaie de comprendre… J'avais peur de perdre ma *job*, j'avais peur de ne pas pouvoir redevenir pompier volontaire si les médecins savaient à quel point j'étais amoché. J'ai appris à patiner et à dire aux gens ce qu'ils voulaient entendre. Moi-même j'ai été surpris que ça marche aussi bien que ça. Qu'est-ce que tu veux, je me rappelais mon nom, mon enfance, mes études – du moins aussi bien ou aussi mal que n'importe qui d'autre, j'ai l'impression. J'avais à peu près tout oublié de ma *job* de prof, mais quand je relisais mes notes de cours ça revenait. Il y a juste Nadia qui s'étonnait souvent que je me rappelle pas telle ou telle chose ; mais, avec le temps, j'ai réussi à remplir les vides.

J'écoutais quand les gens parlaient, quand Nadia
parlait avec sa sœur. Pis une fois qu'on a eu les
enfants, notre vie a changé de toute façon, et ce qui
s'était passé avant semblait pas plus important pour
Nadia que pour moi, ça fait qu'on s'en parlait pas.
Tout ça pour te dire… (Une pulsation de douleur
sur le côté de la tête m'a coupé la parole.) Tout ça
pour te demander si tu es au courant de ce qui s'est
passé entre le jeune Massicotte et moi.

Le visage de Florent s'est défait, il s'est laissé
aller contre le dossier de son fauteuil, la main sur le
front.

— *Fuck off*, a-t-il murmuré d'une voix rauque.
Je peux pas croire que tu te souviens pas de ça…

Le cœur s'est mis à me battre très fort, et chaque
battement était un poinçon rougi qu'on m'enfonçait
dans le côté de la tête. J'ai compris où Florent avait
voulu en venir l'autre soir chez moi, j'ai compris
que *quelque chose* s'était passé avec les Massicotte,
un souvenir qui était obligé d'emprunter le chemin
détourné des rêves pour émerger du gouffre de mon
amnésie.

— Qu'est-ce qui s'est passé, Florent ?

Il avait tourné la tête, comme si j'allais disparaître s'il refusait de me regarder.

— Qu'est-ce qui s'est passé avec le jeune Massicotte, Florent ? Je te jure que je m'en souviens pas.

— Je pensais… (Il continuait de regarder le plus
loin possible de moi.) Je pensais que t'avais compris
depuis longtemps…

Florent s'est brusquement tourné vers moi, ses
yeux doux enflammés de colère et de douleur.
C'est alors qu'il m'a raconté ce qui s'était produit,
et à chaque mot qui sortait de sa bouche je savais
que c'était la vérité, car à chaque mot, à chaque
phrase, le voile de mon amnésie se déchirait un peu

plus, laissant pénétrer la lumière sur une image perdue dans les profondeurs les plus sombres et les plus secrètes de ma mémoire.

Cela s'était passé à la fin d'août 1970. Depuis des années, ma mère était dépressive et ne sortait à peu près plus de la maison. Je n'avais pas encore dix-sept ans, mais il y avait longtemps que je m'étais habitué à mener ma vie comme je l'entendais. La seule chose que je n'avais pas osé faire, c'était d'abandonner l'école – à cette époque, ce n'était pas encore la mode. De plus, je savais qu'il n'y avait que deux moyens de quitter un jour ce maudit trou qu'était devenue Ville-Marie à mes yeux d'adolescent : travailler ou poursuivre mes études au cégep de Rouyn-Noranda. C'était le début des années 70, nous avions les cheveux longs et nous nous prenions pour des hippies : le travail, c'était une saloperie, une invention de la bourgeoisie pour exploiter le prolétariat. Je me tenais toujours avec Florent, mais au fil des mois j'avais incorporé à ma bande quelques gars comme Patrick Bourbeau et Léo Desormeaux. Comme tous les adolescents, nous étions un peu mêlés entre les idéaux contradictoires des hippies et des *gangs* de motards. Nous prônions souvent le *peace and love*, mais nous nous comportions comme se comportent toujours les jeunes qui se sentent mal dans leur peau et qui ne voient pas d'avenir devant eux, c'est-à-dire pas très bien.

Nous nous réunissions souvent dans un garage situé au bout de la rue Gervais : une vieille bâtisse abandonnée qui appartenait à l'oncle de Florent et qui nous permettait de fumer du pot, de placoter ou encore de ne rien faire dans une attente fébrile et désespérée, dans l'attente *qu'il se passe quelque chose*. Une fin d'après-midi, alors que nous

revenions tous les quatre du dépanneur avec une
caisse de Molson, nous sommes tombés sur la folle
à Lucie Massicotte qui fouillait dans *notre* cabane.
À l'époque, elle devait avoir trente ans et, avec ses
cheveux longs et ses vêtements tout croches, elle
avait à peu près l'air d'une hippie comme les
autres. Elle nous avait entendus approcher et ne
s'était pas sauvée. Peut-être qu'elle n'imaginait
pas que nous entrerions dans le garage. Il y a aussi
qu'elle était moins peureuse que maintenant. Sa
présence nous a excités, évidemment – elle avait la
réputation d'être une fille facile, qu'il suffisait de
faire boire pour lui voir écarter les jambes.

Léo bloquait la porte pour l'empêcher de se sauver, en criant : «*Whoa*, qu'essé que tu fais icitte,
toé?» Mais elle se contentait de rire de son air idiot
en essayant de le contourner, mais c'étaient nous
alors qui l'empêchions de passer. «Hé, Lucie, va-
t'en pas! Reste pis prend une bière avec nous
autres.» Elle disait «Non, non…», mais elle avait
beau sauter comme un moineau dans une cage, il y
en avait toujours un de nous pour l'attraper. Au
début c'était par un bras ou par une épaule, puis
rapidement c'est devenu plus commode de l'attraper par un sein ou les fesses. Je me suis laissé coin-
cer la main entre ses jambes, remontant, remontant
entre les cuisses serrées. Et elle ne se défendait pas
vraiment, nous nous en rendions bien compte, elle
riait, riait, hystérique. Le jeu qui a suivi, c'était de
lui «pogner la plotte». C'était difficile avec ses
grandes robes, il fallait qu'un d'entre nous la re-
tienne pour qu'un autre puisse atteindre la cible. Je
me souviens de l'avoir tenue pendant que Léo se
débattait avec sa jupe, je me souviens de ses bras
maigres, de ses cheveux emmêlés, de son odeur un
peu aigre. Je me souviens de tout…

L'un de nous a fini par lui enlever sa petite
culotte et par l'allonger sur le plancher, la jupe
relevée, révélant le triangle sombre au bas d'un
ventre pâle. Patrick s'est allongé sur elle, les
culottes baissées. Lucie Massicotte ne riait plus.
Elle se laissait faire, les yeux fermés, le visage
tourné de côté, les poings serrés contre son menton.
À coup de sacres et d'obscénités, Léo encourageait
Patrick, le visage rouge d'excitation. Je ne disais
rien, Florent non plus. Florent était près de la porte,
il ne regardait pas vraiment, il avait l'air de vouloir
s'en aller. Une fois que Patrick en a eu fini, ç'a été
mon tour. La Massicotte s'est laissé faire au début,
puis elle s'est plainte que ça ne lui tentait plus, que
ça lui faisait mal. Léo me criait de continuer, elle
allait nous passer tous les quatre : « C'est ça qu'a
veut la cochonne, c'est ça qu'a va avoir ! » Mais elle
se tortillait et me poussait : elle avait trop mal, elle
m'a proposé plutôt de me sucer. Sur le coup je n'ai
même pas compris de quoi elle voulait parler : je
m'imaginais grand connaisseur des choses du sexe,
mais je ne savais même pas qu'on pouvait se faire
sucer par une femme. Je me suis mis sur le dos,
surpris, un peu effrayé qu'elle me morde, un peu
dégoûté aussi. J'ai fermé les yeux jusqu'à ce que
l'orgasme vienne, ce qui n'a pas pris de temps.
Après c'était le tour de Léo, qui avait regardé tout
ça en se masturbant et en nous criant des encou-
ragements. La Massicotte s'est approchée à genoux
pour avaler le sexe dressé, mais Léo ne voulait pas
de ça, il voulait la pénétrer. Il essayait de l'allonger
sur le plancher, mais l'autre se débattait en disant :
« Non, ça fait mal. » Enragé, Léo l'a attrapé par son
épaisse tignasse mal peignée et l'a jetée par terre.
Elle lui donnait des coups de pied, lui la giflait, la
tirait par les cheveux. Il a fini par lui cogner le

visage contre un pied de l'établi, faisant tomber une poussière de rouille des vieux outils suspendus sous la table. Elle ne s'est plus défendue, elle est restée là à brailler, la bouche pleine de poussière de rouille, le nez pissant le sang. Florent s'est approché et a crié de la laisser tranquille. Léo nous a regardés, le visage congestionné, le pantalon baissé aux genoux. Là il a pris peur et a remonté son pantalon. Nous avons tous pris peur et nous avons sacré notre camp. Ç'a été notre dernière visite à la cabane : deux semaines plus tard, nous quittions tous les quatre Ville-Marie pour le cégep de Rouyn-Noranda, sans jamais reparler de cette histoire.

Deux mois plus tard avait lieu la crise d'Octobre, le Québec était sous le choc de l'imposition de la Loi des mesures de guerre.

Les gens de Ville-Marie étaient tous trop occupés par la situation politique pour s'intéresser à une pauvre folle qui courait les rues ; à cause de ses grandes robes, personne ne s'est rendu compte qu'elle grossissait de mois en mois – surtout qu'elle était maintenant farouche comme un chevreuil et ne laissait pas un homme l'approcher.

Florent s'est secoué, le visage blafard comme s'il avait été réveillé au milieu de la nuit.

— J'arrive pas à croire que tu aies pu oublier ça, surtout toi.

— Tu peux pas comprendre… C'est comme… C'est comme si tu me racontais un rêve que j'avais moi-même oublié. Peut-être que c'est parce que je voulais pas m'en souvenir…

— La folle à… Lucie Massicotte a accouché à la fin du printemps 1971, as-tu fait le calcul ? Je pensais que c'était évident pour tout le monde, la ressemblance… T'as pas des photos du temps où t'avais les cheveux longs ?

— Je comprends pas… Toi-même tu m'as dit qu'il y a juste Patrick qui… qui l'avait fait au complet…

Il a éclaté d'un rire strident, presque hystérique.

— Oui, c'est une chose que je comprenais pas moi non plus. Moi aussi j'étais bien sûr que c'était Patrick le père d'Éric. Mais tu l'as pénétré toi aussi, même si tu t'es retiré presque tout de suite. Ça suffit, Daniel : ouvre n'importe quel livre sur la sexualité, tu vas voir que je dis vrai. Quand je pense que ça nous a pris des mois, à Stéphanie et à moi, pour faire Jean-Luc !

Il continuait de rire, d'un rire embarrassé et hystérique, répétant et répétant encore, comme une machine détraquée, qu'il n'arrivait pas à croire que j'avais oublié, qu'il était désolé mais que c'était moi qui lui avais posé la question. Une pulsion de colère rouge sang me donnait le goût de lui écraser mon poing dans la face pour le faire taire. Mais c'est à peine si j'ai eu assez de force pour me lever de ma chaise. J'avais les mains tellement engourdies que j'ai eu de la difficulté à tourner la poignée de la porte. Je n'ai même pas salué Florent en quittant le bureau, et j'ai ignoré le regard interloqué de sa secrétaire.

* * *

Au poste de la SQ, Nadeau m'a écouté sans m'interrompre. Je ne me suis pas étendu sur tout ce que ma rencontre avec Florent avait rappelé à ma mémoire ; j'ai simplement dit qu'Éric Massicotte s'était évadé et que j'étais peut-être en danger. Son incrédulité était manifeste mais, au lieu de protester, il s'est emparé du téléphone et s'est renseigné. On lui a rapidement confirmé qu'il y

avait bel et bien eu un appel de la part du service
de psychiatrie du Centre hospitalier de Rouyn-
Noranda signalant qu'Éric Massicotte s'était
évadé, et qu'on ne l'avait pas retrouvé depuis.

— Qui t'a donné ce renseignement-là ? a demandé Nadeau en raccrochant, maintenant attentif.

— C'est une rumeur qui courait. Je suis venu
voir si c'était vrai.

— On le connaît bien, le jeune Massicotte.
Pourquoi est-ce qu'il voudrait te tuer ? Il a jamais
été violent.

— Si tu veux savoir, c'est quelqu'un d'ici, qui
travaille en psychiatrie, qui m'a prévenu personnellement.

— Qui ?

— C'est pas important.

— Une infirmière du Centre de santé ou de la
clinique ?

— Arrêtes-tu de jouer à la police avec moi ?
C'est pas ça qui est important !

— Simonac ! Tu me parleras pas de même,
entends-tu, pis tu viendras pas m'enseigner ma *job* !
Premièrement, je peux pas lancer mes gars à la recherche de Massicotte si le service de psychiatrie
de Rouyn nous avertit pas qu'il peut y avoir un
danger pour le public.

— Tu sais ben que ces maudits psychiatres-là
protègent toujours leurs patients !

Nadeau n'a pas répondu : lui aussi, c'est ce qu'il
pensait des psychiatres.

— Appelle Mylène Denoncourt, si tu penses
que je capote.

L'air excédé, Nadeau a composé le numéro du
Centre de santé.

— Le D^r Denoncourt, s'il vous plaît... Savez-
vous quand elle va être là ?... Auriez-vous son

numéro à la maison ?... Sergent Nadeau, de la Sûreté du Québec... C'est beau, allez-y... Merci...

Sans même me lancer un coup d'œil, il a composé l'autre numéro. Il lui a fallu discuter quelques instants avec un enfant qui ne semblait pas vouloir prévenir sa mère, puis, au bout d'un long silence, il a repris la conversation, s'excusant de la déranger à son domicile et lui résumant les raisons de son appel. Pendant un long moment Nadeau a écouté – sans comprendre les paroles, je reconnaissais la voix claire au bout du fil – puis il s'est penché en me tendant le combiné.

— Elle veut te parler.

Agacé, j'ai pris le combiné, les fesses sur le bout de ma chaise. Mylène Denoncourt n'avait pas l'air de bonne humeur.

— Daniel ? Qui t'a rapporté ces racontars au sujet d'Éric Massicotte ?

— Qu'est-ce que ça changerait ? C'est-tu vrai ou c'est pas vrai ?

— Je vois. (Le ton avait changé, un sentiment de sollicitude professionnelle enrobait maintenant chaque mot.) Normalement je suis en congé, mais je suis bien prête à te rencontrer à mon bureau pour que nous discutions de la situation...

— Je veux pas discuter, je veux que vous me répondiez !

— Je n'accepterai pas que tu me parles sur un ton aussi agressif, Daniel.

J'ai réussi à adopter le même ton professionnellement raisonnable pour lui répondre que la perspective de me faire attaquer par Éric Massicotte était suffisante pour me rendre agressif. À l'autre bout, j'ai nettement perçu une voix d'homme qui posait une question. Elle a répondu, juste quelques mots rendus inaudibles par la main contre le

combiné. Des enfants ont protesté ; elle leur a dit de
se taire et d'aller jouer dehors.

— Essaie de comprendre, Daniel, a-t-elle repris.
Éric Massicotte n'est plus sous la tutelle du Centre
de santé. C'est au service de psychiatrie de Rouyn
de signaler le cas à la police s'ils considèrent leur
patient dangereux, ce n'est pas à moi.

— Vous reconnaissez qu'il est dangereux ?

— Oui. (Une réponse brève, visiblement émise
à contrecœur.) C'est pour ça que nous l'avons
transféré à Rouyn.

— Pourquoi vous ne m'avez jamais dit qu'il
m'en voulait, Mylène ?

Nadeau écoutait la conversation, les sourcils
froncés, les bras croisés sur sa bedaine.

— Sais-tu pourquoi il t'en veut, Daniel ?

— Oui. Je crois que je le sais.

— J'espérais que tu aborderais le sujet lors de
nos rencontres. Mais tu n'as jamais manifesté la
moindre intention d'en parler. Ça m'a toujours
déçue, je dois te le dire.

Lui dire que c'était parce que je ne m'en souvenais pas aurait simplement compliqué la situation.
Je lui ai plutôt demandé si elle ne pouvait pas
appeler le service de psychiatrie de Rouyn et les
convaincre de confier cette affaire à la police.

— Je vais essayer, mais ne te fais pas trop
d'idées. Tous les médecins n'acceptent pas de se
faire dicter leur conduite par un collègue. J'aimerais
maintenant parler au sergent Nadeau, s'il te plaît…

Nadeau a repris le combiné et a écouté longue-
ment. Pendant qu'il écoutait, un homme en civil a
frappé doucement à la porte et est entré dans
le bureau. Nadeau lui a fait signe qu'il n'en avait
que pour cinq minutes. L'autre est sorti en me
saluant d'un hochement de la tête, comme s'il me

reconnaissait. J'ai eu alors l'impression d'avoir déjà vu ce visage rond et pâle, mais le déclic ne se faisait pas. S'agissait-il encore d'un effet de mon amnésie ? J'avais le sentiment que toute ma vie était une démarche à l'aveugle dans le brouillard de mes souvenirs. Et pourtant, avec quelle clarté je me souvenais du cri des enfants dans la camionnette qui s'enfonçait, avec quel réalisme l'odeur du manoir Bowman incendié me remontait à la gorge, avec quels détails me revenait l'image de la vieille Baudard, toute recroquevillée au bout de la grande table de pin, serrant contre son corps maigre sa couverture élimée.

Nadeau a raccroché et a poussé un long soupir.

— Écoute, Daniel… Je remplirai pas de papier officiel tant que Rouyn m'aura pas appelé. Je peux dire à mes gars de surveiller, mais je peux pas les mettre là-dessus à plein temps si le jeune Massicotte est pas déclaré dangereux. On a bien d'autres choses à faire.

— C'est beau, c'est beau… Je comprends…

— Rentre chez toi et arrête de t'inquiéter. La dernière fois qu'on l'a signalé, c'était il y a trois jours. Il se trouvait encore dans le bois autour de Rouyn, nu-pieds et en bedaine, il porte juste son pantalon d'hôpital.

Je me levais pour sortir lorsque le souvenir qui m'asticotait depuis l'apparition du policier dans le bureau de Nadeau s'est soudain cristallisé. J'ai ouvert la porte. Il attendait dans le couloir en feuilletant un document. C'était un des membres de l'escouade des crimes contre la personne de la Sûreté du Québec venu de Montréal pour enquêter sur le charnier du manoir Bowman. Lui aussi m'a reconnu :

— Bonjour, monsieur Verrier.

— Vous êtes Saint-Paul, c'est ça ? L'assistant du sergent Morin.

— Oui. Vous avez une bonne mémoire.

— Je croyais que vous étiez retourné à Montréal.

— Tu lis pas les journaux ? a demandé Nadeau en s'approchant.

Voyant sans doute ma perplexité, Saint-Paul a expliqué :

— Je suis revenu avec un mandat pour une fouille complète du manoir Bowman et du terrain avoisinant.

— Vous avez réussi à déchiffrer le contenu du carnet ? Vous perdez votre temps – les autres enfants assassinés ont été noyés, ce serait étonnant que vous retrouviez quelque chose trente ans après.

L'expression de surprise sur les visages de Nadeau et de Saint-Paul valait la peine d'être vue.

— T'es au courant de ça aussi ? a demandé Nadeau.

— Je suis au courant de trop de choses, c'est ça mon problème.

— T'as eu accès aux photocopies ?

— Oui. C'est M$^{me}$ Baudard, de la réserve, qui m'a traduit le contenu du carnet. Celle qui était censée dire n'importe quoi.

— Les photocopies du carnet ont été prêtées à un civil ? s'est étonné Saint-Paul sur un ton lourd de désapprobation.

— C'est King, un agent de la réserve, qui me les a demandées, a maugréé Nadeau, conscient que cette entorse au règlement allait lui retomber sur le nez. Je pensais que c'était fini, cette maudite histoire-là.

Après la fraîcheur du poste de la Sûreté du Québec, la chaleur humide du dehors m'a coupé les genoux. Je me suis assis au volant de la Colt en essayant de ne pas poser les avant-bras sur les accoudoirs de plastique brûlants de soleil. Nadeau m'avait répété de retourner chez moi et de ne pas m'en faire pour rien, mais une peur sourde m'envahissait, avec une lenteur inexorable, comme la montée de l'eau dans une fosse nouvellement creusée.

Ma main tremblait tellement que j'ai eu de la difficulté à insérer la clé de contact. Avec l'impression d'agir contre ma volonté, au lieu de tourner vers le sud pour me rendre à la Commission scolaire, j'ai continué jusqu'à la route 101 et pris plein nord, réalisant presque malgré moi que je me dirigeais vers la réserve amérindienne, chez la vieille Baudard. Qu'est-ce que j'allais lui dire, je n'en étais pas sûr moi-même. Il faisait trop chaud pour penser. Les fenêtres grandes ouvertes, le visage fouetté par les bourrasques d'un vent trop tiède, j'ai roulé jusqu'à Guigues, puis jusqu'à Notre-Dame-du-Nord, dans l'espoir que disparaisse l'écorce d'angoisse qui m'enserrait la poitrine et la gorge.

Sitôt arrivé dans la réserve algonquine, j'ai compris que quelque chose n'allait pas. Alors que les chiens se cachaient sous les escaliers ou se couchaient dans la vase pour fuir la chaleur, de nombreux résidents de la réserve étaient debout en plein soleil et discutaient en petits groupes de quatre ou cinq au bout des terrains; ils me suivaient d'un regard soupçonneux, devinant que cette voiture n'appartenait pas à un habitant de la réserve.

Un attroupement devant la cour de la vieille Baudard m'a forcé à m'arrêter. Une vingtaine de personnes entouraient une ambulance de l'Ontario et deux voitures de patrouille blanches de la police amérindienne. Un des policiers – ce n'était pas

André King – m'a fait signe de dégager le chemin.
J'ai reculé pour me stationner sur l'accotement,
mais le policier s'est approché comme je sortais de
la voiture, pas du tout content.

— *Get out of here, you're blocking the way!*

— Qu'est-ce qui se passe? *What's going on?*

— *Just go away, OK? It's nothing to you!*

— *I know Mrs. Baudard. Is something wrong?*

Une main lourde m'a agrippé l'épaule et je me
suis retrouvé face à deux jeunes Algonquins au
torse nu, l'expression moins qu'amicale sous leurs
casquettes et leur lunettes noires.

— T'es-tu sourd, le Français? m'a demandé le
plus gros des deux avec une haleine qui sentait
l'alcool. Le *cop* t'a dit de sacrer ton camp!

— *Yeah*, a renchéri l'autre avec un large sourire.
*This is a « no frog » area.*

— Je veux pas faire de troubles. Je veux juste
savoir ce qui se passe.

— Pis nous autres, on te dit que t'as pas d'affaire
à savoir ce qui se passe. C'est-tu clair?

Derrière le policier, qui laissait les deux jeunes
me harceler sans intervenir, s'approchait Hank
Wabie. Il a simplement fait signe au policier qu'il
prenait la situation en main et les deux jeunes se
sont écartés d'eux-mêmes en le voyant s'approcher. J'ai voulu le remercier, mais la présence des
deux jeunes Amérindiens m'avait énervé et je ne
me souvenais plus si Wabie parlait français ou
anglais. J'ai simplement demandé ce qui se passait.

Laconique, Wabie m'a dit que M^me Baudard
était morte.

— Quoi?

— *Yeah*! Tuée par un maniaque, a précisé le
jeune Algonquin qui parlait français. Paraît que
c'était pas beau à voir.

La porte de la maison s'est ouverte, livrant passage aux brancardiers qui transportaient une civière. Le visage de la victime était caché sous une couverture. Avec l'impassibilité caractéristique des Amérindiens, la petite foule a regardé les brancardiers glisser la civière dans l'ambulance, sans un mot. Le caporal André King suivait les brancardiers. Il avait l'air d'avoir chaud dans son uniforme de policier : son visage fermé ruisselait de sueur. Je me suis approché, écartant les badauds qui me regardaient avec des regards lourds, indéchiffrables, comme si je pouvais être responsable de la mort de la vieille.

— Caporal King !

Il m'a regardé avec une grimace – impossible de dire si c'était de me voir ou simplement à cause de la chaleur.

— Caporal King, vous me reconnaissez ?

Un lent hochement de tête.

— Que s'est-il passé ?

— M^me Baudard. Elle a été tuée.

— Par qui ? Quand ?

L'index dans le col de sa chemise, il a regardé l'ambulance qui se mettait en route.

— On sait pas qui encore. Un maniaque, c'est sûr – il lui a coupé les doigts et fermé la bouche avec des hameçons. Des gens ont vu rôder un gars tout nu la nuit passée, je sais pas s'il y a un rapport.

— Un gars *nu* ? Un Blanc, avec les cheveux longs ?

Il a hoché la tête, une étincelle d'intérêt dans ses yeux noirs.

— On sait pas si c'était un Blanc, c'était la nuit. Mais il avait les cheveux longs.

Hank Wabie, qui s'était approché, m'a demandé si je savais qui ça pouvait être. Mais un détail de ce que venait de me dire King s'est imposé avec force à mon esprit. La nuit passée. Si le gars nu était bien Éric Massicotte – et qui d'autre est-ce que ça pouvait être ! –, cela voulait dire qu'il était à Notre-Dame-du-Nord depuis une journée au moins, alors que Nadeau et la SQ croyaient qu'il était encore dans les environs de Rouyn-Noranda.

À ce moment, toute logique et toute tentative de rationalisation ont disparu, laissant à leur place la terrible sensation d'être coincé dans les rouages sanglants d'une mécanique infernale. Je ne pouvais pas croire que l'assassinat de la vieille Baudard avait été un hasard. Qu'avait dit King ? Que l'assassin lui avait coupé les doigts ? Comme Nuliajuk, l'esprit de la mer ? Qu'il lui avait cousu la bouche avec des hameçons ? Pour avoir trop parlé ? Comment Éric Massicotte aurait-il pu savoir que la vieille Baudard m'avait révélé les secrets de l'ancienne malédiction des Midewiwin ?

Malgré la chaleur étouffante de la cour sans ombre, la sueur qui me coulait dans le creux du dos était gluante et glacée. L'important n'était plus de croire ou de ne pas croire aux histoires de la vieille Baudard, l'important était d'arrêter Massicotte. J'ai demandé à King s'il avait prévenu la Sûreté du Québec. L'agent algonquin a fait une autre grimace.

— Pas encore. C'est pas leur juridiction. Ici c'est fédéral.

— Crisse ! C'est pas le temps de niaiser avec les chicanes de procédures. Faut que vous préveniez Nadeau le plus vite possible !

— C'est pas toé qui va me dire comment faire ma *job*, *right* ?

La seconde d'après, je marchais à grands pas vers l'auto car j'avais compris qu'il ne servait à rien de discuter, que je serais de retour à Ville-Marie avant qu'ils ne se soient décidés à prévenir la Sûreté du Québec.

L'auto de Josée était coincée par d'autres voitures. J'ai demandé aux personnes alentour si elles étaient les propriétaires des autos, mais elles se contentaient de hocher négativement la tête. En tournant les roues au maximum, j'ai réussi à m'avancer sur le terrain des voisins de la vieille Baudard, où j'ai failli rester empêtré dans le sol boueux. Les roues arrière patinaient et faisaient gicler un jet de terre et de gravier sur les automobiles qui m'emprisonnaient, mais j'ai fini par atteindre une partie du terrain plus solide et, sous le regard furieux du propriétaire, j'ai traversé le terrain jusqu'à la rue transversale et de là jusqu'à la route 101. Aussi vite que me le permettait la suspension fatiguée de la Colt, j'ai franchi le pont de la rivière des Quinze et foncé vers Ville-Marie.

J'ai regardé ma montre. Il était déjà trois heures et demie. Avec un peu de chance, j'arriverais à temps pour prendre Josée à la Commission scolaire et, de là, nous irions avertir Nadeau. Je me suis aperçu que je conduisais les mains crispées sur le volant, les fesses sur le bout de la banquette, le dos droit comme une planche. Je me suis laissé couler contre le dossier et j'ai ralenti un peu. Ça ne servait à rien d'écraser l'accélérateur : au-dessus de 110 kilomètres à l'heure, le volant vibrait à me sauter des mains.

En haut de la côte à Perreault, la vue portait loin sur la vallée de la Loutre, sur les eaux argentées du lac et, plus à l'ouest encore, jusqu'aux falaises ontariennes qui délimitent l'horizon. Au-dessus des falaises, en ce milieu d'après-midi, le ciel avait pris la teinte gris sombre et la texture rugueuse d'une

paroi de mine, avec l'occasionnelle veine d'or d'un
éclair. Je n'entendais pas encore le tonnerre –
c'était trop loin et le bruit du vent chaud par les
fenêtres ouvertes m'assourdissait. Dans le creux de
la vallée, le spectacle de l'orage a partiellement
disparu, seul le soleil poudreux et la dominante
couleur orange brûlée qui teintait le ciel à l'ouest
laissait pressentir sa venue. Passé Guigues, les
premiers amoncellements gris ont débordé par-
dessus le vert des collines et les premières bourrasques m'ont donné l'impression qu'elles allaient
arracher les tôles rouillées de la Colt. Au risque de
prendre le fossé, j'ai tendu le bras pour fermer la
fenêtre du côté du passager.

Les nuages d'orage ont éclipsé le soleil au
moment où j'apercevais Ville-Marie, transformant
les champs en un camaïeu d'ocres. J'entendais
maintenant les claquements sourds du tonnerre,
mais il ne pleuvait toujours pas. À travers un écran
de pluie lointaine, les piliers lézardés des éclairs
semblaient soutenir le plafond de nuages au-dessus
du lac, l'empêchant d'avancer.

J'avais eu le temps de changer d'idée en cours
de route : je n'irais pas chercher Josée à la Commission scolaire, je filerais directement à la maison
pour voir si elle n'était pas rentrée plus tôt que
prévu. Avec la .22 à portée de la main, nous irions
ensuite tous les deux avertir la SQ. Et si Josée
n'était pas encore à la maison, j'irais la prendre au
travail – de toute façon elle ne rentrerait sûrement
pas à pied par un temps pareil.

Au moment où je dépassais le panneau *Bienvenue à Ville-Marie – Attention à nos enfants*, les
premières grosses gouttes de pluie se sont abattues,
soufflées par des bourrasques tournoyantes. J'ai
mis en marche les essuie-glace et allumé les phares

– il faisait terriblement sombre tout à coup. La foudre est tombée tout près, aveuglante. Le coup de tonnerre a claqué comme une décharge de carabine, donnant le signal à la pluie, la vraie pluie, qui tombait plus vite que les essuie-glaces tordus de la Colt ne réussissaient à la chasser. Je ne roulais peut-être qu'à dix kilomètres à l'heure, mais même à cette vitesse c'était de la folie, car je ne voyais absolument rien devant moi. Entre deux bourrasques de pluie, je me suis rendu compte avec un frisson que j'avais passé les feux de circulation de la rue Sainte-Anne sans même m'arrêter : j'avais guetté une lumière rouge ou verte sans réaliser qu'une panne d'électricité avait dû survenir et que le seul feu rouge du Témiscamingue ne fonctionnait plus. J'ai continué, presque d'instinct, devinant à quel moment je devais aborder le tournant de la route 101. Comme si la visibilité n'était pas assez mauvaise comme ça, une épaisse buée se formait à l'intérieur du pare-brise.

Je roulais si lentement que je risquais de me faire heurter par l'arrière si quelqu'un d'autre était aussi fou que moi pour conduire. S'il m'était resté une graine de bon sens, je me serais rangé sur le côté du chemin, mais j'étais trop près de la maison pour arrêter là. J'ai ouvert ma fenêtre et j'ai conduit avec le visage à moitié sorti, assourdi par le tonnerre, giflé par la pluie, en faisant le décompte des maisons presque effacées par la pluie grise.

La longue bâtisse du motel Carole est apparue. C'était le temps de tourner. J'étais presque arrivé. Un toit rouge, presque noir dans la pénombre : la maison des Hautains. Une petite maison de planche, carrée comme un bloc d'enfant : la maison du vieil Adéodat. Là, la masse sombre derrière le voile de la pluie, c'était le boisé qui s'étendait jusqu'au

Vieux Fort. J'étais arrivé! Je n'avais qu'à tourner à droite. J'ai essayé de distinguer le bord du caniveau mais je recevais maintenant le vent de plein fouet et j'avais les yeux noyés de pluie. Peu importe, j'y étais, j'avais reconnu la forêt, j'étais juste devant ma maison.

Soudain, j'ai senti l'avant de la voiture qui basculait et, sous le plancher, un bruit affreux de ferraille s'est fait entendre. Une des roues avant avait raté l'entrée de la cour! Sacrant pour moi-même, j'ai fermé la fenêtre, je me suis laissé le temps de reprendre un peu mon souffle à l'abri de la pluie, puis j'ai ouvert la porte au moment où un pilier de feu s'abattait juste devant moi. Pendant une fraction de seconde, la maison et les arbres de la cour ont apparu en silhouette, puis un coup de tonnerre à vous faire dresser les cheveux sur la tête a secoué tout l'univers.

J'ai couru contre le vent et la pluie. J'ai bondi sur la galerie, essoufflé, et j'ai poussé la porte. Ce n'était pas fermé à clé. Je ne me rappelais plus si j'avais fermé à clé ou non – à la campagne, nous sommes moins vigilants pour ce genre de choses.

— Josée?

Josée n'était pas là. L'intérieur de la maison était chaud après la pluie du dehors, chaud et sombre, avec une odeur un peu fétide de litière à chat. J'ai essayé l'interrupteur : pas d'électricité. J'arrivais à me diriger, aidé par les flashs des éclairs. Avec un sentiment de soulagement un peu cruel, je me suis dit qu'Éric Massicotte, à poil au grand air, devait y goûter au même moment. Ce qui m'a ramené à la suite de mon programme – qui m'apparaissait soudain un peu excessif maintenant que je réalisais qu'il ne s'était rien passé de grave.

— Wilfrid?

J'avais supposé qu'il s'était caché sous un meuble, effrayé par le tonnerre ; puis je me suis rappelé qu'il s'était enfui dans le bois quand j'étais parti ce matin-là. Con de chat, il allait me revenir crotté comme une vieille vadrouille…

J'avais bien fait de ranger la carabine de façon à la trouver même en pleine nuit – il faisait noir dans le fond du placard. J'ai mis la main sur le chargeur déjà rempli ; à tâtons, je l'ai introduit dans la carabine. Comme c'était rassurant, le poids de l'arme, le bois lisse et tiède sous la main. Ce n'était qu'une .22, mais c'était suffisant pour blesser et même tuer. Suffisant pour faire peur, surtout.

Une série d'éclairs a illuminé le couloir, une lumière blanche et fugace, comme un miroir reflétant la lumière de la lune.

La maison tremblait comme la grosse caisse du batteur d'un groupe *heavy metal*.

La carabine pointée vers le plancher, j'ai longé le couloir menant à la cuisine. Je voulais téléphoner à la Commission scolaire pour avertir Josée que j'avais embourbé sa voiture dans le fossé et qu'il faudrait qu'elle se trouve quelqu'un pour la ramener. Encore des éclairs : ça n'avait pas l'air de vouloir se calmer.

J'ai décroché le téléphone : oui, ça fonctionnait. J'ai laissé sonner, au moins huit coups. J'allais raccrocher quand j'ai entendu annoncer : «Commission scolaire du lac Témiscamingue» sur un ton volontaire. C'était Raoul Trépanier, mon patron.

— Salut, Raoul. C'est Daniel.

— Ah ben… Salut, Daniel ! a répondu mon patron avec sa jovialité habituelle. Ya-tu du courant chez toi ? Parce qu'ici c'est noir comme dans la poche du diable !

— Non. J'ai pas d'électricité non plus.

— Ça m'étonne pas, avec les éclairs qui tombent. D'ailleurs, c'est pas censé être dangereux de téléphoner pendant un orage ?

— Je sais pas. Sérieusement, Raoul, voudrais-tu dire à Josée que je peux pas aller la chercher, j'ai embourbé son auto dans l'entrée de la cour.

— Mon pauvre Daniel, t'appelles un peu tard. Ça doit bien faire une heure que tout le monde est parti, ta blonde avec.

J'ai conservé mon calme.

— Sais-tu où elle allait ?

— Où t'es, là ?

— Chez moi.

— Ah ! Remarque, c'est Alice qui la raccompagnait, peut-être qu'elles sont allées magasiner.

— D'accord… Merci, Raoul…

— Daniel ?

— Oui.

— Ça va, toi ? T'as l'air sur le gros nerf.

— C'est rien. Je me suis fait prendre par l'orage. Je pensais que Josée serait ici.

— Viens-tu travailler demain ?

— Oui, oui… Sûr…

— À demain, d'abord…

— C'est ça, Raoul, à demain…

J'ai raccroché. Éclair. Tonnerre. J'avais l'impression que la pluie frappait moins dru contre les vitres. Je suis resté un moment debout dans la pénombre de la cuisine. Peut-être était-ce à cause de ma sensibilité exacerbée du moment, j'avais l'impression que l'odeur de renfermé n'avait jamais été aussi forte dans la maison. C'était un fumet subtil, une odeur douceureuse, sucrée, animale… qui ne provenait pas de la litière, dans la cuisine, mais plutôt du corridor. J'ai essayé de suivre l'odeur à la trace, mais à faire trop d'efforts pour la percevoir, je l'ai

perdue, voilée par les effluves rêches de la poussière
et ceux, plus caustiques, du cirage à chaussure. Puis
l'odeur est réapparue : j'avais l'impression qu'elle
parvenait du deuxième étage. L'odeur ne m'était
pas inconnue, mais ma mémoire refusait de faire le
lien – essayait-elle de me ramener à un autre
épisode oublié de mon adolescence ?

— Josée ? Es-tu en haut ?

Je n'avais pas osé parler trop fort. La carabine
dans la main droite, je suis monté à l'étage, me
trouvant ridicule même si le cœur me battait dans la
poitrine. On ne voyait pas grand-chose dans le petit
corridor assombri. Les trois portes étaient fermées :
celles des chambres des enfants (je les appelais
encore les «chambres des enfants») et la porte de
mon bureau. Au moment où je mettais le pied sur le
tapis du plancher, la lumière de la cage d'escalier
s'est allumée, me faisant sursauter. Comme si la
surprise avait activé quelque chose dans mon esprit,
j'ai reconnu l'odeur, nettement perceptible maintenant. C'était une odeur de boucherie. Une odeur
de sang.

J'ai ouvert la porte de mon bureau. La table de
travail avait été renversée, les étagères de la bibliothèque arrachées du mur. Mes livres et mes notes,
éclaboussés de sang, couvraient le plancher. Ses viscères sanglants pendant jusque sur la machine à
écrire jetée par terre, Wilfrid était suspendu au
luminaire par un hameçon qui lui traversait la joue.
Seule sa tête avait gardé sa fourrure rayée de jaune.
Plus que le spectacle, c'est l'odeur qui m'a donné
envie de vomir. Je n'osais pas allumer, de peur
que le luminaire à demi arraché ne produise un
court-circuit. La lumière de l'ampoule du corridor et
la lumière grise du dehors étaient bien suffisantes
pour distinguer des traces de pieds nus, qui

n'apparaissaient rouges qu'au moment d'un éclair.
La piste sanglante quittait mon bureau et disparaissait sur le tapis vert foncé du couloir. L'électricité a
encore manqué, pour revenir aussitôt. D'une main
tremblante, j'ai retiré le cran de sûreté de la .22 et
j'ai descendu l'escalier, la carabine pointée droit
devant, un doigt engourdi sur la détente. Il n'y avait
personne dans le corridor. J'ai couru jusqu'à la porte
d'entrée et je suis resté là à réfléchir furieusement,
le dos contre le mur, la respiration sifflante et
douloureuse. Si Éric Massicotte avait été dans la
maison, il aurait pu me sauter dessus depuis
longtemps. Mais c'était prêter un raisonnement
logique à quelqu'un de complètement fou. Il était
peut-être encore en haut dans une des chambres des
enfants, ou au rez-de-chaussée, dans notre propre
chambre, dans un placard, dans le sous-sol, derrière
le divan… Non, ce n'était pas le moment de jouer
les héros. De toute façon, j'en aurais été incapable,
j'avais peur à en pisser. J'étais paralysé par
l'indécision : une partie de mon esprit me criait de
fuir, l'autre voulait que j'avertisse la police. Mais je
n'arrivais même pas à rassembler assez de courage
pour retourner à la cuisine téléphoner.

C'est l'instinct de fuite qui a pris le dessus. J'ai
tourné la poignée ; une violente bourrasque m'a
refermé la porte en plein visage. En jurant et en
gémissant de douleur, je suis sorti. Il pleuvait encore très fort, le vent rabattait la pluie jusque dans
la maison, mais les éclairs étaient plus rares et plus
lointains. Je n'avais qu'à courir jusque chez mon
voisin, le vieil Adéodat, en priant qu'il n'ait pas
une crise cardiaque en me voyant avec ma carabine. Ensuite téléphoner à la SQ et surtout, surtout,
surveiller la route au cas où Alice ramènerait Josée
à la maison.

J'allais me mettre à courir lorsqu'une brève accalmie m'a permis d'apercevoir sur le lac, peut-être à dix mètres de la rive, un canot sans passagers, mon canot, à la dérive, secoué de façon anarchique par les vagues. Si cela n'avait pas attiré mon attention, je n'aurais jamais remarqué, plus loin près de la pointe, presque invisible derrière le rideau grisâtre de la pluie, un autre canot. Dans celui-là, quelqu'un pagayait. Le cœur au bord des lèvres, comme si dans mes tripes j'avais tout de suite compris ce que mon esprit conscient refusait d'admettre, j'ai couru jusqu'à la berge du lac.

Au beau milieu du quai, couché sur le flanc comme un animal écrasé, gisait un des souliers de Josée. J'ai hurlé à me faire mal à la gorge, mais le pagayeur était trop loin pour m'entendre, et le canot a disparu derrière la pointe sud de la baie de Ville-Marie.

L'hiver précédent, j'avais ressenti cette effroyable sensation de totale impuissance en regardant une petite tuque rouge coincée entre deux blocs de glace. Comme cette fois-là, je suis resté longtemps immobile, le corps anesthésié, sauf à la tête, là où le pouls battait douloureusement. J'étais incapable d'agir car choisir une action aurait fait éclater l'illusion que cela ne pouvait être qu'un cauchemar. Cependant, la pluie me coulait dans les yeux, le vent me giflait la figure, le tonnerre me secouait au creux de l'estomac et il m'a fallu admettre qu'il ne s'agissait plus d'un rêve, qu'il s'agissait de la réalité.

Ma première impulsion a été de me jeter à l'eau pour récupérer mon canot. J'ai aussitôt décidé que ce serait trop long et risqué. Ce n'était pas une réflexion organisée mais une certitude instantanée, un calcul brut et instinctif : il aurait fallu laisser mon fusil sur le quai, atteindre mon canot en nageant contre la vague, le ramener, aller chercher une rame dans le cabanon et me lancer ensuite à la poursuite d'un canot qui avait plus de trois cents mètres d'avance. J'ai également écarté l'idée d'aller prévenir la police chez mon voisin : c'était trop long, alors qu'Éric Massicotte et Josée étaient là, juste devant moi, à peine cachés par les massifs de pins gris de la pointe rocheuse. Je n'avais vu personne d'autre dans le canot, je n'avais pas vraiment reconnu Éric Massicotte dans la silhouette sombre qui pagayait avec vigueur, mais j'avais compris à la seconde où j'avais aperçu le canot, avant même de trouver le soulier sur le quai, que ce ne pouvait être qu'Éric Massicotte, tout comme j'avais compris que Josée n'était pas en train de magasiner avec Alice mais qu'elle était allongée dans le canot, ligotée ou assommée. Ou morte.

Non, il n'y avait qu'un moyen rapide de les rattraper, c'était de couper par la pointe, à travers la forêt, jusqu'à la baie des Sables, en priant pour que Massicotte n'ait pas carrément pris le large. Mais avec un vent pareil, la vague au large de la baie de Ville-Marie pouvait facilement atteindre un mètre et demi, et même un fou comme Massicotte préférerait longer la rive.

J'ai vérifié une dernière fois si la .22 était bien chargée et je me suis lancé à travers le bois.

La forêt qui couvre la pointe sud de la baie de Ville-Marie est parcourue d'une multitude de pistes qui servent à la motoneige et au ski de fond, en hiver, et à la promenade à pied ou à cheval, en été. Une de ces pistes passait tout près de chez moi. J'ai traversé un bout de forêt non entretenue, trébuchant sur les souches pourries, écartant des branches ruisselantes d'eau froide et j'ai atteint la piste, un sentier étroit et peu utilisé. Je me suis mis à courir, le fusil tenu à la verticale devant moi pour éviter de recevoir les branches dans la figure. Il n'y avait pas de vent dans la forêt, seulement la pluie qui tombait droit, en grosses gouttes qui débordaient des feuilles de trembles ou glissaient au bout des longues aiguilles des pins blancs. Il faisait sombre, comme si la nuit tombait. La lumière des éclairs ne réussissait pas à s'infiltrer jusqu'au sous-bois, même le grondement profond du tonnerre semblait lointain. Il ne restait que le bruissement de la pluie, et le bruit de succion de mes pas sur le sol détrempé, et mon souffle.

La piste que je suivais me ramenait vers Ville-Marie, je l'ai abandonnée pour une piste encore plus étroite qui filait jusqu'au bout de la pointe. J'ai couru, couru… Soudain une douleur fulgurante a traversé mon pied droit et m'est remontée jusqu'au cœur. Je me suis arrêté, en pestant et en boitant, pour essayer de voir parmi le fatras de branches sèches sur quoi j'avais marché. J'ai reconnu une branche d'aubépine, garnie d'aiguilles effilées assez longues et assez solides pour crever un pneu d'auto. J'ai serré les dents en sacrant contre ceux qui avaient tracé cette piste à proximité d'un buisson d'aubépines et j'ai continué de courir en boitant.

La piste se mettait à descendre et devenait glaiseuse. Encombré de mon fusil, j'ai glissé sur le derrière dans la vase. Je me suis relevé mais je gémissais de douleur chaque fois que la plante de mon pied blessé devait s'appuyer sur une racine. Une partie du lac apparaissait entre les troncs luisants des trembles et les branches sombres des sapins. Je me suis arrêté pour tâcher de me réorienter. J'étais trempé et je claquais des dents. J'ai cru voir un mouvement sur le lac mais ce n'était qu'un écureuil qui courait sur une branche. J'ai dû lutter contre l'impulsion folle d'épauler la .22 et d'abattre l'écureuil. Je commençais à me traiter d'idiot de courir comme un dératé dans la forêt : j'avais perdu la trace du canot, j'avais perdu mon temps, j'aurais dû aller avertir la police, finalement. Je me disais que Josée mourrait par ma faute, tout comme Sébastien et Marie-Émilie étaient morts par ma faute, tout comme la vieille Baudard était morte par ma faute.

Une pensée m'a enveloppé, froide comme un linceul de glace. Et si la vieille Baudard avait dit vrai? Si je risquais réellement d'éveiller Ungak en tuant mon troisième enfant dans le lac? «Le lac vous trompera, ne sentez-vous pas que ça a déjà commencé?» avait crié la vieille Algonquine cette fois où j'avais fui sa maison, incapable d'en entendre plus. Elle avait raison : toute ma vie, le lac m'avait trompé. Depuis son réveil partiel à la suite des incantations de Bowman, Ungak avait surveillé patiemment les agissements des hommes, à l'affût de la moindre occasion. Peut-être pouvait-il parfois, par-delà la surface du lac, intervenir dans le cours des événements, s'insinuer dans le tissu des rêves, influencer les esprits faibles. Et qui pouvait juger de son pouvoir sous les flots? Était-ce lui qui avait fait surgir une nouvelle source près de la pointe au Vin? Depuis quand me guettait-il? Depuis la mort des enfants? La noyade de Sébastien et de Marie-Émilie l'avait presque libéré, seule la surface du lac lui faisait encore barrière. J'aurais d'ailleurs dû me noyer aussi cette fois-là, mais il avait encore besoin de moi : c'est lui qui m'avait attrapé lorsque je m'étais assommé sous la glace et qui m'avait tiré à l'air libre. Il me surveillait donc déjà. Il me surveillait depuis beaucoup plus tôt, depuis le viol de Lucie Massicotte peut-être. Ou depuis l'incendie de la Commission scolaire, quand la tige d'acier m'avait traversé le crâne. Les Amérindiens respectaient tout particulièrement le guerrier qui survivait à un péril habituellement mortel : on le croyait béni des dieux. C'était un élu. J'étais l'élu d'un dieu, un dieu des ténèbres et des glaces, un dieu devenu fou par des millénaires d'emprisonnement dans un abîme de granit fissuré. Un dieu devenu monstre, et qui ne voulait qu'une

chose, sortir et se venger des hommes. Un dieu
dont j'étais devenu l'instrument.

Alors qu'est-ce que je faisais là avec une carabine ? Je ne pouvais quand même pas tirer sur Éric
Massicotte. Une soudaine envie de faire pivoter
la .22 et de me tirer une balle dans la tête m'a
submergé : voilà qui réglerait le problème de la
malédiction du lac, et qui, par la même occasion,
débarrasserait le monde de ma triste personne. Tout
le monde y gagnerait, et moi le premier !

— Tu y es presque, papa. Regarde !

À cinq mètres devant moi, Marie-Émilie et
Sébastien me regardaient, debout entre deux bouleaux morts. Ils avaient les mêmes vêtements que
lors de l'accident : Marie-Émilie portait son manteau
de ski bleu et blanc et Sébastien était coiffé de sa
tuque rouge. Je me suis dit stupidement que
Sébastien ne pouvait pas avoir sa tuque rouge
puisque celle-ci avait été récupérée par les sauve-
teurs la journée même de l'accident ; mais je n'ai
réussi qu'à émettre un gloussement, un rire d'horreur
devant la situation.

Marie-Émilie ne s'est pas offusquée de ma réaction. Elle s'est contentée de pointer le doigt vers le
lac.

— Abandonne pas. Ils sont juste dessous.

Elle n'avait pas ouvert la bouche. C'était la forêt
qui parlait. Le souffle du vent entre les feuilles, les
éclaboussures de la pluie sur le sol moussu et les
craquements des brindilles sous mes pieds s'har-
monisaient pour reproduire les inflexions de la
voix de Marie-Émilie, une voix anémiée et lointaine comme le gémissement d'un huard dans
la brume. J'ai regardé dans la direction indiquée.
Plus bas – je surplombais le lac d'environ dix
mètres – un canot est apparu à travers les branches

entremêlées, laissant entrevoir un pagayeur qui
luttait énergiquement contre la vague et une
silhouette allongée dans le fond de l'embarcation.
Je me suis retourné vers les enfants.

Il n'y avait personne entre les deux bouleaux
morts. Il n'y avait que les troncs d'arbres, noirs dans
la pénombre, et le bruit des gouttes d'eau, et le grondement du tonnerre, lointain maintenant, comme le
souvenir d'un orage.

J'ai quitté la piste et je me suis laissé glisser là où
la pente était la plus raide, indifférent aux griffures
et aux morsures des branches de sapins et d'épinettes. Le lac était tout près, le lapement des vagues
contre la berge me guidait quand les arbres m'aveu-
glaient. Cent fois des branches ont repoussé
le canon de la carabine vers mon visage ou mes
jambes, mais j'avais abandonné toute prudence
depuis longtemps.

Le plafond de branches s'est effacé au profit du
ciel gris ; sous mes pieds la glaise et la mousse ont
fait place à la roche. J'avais espéré me trouver une
cachette pour guetter Éric Massicotte, mais j'ai
émergé complètement à découvert sur une pente de
granit rouge luisante de pluie, aux crevasses regor-
geant de plants de bleuets.

Juste à ce moment le canot passait. Moins de
quinze mètres nous séparaient. Si je n'avais pas été
convaincu qu'il s'agissait d'Éric Massicotte, je ne
suis pas sûr que j'aurais reconnu la… *la créature*
qui me rendait mon regard à ce moment-là. Il était
nu. Ses longs cheveux bruns pendaient en mèches
détrempées, ses joues marquées de stries noires
et rouges étaient couvertes d'une barbe rare. Ses
épaules étaient brûlées de soleil, une rangée d'hameçons lui transperçaient la peau de la poitrine, toutes
sortes d'hameçons, des mouches, des cuillères, ou

simplement des petits hameçons en acier noirci qui disparaissaient presque sous les boursouflures de peau infectée. Autour de son bras droit était noué un chiffon de fourrure sanguinolente. Avec un choc, j'ai reconnu la peau de Wilfrid.

Je ne distinguais plus ce qu'il y avait dans le fond du canot. Le pagayeur a soulevé sa rame… sans la ramener dans l'eau, son regard fixé sur moi, les dents découvertes en un rictus sauvage.

Je lui ai pointé la carabine au visage. D'une voix éraillée, je lui ai hurlé de s'arrêter.

Éric Massicotte n'a pas discuté mon ordre. Il est resté là, la rame à la main, le visage semblable à un masque de folie et de jubilation, son regard fixé sur le mien malgré les mouvements désordonnés du canot soulevé par la vague. Il n'avait pas l'air d'avoir peur de ma carabine ; cela semblait plutôt l'amuser. Une oscillation plus prononcée du canot m'a permis d'apercevoir, au fond de l'embarcation, une épaule et un bras nu.

— Josée ! Josée, m'entends-tu ?

— Daniel !

J'ai cru que le cœur m'éclaterait. Le cri avait émergé du canot, moins un cri qu'un sanglot épuisé.

— Josée ! Aie pas peur, j'suis là, j'suis là !

Je me suis approché encore davantage, jusqu'à ce que les vagues viennent m'éclabousser les pieds, les dents serrées à faire mal, la carabine toujours pointée sur la poitrine d'Éric Massicotte, directement sur la rangée d'hameçons.

— Éric ! Maintenant tu vas t'approcher tranquillement d'ici ou bien je te tire, crisse de tabarnaque, t'es aussi bien de pas me niaiser, je te jure que je te tire !

Sans cesser de me regarder, en un geste presque nonchalant, il a laissé tomber sa rame dans l'eau.

— Oupse! a-t-il dit en prenant son air le plus stupide. Comment j'vas faire maintenant?

— Arrête de me niaiser! Rame avec la main! Pis dépêche-toi, m'entends-tu?

— J't'entends. Chus pas sourd.

Pourtant il ne faisait aucun geste pour ramer. Il me regardait toujours, maintenant comme par réflexe l'équilibre de son canot qui s'était mis en travers des vagues. Tranquillement, le canot s'éloignait vers le large, à la dérive.

— Je vais tirer pis aller chercher le canot moi-même si tu te grouilles pas!

— Qu'est-ce que t'attends, *popa*? Tire! As-tu peur?

Deux silhouettes d'enfants embrouillées par le flux et le reflux des vagues apparaissaient sous la surface, juste à mes pieds.

— Tire, papa! a crié Marie-Émilie.

— Tire avec le fusil, papa! a renchéri Sébastien en essuyant un filet de morve.

— Taisez-vous! ai-je hurlé aux vagues grises qui battaient la roche. Vous êtes pas mes enfants! Ils sont morts!

Marie-Émilie hochait la tête avec son petit air obstiné.

— Faut pas écouter ce qu'a dit la vieille M^me Baudard, papa. Le lac a été gentil avec Sébastien et moi. On est bien ici.

— On joue avec les poissons, a dit Sébastien.

— M^me Baudard a dit des mensonges. Le lac l'a punie.

— Y faut pas dire des mensonges. C'est très… très vilain.

J'ai donné un coup de pied dans les vagues et failli glisser sur la roche détrempée.

— Taisez-vous! *Taisez-vous!*

J'ai reporté mon attention sur le canot qui continuait de s'éloigner tranquillement.

— Rapproche-toi ! Je t'ai dit de te rapprocher !

— J'peux pas. J'ai pus de rame.

J'ai placé la .22 contre mon épaule et visé le bout du canot pour le percer d'une balle. Impossible, le canot montait et tournait dans la vague, et j'étais trempé et je tremblais, et le canon de la carabine oscillait tellement que j'avais peur d'atteindre une partie du canot où était allongée Josée.

Éric s'est mépris sur mon hésitation.

— Qu'essé qui se passe, popa ? T'es pas capable ? T'es pas capable de tirer ? À part fourrer ma mère, t'es pas capable de grand-chose, hein, popa ?

Raide comme un jouet à ressort, il s'est penché dans le canot et a soulevé Josée par le col de son chemisier. Elle avait les cheveux plaqués sur le front, les lèvres ensanglantées malgré la pluie qui lui tombait dessus depuis tout à l'heure. Elle s'arquait douloureusement vers l'arrière : elle devait avoir les mains attachées dans le dos. Son regard était vitreux : je n'étais pas sûr qu'elle m'eût aperçu. Sa bouche a formé le mot « Daniel », mais le murmure n'a pas traversé le bruit du vent et des vagues.

Un couteau avait surgi dans la main d'Éric : un long couteau de chasse qui luisait dans le jour gris. Sans me quitter des yeux, un sourire dévoilant ses dents cariées, il a posé le fil du couteau contre le cou de Josée.

— Pis là, popa ? Es-tu capable de tirer ?

Éric Massicotte a tranché d'un coup, vif comme un spasme. Une incision béait, irréelle, sous la mâchoire de Josée. Le coup de feu est parti de lui-même, un son presque insignifiant dans la vaste étendue de la baie. Un petit trou rond est apparu dans la poitrine d'Éric, juste au-dessus d'une plaie d'hameçon. Il a lâché le couteau, par réflexe. Les dents serrées, les yeux révulsés, un flot de sang jaillissant de sa blessure, Josée s'est courbée vers l'arrière.

Le canot a basculé.

J'étais déjà dans l'eau froide, nageant avec une vigueur désespérée, plongeant et replongeant dans la vague qui voulait me repousser. Juste avant d'atteindre le canot renversé, j'ai plongé dessous, frappant à pleine tête un corps flasque et ma main s'est refermée sur un bras ligoté. Je suis remonté en tirant le bras et j'ai atteint la surface où j'ai respiré un grand coup, avalant de l'eau, toussant et crachant sans arrêter de tirer Josée ; j'ai pris sa tête et l'ai sortie de l'eau.

Josée était complètement inerte, son visage était exsangue, les yeux à demi fermés, l'horrible blessure à son cou teintait l'eau de rouge. Je voulais lui hurler de tenir bon, mais je ne réussissais qu'à tousser et à pleurer, j'avais peine à reprendre ma respiration. En essayant maladroitement de refermer la plaie à sa gorge avec une pression de la main, j'ai réussi à la transporter jusqu'à la berge. Je me suis effondré sur le granit, le corps encore dans l'eau, toussant à m'arracher les poumons. Josée ne toussait pas, ne se débattait pas. Elle restait là, le corps battu par la vague, la tête frappant mollement la pierre. J'ai finalement réussi à la sortir de l'eau pour l'allonger sur le granit où elle est restée inerte, son chemisier englué de vase, les coudes et les genoux éraflés, les poignets toujours attachés dans le dos avec du fil à pêche, serré à lui couper la peau, à lui bleuir les mains. En tremblant et en gémissant, je lui ai pris la tête à deux mains et j'ai tenté le bouche à bouche. J'ai embrassé une dernière fois ses lèvres glacées. J'ai soufflé. Avec un atroce bruit d'écoulement, une épaisse mousse ensanglantée est sortie par l'incision sans même lui gonfler les poumons.

Je me suis effondré à côté du corps de Josée, les poings crispés de douleur, et j'ai répété son nom en gémissant.

Soudain, dans la nuit de mon chagrin, un soleil de rage a explosé. Je me suis redressé, face au lac.

Il avait changé.

La pluie avait cessé. Le vent était tombé, les vagues avaient disparu, comme si le lac Témiscamingue s'était épuisé. Tout était sombre tout à coup. Pas le gris de l'orage, pas la clarté bleue du matin ou le rosé du soir. Non, c'était une obscurité qui n'était pas naturelle, comme le passage d'une éclipse. La surface du lac était noire et pourtant lisse, le canot renversé et les boursouflures grises des nuages y miroitaient avec une clarté irréelle. Mais *quelque chose* grouillait lentement sous la surface, comme une masse de vers ou de viscères agitée de spasmes, quelque chose de noir, quelque chose d'ancien, d'aussi ancien que la roche qui contenait le lac.

*Enfin*! semblait soupirer le lac.

Hurlant de rage, j'ai plongé. Comme dans le rêve survenu chez Florent et Stéphanie, je fendais une eau limpide comme le cristal. Sous moi le fond du lac apparaissait avec une clarté parfaite ; le granit s'affaissait en profondes marches rocheuses qui menaient à une vallée de glaise à travers laquelle perçaient des pointes de granit, arrondies et fissurées comme des dents de vieillard. À travers ces pointes de roches étaient allongés deux squelettes d'enfants, encore habillés de leurs vêtements d'hiver. Entre eux et moi, flottant en pleine eau, élégant comme un danseur de ballet filmé au ralenti, Éric Massicotte coulait, les yeux fermés.

Une gracieuse spirale, comme un filet de fumée rose pâle, prenait naissance dans la blessure de sa poitrine.

*Non*! ai-je voulu crier de toutes mes forces. *Tu le fais exprès, Éric, tu pourrais te débattre!*

*Trop tard...* soufflait la forme noire à travers laquelle je distinguais la lente reptation des vers.

*Il n'est pas encore mort!*

J'ai plongé vers Éric, nageant avec désespoir vers le corps inerte. La main tendue, j'ai réussi à attraper un poignet glacé et je me suis mis à le remonter.

*Trop tard pour les regrets, sorcier*, me reprochait la forme noire avec hauteur, comme on admoneste un enfant.

*Je ne suis pas un sorcier!*

*Tu m'as libéré, c'est ce qui importe.*

*Non! Il n'est pas mort!*

Je nageais vers la surface lointaine, traînant le corps lourd d'Éric.

Dans le premier rêve, j'étais resté longtemps au fond du lac sans avoir besoin de respirer. Dans ce rêve-ci, un sifflement tintait à mes oreilles et ma poitrine voulait éclater. Des bulles s'échappaient des commissures de mes lèvres, mes poumons insistaient douloureusement pour aspirer, n'importe quoi, de l'eau s'il le fallait, mais ma bouche s'y refusait toujours.

Pour la seconde fois, ma tête a émergé. Traîner Josée m'avait épuisé et j'étais à bout de souffle. Je battais l'eau froide d'une main molle, mais j'étais incapable de soulever le visage d'Éric hors de l'eau sans couler moi-même. Avec l'impression qu'à chaque seconde j'allais flancher et me noyer, j'ai traîné son corps jusqu'à l'avancée de granit où était allongé le cadavre de Josée.

*Pourquoi t'acharnes-tu ?* soufflait la forme noire, comme un murmure dans le creux de l'oreille. *Il est mort...*

— S'il... S'il est mort... Qu'est-ce que t'attends pour sortir de l'eau ?

Le lac n'a pas répondu. Mon pied s'est coincé dans une fissure de granit. J'étais trop engourdi pour ressentir de la douleur. Je me suis soulevé hors de l'eau, juste assez pour faire émerger le visage d'Éric. C'était un visage à faire peur : ses cheveux longs lui zébraient le front et les joues, d'entre les lèvres bleuies s'écoulait une eau pleine de brindilles et de feuilles mortes.

En tirant deux fois sur mon pied, j'ai réussi à l'extraire de la fissure et j'ai traîné le corps nu d'Éric, essayant d'entendre le battement de son cœur mais n'entendant que le mien, fébrile et désordonné.

*Redonne-le-moi*, a murmuré le lac.

Lentement, je me suis mis à genoux et j'ai tourné Éric sur le côté, ce qui a fait cliqueter les cuillères et les hameçons.

*Il ne mérite pas de vivre. Il a tué ta femme.*

— C'est toi qui l'as tuée ! C'est toi qui les as tous tués ! Josée ! Et les enfants ! Et M^me Baudard !

*Il est à moi*, insistait le lac, sa voix modulée par le chuintement des faibles vagues. *Redonne-le-moi !*

— Non !

J'ai poussé un doigt profondément dans la gorge d'Éric, écartant la langue et laissant couler l'eau pour ouvrir une voie d'air. Puis j'ai renversé le corps inerte sur le dos et, bouchant les narines avec la main gauche, j'ai soufflé entre les lèvres glacées.

*Arrête !* Le murmure du lac devenait fébrile. *Tu n'as pas le droit de le ramener !*

C'était un bruit horrible, le chuintement mouillé de l'air forçant son passage dans les poumons d'Éric. J'ai tourné de nouveau Éric sur le côté, une eau gluante de mucus a coulé. De nouveau sur le dos, puis une autre respiration entre les lèvres bleuies, le même chuintement horrible qui lui glissait sous la poitrine.

*REDONNE-LE-MOI!* implorait maintenant le lac. *IL EST À MOI!*

J'ai voulu lui crier «Ta gueule!», mais je n'avais de souffle que pour Éric. J'ai continué de souffler, et le lac se taisait maintenant, et je savais que je devais continuer, continuer, jusqu'à ce que je meure s'il le fallait, et je me suis mis à frapper Éric, et à le frapper encore, de toutes mes forces, et je me suis mis debout, et je me suis mis à jurer, à proférer les pires blasphèmes, et à lui donner des coups de pied rageurs en pleine poitrine, à lui ordonner de revenir à la vie, et il s'est mis à tousser, et à tousser, et à vomir une eau glaireuse, son grand corps noueux secoué de spasmes, le visage laid de douleur, parce que c'est dans la douleur qu'on naît à la vie et c'est dans la douleur qu'on y revient.

Alors seulement j'ai pu m'approcher de Josée. Les doigts engourdis, les jointures en sang, je me suis débattu avec le fil à pêche. En un autre temps, je serais devenu fou de frustration à essayer de défaire ce nœud récalcitrant. Mais pas cette fois-ci. Lentement, en reprenant mon souffle et mes esprits, j'ai dénoué les fils en utilisant une roche pointue pour défaire les nœuds trop serrés. J'ai tourné Josée sur le dos et j'ai croisé ses mains sur sa poitrine.

J'ai serré Josée contre moi, longtemps. La pluie s'est remise à tomber, et le vent à souffler, et les vagues à venir lécher la roche, mais il s'agissait de la pluie ordinaire, du vent de toujours et des vagues qui suivent normalement l'orage. L'eau grise du lac Témiscamingue était plus sombre, c'est vrai, mais c'était à cause du soir qui approchait. La forme noire avait disparu, retournée dans son lit de pierre, à plus de cent mètres sous la surface, ruminant son échec. Ou peut-être vaincue par un espoir ultimement détruit.

J'ai regardé Éric Massicotte qui tremblait et gémissait, son grand corps recroquevillé couvert de vase et de sang. J'ai dû abandonner Josée. Il fallait que je m'occupe de mon fils.

Le lac La Sarre, ce n'est pas le lac Témiscamingue. On en a rapidement fait le tour. Il y a moins d'histoire, ici. Juste des chalets. Cela me convient parfaitement, j'ai vécu assez d'histoires sans m'encombrer de celles de nos ancêtres. Ici aussi il m'arrive de rester allongé dans le canot, bercé par la vague, pendant des heures. Ici aussi les canotiers s'approchent parfois en croyant que c'est un bateau à la dérive. Ils finiront bien par reconnaître le canot vert de ce fou de Daniel Verrier.

C'était bien Éric Massicotte qui avait assassiné la vieille Baudard : il avait encore une de ses bagues autour du petit doigt. Les policiers ne comprenaient pas pourquoi il avait coupé tous les doigts de la vieille Algonquine pour lui enlever une seule bague.

Ceux qui auraient pu répondre – Hank Wabie et moi – n'ont rien dit. Les policiers de l'escouade des crimes contre la personne ont tourné et retourné toutes les pierres des champs entourant le manoir Bowman, sans trouver d'autres tombes.

Tout ce que l'équipe de Saint-Paul a découvert, c'est une serrure fracturée dans une des bâtisses secondaires. Tout ce qui manquait, selon les données du nouveau propriétaire, c'était le canot et l'équipement de pêche qu'Éric avait volé. Il paraît que la municipalité a ordonné la destruction du manoir et des dépendances. Personne de la région ne s'y est opposé. Un peu dommage quand même. Je vais toujours garder un souvenir nostalgique de cette salle de bal où personne n'a jamais dansé.

Éric a très bien survécu à ses blessures et se trouve maintenant à Montréal, dans un établissement à haute sécurité. Entre deux grèves du personnel, on prend soin de lui. On me donne parfois des nouvelles. Un patient tranquille, très refermé sur lui-même, m'écrit le psychiatre. Il n'a plus jamais manifesté la moindre agressivité. Il ne semble plus avoir le moindre souvenir de ce qui s'est passé. Il ne semble même plus connaître l'identité de son père. Un imbécile heureux, inoffensif. Je fais des démarches pour qu'il puisse être transféré à Malartic, mais ce n'est pas un établissement à haute sécurité et ils restent craintifs à l'endroit des meurtriers. Je suppose également qu'ils sont surpris de cette démarche. Je ne lui en veux plus, pourtant. Un père peut-il garder rancune contre son fils?

J'ai aussi des nouvelles de Nadia parfois. Elle a l'air de s'habituer à sa nouvelle vie en ville et son *chum* actuel a l'air de vouloir passer l'année. Et, aux dernières nouvelles, Lucie Massicotte vivait toujours à Ville-Marie. Je réussis parfois à accepter ma situation avec philosophie, je me dis que c'est ma famille, une famille un peu bizarre, éclatée, écartelée à la grandeur du Québec, mais que je dois l'accepter comme telle.

Le lac Témiscamingue profite toujours de mes rêves pour me supplier de revenir. Je sais que je ne pourrai jamais plus admirer ses eaux grises, que je ne pourrai plus jamais aller pêcher dans l'ombre de ses collines, aussi longtemps que je vivrai ou aussi longtemps qu'Éric vivra. Ou alors, avec une autre femme, peut-être...

# Remerciements

Je remercie chaleureusement les personnes suivantes qui m'ont aidé et encouragé lors de l'écriture de *La Mémoire du lac* : tout d'abord ma femme, Valérie Bédard, conseillère pour les détails médicaux et la mythologie amérindienne ; Ginette Bélanger et Stanley Péan, qui ont lu et commenté le premier jet ; Guy Serré, pompier volontaire de Ville-Marie ; Sylvain Lampron, agent de la Sûreté du Québec ; le D<sup>r</sup> Jacques Chartier, Marlyne Rannou, Jacques Richer, Élise Bernier et André Bérubé, pour leurs anecdotes sur le Témiscamingue ; et surtout le D<sup>r</sup> Réal Rivet, pour le prêt de sa précieuse documentation (j'ai même piraté, dans ses notes personnelles, quelques descriptions du lac que l'on retrouve dans le roman).

Quatre livres m'ont particulièrement servi : *Sur les traces des Robes Noires*, de Marc Riopel, Ville-Marie, Société d'Histoire du Témiscamingue ; *Arrow North, The Story of Temiskaming*, de G. L. Cassidy, Cobalt, Highway Book Shop, 1976 ; la légende de Nuliajuk a été puisée dans *Northern Tales*, de Howard Norman, New York, Pantheon Books, 1990, p. 212-214 ; tandis que le premier accident de Daniel Verrier a été inspiré d'un fait vécu rapporté dans *Firefighters*, de Dennis Smith, New York, Dell, 1988, p. 180-188.

# SEXTANT

*Évadez-vous à prix populaire dans les mondes merveilleux de la fantasy et de la science-fiction, les transes terrifiantes du fantastique et de l'horreur, les suspenses suffocants du polar et de l'espionnage...*

1. **Vonarburg, Élisabeth**
   LES VOYAGEURS MALGRÉ EUX

2. **Cavenne, Alain**
   L'ART DISCRET DE LA FILATURE

3. **Champetier, Joël**
   LA MÉMOIRE DU LAC

*À paraître :*

**April, Jean-Pierre**
LES VOYAGES THANATOLOGIQUES DE YANN MALTER

**Malacci, Robert**
LA BELLE AU GANT NOIR

**Pelletier, Francine**
LA BARRIÈRE

**Pelletier, Jean-Jacques**
LA FEMME TROP TARD

**Philipps, Maurice**
MORT IMMINENTE

# LITTÉRATURE D'AMÉRIQUE

*Retrouvez les textes les plus percutants de la littérature québécoise, ceux qui renouvellent les formes littéraires et qui manifestent une maîtrise incontestée du genre...*

**Collectif**
AVOIR 17 ANS
PLAGES
UN ÉTÉ, UN ENFANT

**Dahan, Andrée**
L'EXIL AUX PORTES DU PARADIS

**Degryse, Marc**
ERICK, L'AMÉRIQUE

**Demers, Bernard**
LE ZÉROCYCLE

**Dupuis, Jean-Yves**
BOF GÉNÉRATION

**Dutrizac, Benoît**
KAFKA KALMAR : UNE CRUCIFICTION
SARAH LA GIVRÉE

**Fournier, Roger**
GAÏAGYNE (à paraître)
LE RETOUR DE SAWINNE

**Gagnier, Marie**
UNE ILE À LA DÉRIVE

**Gagnon, J.**
FORÊT
LES MURS DE BRIQUE
LES PETITS CRIS

**Gaudet, Gérald**
VOIX D'ÉCRIVAINS

**Gendron, Marc**
LOUISE OU LA NOUVELLE JULIE
MINIMAL MINIBOMME

**Gobeil, Pierre**
TOUT L'ÉTÉ DANS UNE CABANE À BATEAU

**Goulet, Pierre**
CONTES DE FEU

**Gravel, François**
LES BLACKSTONES VOUS REVIENDRONT DANS QUELQUES
INSTANTS
OSTENDE (à paraître)

# Deux Continents

*Soyez au rendez-vous des grands romans de détente, des sagas majestueuses et des épopées historiques qui embrasent l'imagination d'un vaste public...*

**Audet, Noël**
L'EAU BLANCHE

**Bélanger, Jean-Pierre**
LE TIGRE BLEU

**Chabot, Vincent**
LE MAÎTRE DE CHICHEN ITZA

**Champagne, Maurice**
L'HOMME-TÊTARD

**Clavel, Bernard**
MISÉRÉRÉ

**Conran, Shirley**
NUITS SECRÈTES

**Contant, Alain**
HENRI

**Cousture, Arlette**
LES FILLES DE CALEB, tome 1
LES FILLES DE CALEB, tome 2

**Dandurand, Andrée**
LES CARNETS DE DAVID THOMAS

**Deighton, Len**
PRÉLUDE POUR UN ESPION

**Desrochers, Pierre**
LE CANISSIMIUS

**Dor, Georges**
DOLORÈS
IL NEIGE, AMOUR
JE VOUS SALUE, MARCEL-MARIE

**Fournier, Claude**
LES TISSERANDS DU POUVOIR

# LITTÉRATURE D'AMÉRIQUE : TRADUCTION

*Partez à la découverte des auteurs prestigieux de l'Amérique anglophone...*

# FORMAT POCHE

**Beauchemin, Yves**
LE MATOU

**Bélanger, Jean-Pierre**
LE TIGRE BLEU

**Bessette, Gérard**
LE CYCLE

**Billon, Pierre**
L'ENFANT DU CINQUIÈME NORD

**Cousture, Arlette**
LES FILLES DE CALEB, tome 1
LES FILLES DE CALEB, tome 2
LES FILLES DE CALEB (coffret, tomes 1 et 2)

**Fournier, Claude**
LES TISSERANDS DU POUVOIR

**Germain, Georges-Hébert**
CHRISTOPHE COLOMB

**Hamelin, Louis**
LA RAGE

**Kerouac, Jack**
MAGGIE CASSIDY

**La Rocque, Gilbert**
LES MASQUES

**Ohl, Paul**
DRAKKAR
KATANA
SOLEIL NOIR

**Poulin, Jacques**
VOLKSWAGEN BLUES

**Proulx, Monique**
SANS CŒUR ET SANS REPROCHE